阅读之前 没有真相

午夜文库

苏州园林谋杀简史

慢三 著

新 星 出 版 社　NEW STAR PRESS

本故事纯属虚构,如有雷同,那是天意

目 录

1	第一章　拙政园
12	第二章　简耀
21	第三章　方磊
32	第四章　《园冶》
49	第五章　死者
61	第六章　狮子林
77	第七章　马涛
89	第八章　苏州织造署
101	第九章　枪声
110	第十章　网师园
124	第十一章　苏州博物馆
137	第十二章　南园
149	第十三章　大盗
159	第十四章　儿子
175	第十五章　匿名者
187	第十六章　艺圃
198	第十七章　简京生
212	第十八章　沧浪亭
222	第十九章　合作
231	第二十章　耦园

目录

246	第二十一章　留园
265	第二十二章　寒山寺
276	第二十三章　遗书
286	第二十四章　虎丘
296	第二十五章　决战
303	第二十六章　重回凶案现场
318	第二十七章　真相
332	尾　声
341	后　记

第一章　拙政园

六月，早晨八点半的苏州古城中心。

简耀双手插在裤袋里，站在队伍中间，前瞻后望左顾右盼。雨水充满节奏感地滴落在他淡黄色的一次性透明雨衣上，滴答，滴答，像始终难入他耳的中国古典乐曲，弄得他不胜其烦。潮湿的空气全面侵占了他的肌肤，贴身的T恤和内裤已经被汗水浸透，浑身上下像被人吐了黏稠的浓痰一般难受，他甚至隐约觉察到大腿内侧的皮肤开始刺痒起来。

这就是南方啊。他厌恶地想。

此时正值梅雨季节，小雨淅淅沥沥下了半个月，丝毫没有要停的迹象。天空阴沉、乌青，像父亲不高兴时的臭脸。湿度和热度紧密交织在一起，容易导致一些食物迅速变质腐败，也让简耀这样的北方来客始终处于焦躁不安之中。只见他一会儿跺脚，一会儿扭动，翻来覆去，摇头晃脑，像个在游乐场门口等待得早已失去耐心的孩子。

这条队伍井然有序地排了上百号人。大家沿着博物馆亮白的墙根排列，轻声交谈，耐心等待。还有十五分钟，苏州博物馆就要正式开馆了。

简耀和父亲是昨天傍晚才到苏州的。刚下高铁，他就被这种天气搞烦了。相比北京的干燥，苏州的潮气对他而言就是毒气。他从小就有皮肤病，一到潮湿的地方就开始起疹子，又痛又痒。有一年，父亲带他去杭州参加一档节目的录制，结果节目还没开录，他的大腿内侧就开始起疹子，痒得那叫一个难受，之后还发高烧，吃药打针都没用，结果节目录得一塌糊涂。从那以后，父亲便有意识地减少带他来南方的次数。然而一星期前，父亲却突然提出要和他来苏州。

"在你出国前，咱父子俩来一次最后的旅行吧。"

于是就来了。据父亲说，苏州博物馆最近在举办一个展览，非看不可，因此才过来的。这让简耀觉得不可思议。父亲平时除了抽烟喝酒，捣鼓那些破古玩，从没对任何事情产生过兴趣。这次特意大老远跑来苏州，居然是为了看一个展览。可问题是，这会儿他去哪儿了呢？刚才他说要上厕所，让简耀帮他排队，却去了快半小时了。

一名保安走过来对着队伍大声提醒，博物馆必须实名进场，需要查验身份证，让大家提前准备一下。

"你带身份证了吗？"

站在简耀前面的两个人聊了起来。

"带了啊。我身份证随身带的。"

"我没带啊，出门太匆忙，看样子白来了。这个特展到什么时候？"

"今天第一天开幕，应该展一个月吧。"

"那我明天再来排吧。"

"明天也得早来啊，最近人多。"

说完，就走了一位。简耀不由往前挪了一步。

"请问是什么特展？"

"最新发现的唐伯虎画作真迹啊。我们都是来看这个的。"

"哦。"

这样的话就能解释了。父亲平时虽然没什么爱好,但因为经营古玩店,倒也下过一些功夫。店里堆满了一些黑不溜秋、脏不拉几的瓶瓶罐罐、字画钱币,大多是从潘家园旧货市场淘回来的赝品,然后转手卖给一些不识货的傻子。可如果真是为了看唐伯虎的画而特意跑来苏州,也不至于吧。北京故宫那么多国宝真迹,平时也从没见父亲去看过。唉,想那么多做什么,爱谁谁,自己不过是个陪同罢了。再说了,他对这些古旧的玩意儿真是提不起劲儿来。

简耀看了一下表,离开馆只剩十分钟了。队伍越来越长,雨依然惨淡地下着,大家打着伞或者穿着雨衣,看起来并没有被这糟糕的天气影响心情。他感觉大腿越来越痒,恨不得立即伸手去抓。

街道上的游客陆陆续续多了起来。这条街叫东北街,位于苏州古城的中心,街道两旁商店是清一色的苏式古典建筑,售卖着应付外来游客的廉价丝绸制品、苏式小点心以及各种纪念品。这条古街的中心位置是闻名世界的拙政园,世界文化遗产,中国四大名园之一。拙政园旁边便是建筑大师贝聿铭的收山之作——苏州博物馆。

终于到了博物馆开门的时间,队伍开始往前挪动。简耀拿出手机给父亲打电话,却只听到"对方不在服务区"的提示。眼看就要排到他了,他一生气,干脆摁掉电话,从队伍里走了出来。队白排了。不过也无所谓,既然父亲自己不急,他又何必操心呢。简耀感觉有些饿,想起还没吃早点,便给父亲发了条微信,询问他在哪儿,接着走进了路口的全家便利店。

他买了一些关东煮和一杯咖啡，脱掉雨衣，在临街的位置坐了下来。这些便利店销售的简餐之中，他最爱的就是里面的关东煮，而在关东煮里最爱魔芋粉丝。昨天到苏州后他就发现了，这边沿街的便利店比北京多很多。这是目前苏州给他唯一的好印象。

虽然下雨，但街上的人并不少，以游客为主。一辆大巴缓缓停在路边，下来很多老外，看起来是一个旅行团。简耀想，这些老外放着好好的外国不待，跑到中国来看这些老掉牙的东西，有什么意思呢？就跟北京的胡同似的，还不如全拆掉建大楼呢。

这时，他的视线被不远处一个发着呆的女孩吸引住了。她二十三四岁的年龄，长相甜美，短发，一把黑色的雨伞配上粉色的T恤，蓝色的牛仔裤，白色球鞋，在深灰色的园林围墙前显得格外醒目。在她的胸前挂着一块白色的卡片，简耀猜测那是导游证。

一对年轻情侣走到她的旁边，说了两句什么，把她从沉思中拉了出来。简耀从他们的手势判断，应该是想请女孩给他们做导游。然而令他感到意外的是，女孩面露歉意地摇摇头，显然是表示了拒绝。那对情侣一脸不高兴地转身，朝便利店走了过来。

"有什么了不起，不就是个导游嘛！"

两人刚进便利店门就抱怨开了。简耀再次将视线投向那女孩，发现对方也恰好在看他。两人四目交汇，简耀心头一紧，立即把脑袋低了下去，为了掩饰咬了一大口魔芋粉丝，结果嘴巴被滚热的汤汁烫了一下。

靠！简耀暗叫一声，唉，真是丢死人了。等他再次抬头，看见那女孩已经不见了，取而代之的是一个抱着一只黑色小猫咪经过的老太婆。

叮咚。

简耀掏出手机，发现父亲在微信上给他发来一个定位，地址竟然在拙政园内的西北角。父亲不是说去上厕所吗，而且他明明说要去苏博的，怎么跑进拙政园去了？这太奇怪了。他再次拨打父亲的电话，依然没有信号。他想了想，决定直接进园去找。

雨似乎变小了。

简耀到了拙政园售票处，抬头一看价格，不由暗暗叫苦。淡季七十元，旺季八十元，现在正值旺季。他拿出皮夹，发现自己身上只剩三百多块现金了，这还是上次诗词大会夺冠后父亲一高兴给他的零花钱。手机支付宝里倒是还有两千块，但售票处只收现金。他一咬牙买了张票，想着待会儿找到父亲后再问他报销。

拙政园外有两扇大门，左边的门额上写着"疏朗"，右边写着"淡泊"，中间则题着"拙政园"三个大字。据旁边墙上的石碑记载，此园最初建于明代，当时的御史王献臣在官场受到构陷，郁郁不得志，遂告老还乡，取名拙政，拙之于政治，两耳不闻窗外事，致仕归田，一心养花造园。

随着人流检票走进园子，简耀一下呆住了。刚才在围墙外面，他一直以为拙政园不过是一个私家小花园，进来才发现居然这么大，根本不知从何走起。难怪刚才在路上听人说，苏州是一座关起门的城市，外面的街道建筑看起来有些陈旧破烂，但走进园林，竟是另一个花团锦簇的世界。

接着，一块奇特的大石头映入他的眼帘。说实话，他从未

见过如此巨大又怪异的石头。这时,旁边正好有个旅行团经过,领头的导游一手举着小旗子,一手捏着耳麦开始给众人讲解:

"这叫太湖石,在苏州太湖里经过水浪长年荡涤侵蚀而成,因为造型自然、独特、多变,所以常常被用来做假山……"

哦,原来如此,倒是有点意思。简耀又看了下父亲发来的定位,就在园子的某个角落,似乎与旅行团要去的方向一致,心想反正门票钱也花了,就跟着他们逛逛,顺便蹭一下导游的讲解。

沿着右手边的路线往前走,先是到了海棠春坞。据说每到四五月,园子里会开满海棠,万花似锦,可惜如今刚过花季,无景可观,因此导游领着众人匆匆走过。留下几个游客笑嘻嘻地跟景点牌匾拍照。简耀见状,不禁有些厌恶。

接着,大家又到了一个名为"天泉"的景点。天泉的外部是一座木构建筑,建筑里有一口井,便是天泉了。导游驻足介绍,拙政园起初是在一处元代寺院上建立起来的,而这口天泉是当年唯一的遗留物。当众人围着天泉抻长脖子朝里看时,导游突然叫了一声,把大家吓了一大跳。只听她压低声音、略显神秘地说:

"据传闻,这口天泉里的水具有魔力,人一旦落水,灵魂与肉体就会分离,到时候,就会变成没有魂魄的僵尸。"

众人连忙往后退了两步,离天泉的井口稍微远了些。导游得意地一笑。

"跟大家开玩笑呢。"

大家松了一口气,气氛又轻松起来,开始拍照留念,然后跟着导游往下一个景点走去。

简耀站在队伍的最后，离开之前也把头往井口里探了探，里面黑魆魆的，什么也看不见。他向来对这种怪力乱神的东西无感。然而就在他准备走开时，井底突然闪过一道白光，晃了一下他的眼睛。可等他再次往里看时，却只见一团漆黑。他内心一紧，赶忙快走几步，跟上了队伍。

导游领着大家在园林里漫步。她介绍说，苏州园林与北京的皇家园林不同，属于私家园林，造园和设计都由文人担纲，融合了中国传统文化的理念和精髓。"明四家"之一的文徵明就曾参与最初的设计，画下三十一幅图咏。经过几代的主人更替，如今的拙政园早已不是当年的模样，只留下了文徵明当年亲手栽的紫藤。

"你们都看过周星驰的电影《唐伯虎点秋香》吧？"导游有点得意地说，"唐伯虎就是苏州人，和另外三个人并称江南四大才子，其中吴镇宇演的那个就是文徵明。虽然电影里他们的出场比较搞笑，但其实在历史上可是真正的大才子呢。"

简耀看过那部电影，很喜欢，他觉得用这种幽默的方式诠释古代人物比那些枯燥的历史书有意思多了，更远胜像父亲那样复读机似的逼自己背古诗词。一想到父亲的所作所为，简耀就生起气来，也不那么急于想找到他了。看到就烦，简耀心想，就让他多等会儿吧。

此时，导游带着大家从东园来到西园，两园之间由一道矮墙分隔。导游解释，园林的外墙都是高墙，而内墙则是矮墙。矮墙是为了区域划分，而高墙是为了与世隔绝。高墙通常都是洁白的，具有宗教意味。据说禅宗达摩曾经面壁九年，是为禅意的终极。古代人退隐静思，有点避世的意味，参禅也是园内人的生活主题之一。就在简耀面对白墙发愣的时候，旁边突然有人推了推他。他一侧脸，发现是一个手上拿着照相机的中年男人，正笑眯眯地看着他。

"小兄弟，帮我们拍张照呗。"

"拍什么？"

"就这堵墙。"

男子拉着自己的女朋友走到墙边，然后将右手举过头顶，弯曲，与旁边伸出左手、与他做同样动作的女友比了一个爱心，口中喊着一二三，同时露出幸福而猥琐的微笑。简耀看见他的手腕上戴着好几串佛珠。

"对不起。"

简耀把相机往旁边的凳子上一放，面无表情地转身就走。他才没兴趣帮傻瓜拍照呢。与此同时，那种对古旧东西的反感又重新从心底冒了出来。果然啊，现在的人对这些东西已经完全不感兴趣了，这些所谓游客来园林只是为了拍拍照，向亲戚朋友证明到过某个著名景点，仅此而已。

就像自己去参加的那些什么诗词大会，说到底都是在消费诗词。节目组关心的是收视率，导师关心的是出镜率，参赛者关心的是巨额奖金，观众则看个热闹。试问，会有多少人因为这个靠死记硬背就能拿冠军的节目而热爱古典诗词呢。因此，简耀固执地认为，如果是这样，还不如把这些古物拆掉，送去博物馆或者干脆埋回土里，免得滋生出这些恶心的人和事来。

过时的东西终究要被淘汰。

这样一想，简耀对接下来的游览也就兴致索然了。他决定离开队伍，即刻去找父亲。手机上的定位显示就在周围了。简耀走进一条碎石子铺成的小路，头顶是枝叶繁茂的大树，雨水从缝隙落下来，掉在地上，消失不见。

来来回回转了几圈，简耀才找到那座隐藏在树木后面的小院。院门旁的墙上挂着一块木匾，上面写着"柳色青青园林建筑研究院"，父亲发来的定位就是这里了。他上前敲敲木门。没有反应。他轻轻一推，门开了。

这是一间典型的中式厅堂，青砖铺地，木构窗牖，屋内摆放着明式家具以及花瓶等装饰物，一角放着一张大型的书画案，上面堆放着书、纸、笔一类的办公用品，椅子是南官帽椅，后面靠墙立着一个书架和一台柜式空调机，像是某人的办公室。

"你好？"

简耀喊道，但无人应答。他再次拿出手机拨打父亲的电话，还是打不通。他走到书画案前，停下，看见桌上摆放着一本杂志，封面上一个身穿灰色中式大褂、满头银发的老者，正目光炯炯地望着简耀，身后的背景正是拙政园。

突然，简耀听到头顶有一阵轻微的响动。他朝后退了几步，仔细观察，发现在书柜后面有一道木质的楼梯。原来还有二楼。

"有人吗？"

简耀仰着脖子叫了一声，依然无人应答。他犹豫了一下，决定还是先出去为好。当他转身刚想走，脚下却被什么东西绊了一下，差点摔倒。一低头，竟是父亲的背包。

屋内光线昏暗，简耀捡起书包，走到窗边，拉开拉链，就着光线往里瞧了瞧。里面放着父亲的手机、钱包和一本绿皮的旧书。他翻了翻钱包，钱和证件都在里面，手机却已经关机了。那本旧书封皮上竖行写着"园冶"两个字，他好奇平时从不看书的父亲书包里怎么会有本古籍，刚想拿出来看，突然，屋外传来一声刺耳的尖叫。他心里一惊，背起包就冲了出去。

叫声是从小屋后面的一个水池边传来的。简耀赶到时周围已经围满了人,大家指指点点,议论着什么。简耀觉得有些奇怪,这里并非景区内,为什么会有这么多游客。他挤上前去,一看,顿时吸了一口冷气。

水池中间有一个柱状的石头,一具尸体仰面朝天被戳在柱子上,四肢散开,嘴巴半张,双目圆睁,满头是血。在他的身下,一群橘色的锦鲤正肆无忌惮地游来游去。简耀觉得死者的面孔好像有些眼熟。

"这不是研究院的柳院长吗?"人群中有人喊道。

研究院?简耀想起了那门上的招牌——柳色青青园林建筑研究院,没错,这个死者就是刚才屋子里那本杂志封面上的人吗?可怎么会死了呢?而且父亲给我发的地址为什么会……

一种恐惧感陡然朝简耀袭来。

"请大家原地待着别动,警察马上就到!"

说话的是公园里负责安保的保安队长。他组织其他几名保安把案发现场保护起来,试图维持现场略显混乱的秩序。因为不让离开,简耀注意到,那群戴着红帽子的旅行团已经开始表示不满了。就在这时,一个声音让现场彻底安静了下来。

"队长!"

一名保安气喘吁吁地跑了过来。

"怎么了?别着急,有话慢慢说。"

"抓到了!"

"抓到了?"保安队长一时间还没反应过来,"什么抓到了?"

"凶手抓到了!"

现场顿时一片哗然。游客们交头接耳,期待接下来发生的事情。

很快,"凶手"在两名保安的左右包夹下被架了上来。简耀一看,顿时目瞪口呆。

那个夹在保安中间,面目惨白、两眼呆滞、浑身是血的中年男人,正是自己的父亲!

第二章　简耀

这天是简耀十八岁的生日。

按照父亲的说法，他生于午时，也就是说，过了中午十二点，他就正式成年了。成年对简耀来说意味着很多，其中最重要的是，他终于有底气摆脱这个家庭，可以独立自主了。

他恨这个家，恨那两个把他带到世界上的人。

事实上，八岁之前，他还以为自己活在幸福之中。在那模糊的记忆深处，童年是被各种美妙声音包围着的。匠人悠扬的吆喝声、自行车由远及近的叮当声以及逢年过节热热闹闹的鞭炮声，这些声响让他对有着沧桑的历史感和闲适生活气息的旧日北京胡同，始终心怀一种难以言说的深厚感情。

那时的父亲虽然沉默寡言，但脸上总挂着温暖的笑。他手扶着自行车后座让简耀放心踩，为捡一只断线的风筝爬上树梢，饭桌上悄悄往简耀嘴里灌辣嘴的牛栏山二锅头。他从不打骂责罚，让孩子直呼自己的名字"京生"。简耀觉得，他不像个父亲，而是朋友。这是爱的表现。

可这份爱随着妈妈的离去而彻底扭转成了恨。那天，妈妈站在一辆黑色的奔驰轿车前，茫然地望着眼前这片灰色、破败的平房喃喃自语："终于可以逃离这座坟墓了。"

是的，妈妈把这片有着数百年历史的胡同称为坟墓。在她看来，这里肮脏的公共厕所、风烛残年的老人、残旧的砖墙瓦砾、阴森的里弄，无不散发着死亡的气息，住在这里如同死人一般，与其说她是逃离这个家，不如说她是为了逃离这个环境，以求获得新生。

于是，妈妈那个冷酷的表情像一幅寓意深刻的装饰画被死死钉在了简耀的记忆幕墙上。八岁的他几乎是一瞬间就懂事了。简耀开始理解，父亲的沉默寡言是因为无能，脸上带笑是为了掩饰——掩饰他根深蒂固的懦弱。他不求上进，守着祖父传下来的小小古玩店，得过且过；他吊儿郎当，无法给自己的家人一个稳定、富足的生活；他遇事逃避，没有担当，否则妈妈离开时他为什么毫不阻拦，而是躲在后院的角落里喝得烂醉？

不过，当时的他还对父亲存有一些念想。因为父亲的温柔和爱对他而言太深厚了，即便母亲不懂不珍惜，但他能感受得到。再说，妈妈走后，他现在只能依赖父亲了。

可从那以后，父亲像换了个人似的，变成了油滑、贪婪、自私的混世魔王。他靠贩卖假古董忽悠外地游客为生；因长期抽烟，满嘴黄牙，整日蓬头垢面，邋里邋遢；视财如命，任何事情在他眼里都会转化成金钱来衡量；说话做事冷漠又刻薄。总之，用简耀自己的话说，"他终于露出了本来的样子"。

对外人如此，对自己的儿子也好不到哪儿去。自从发现简耀记忆力超群，父亲就开始逼着他背诵唐诗宋词，把儿子当神童培养，参加各种电视节目，四处登台炫耀。后来简耀才意识到，这是父亲生财的一种手段，于是对他的恨意也越发加深了。就在三个月前，简耀还被逼着参加了一档名为《华夏诗词大会》的节目。在总决赛中，简耀不仅获得了全国冠军，还赢得了十万元的现金大奖。当然，这十万元最后也全部进了父亲的腰包。

这样的人是不值得信任和依靠的。他不配当个父亲。简耀发誓要以他为戒，长大后一定不能成为像他这样没有出息的人。

随着对父亲怨恨的加深，简耀也越来越讨厌那些与之息息相关的旧物。他讨厌古玩店里那些充满欺骗性质的假古董，讨厌胡同、四合院和古城门楼子，讨厌一切带着陈腐气息的事物与文化。什么孝道、中医、孔孟、女德，等等，他都唯恐避之不及。他不明白，人为什么要沉浸在那些陈旧而腐朽的东西里不能自拔。

他总是不自觉地把这些死气沉沉、没有生机、充满逃避意味的老东西与自己那不争气的父亲联系在一起。

相反，他热爱现代，活在当下。他喜欢摩天大楼、苹果手机和欧美流行音乐，喜欢色彩明亮的美国科幻电影，喜欢如今繁杂、高速、炫目的网络世界。他坚信是科技改变了人类，从而让这个世界变得更加美好。这也是他对去美国上学充满积极向往的一个重要因素。他最理想的生活是，住在那种有一整面落地玻璃、造型充满未来感的后现代风格别墅里，用声音指令操控着全自动的家电，出门开着无须驾驶的电动汽车，跟随音响里节奏明快的嘻哈音乐摇头晃脑。

他坚持认为，喜新厌旧是人类的本能。

因此，他渴望成年，渴望建立自己的生活，这样就能离开父亲，离开这个烂透了的家。这种理想一度看起来遥不可及。

但，机会陡然来了。

一年前，消失十年之久的妈妈莫名其妙出现了。她表示愿意帮他在美国找学校，出钱供他留学。应该是出于愧疚吧，简耀想。当着父亲的面,简耀没有丝毫犹豫就答应了——他希望用这种无情的方式刺激一下父亲。他暗下决心,到了美国,先利用妈妈三四年,等大学毕业后,自己要想尽办法在当地找到工作留下来,最好永远都不回来了。到时候,他将会与这两位所谓的父母断绝来往,以一种彻底决裂的方式去过自己的人生。

他的小心思成功了。父亲果然有些措手不及,像一尊被遗弃的石像陷入了沉默。这一来简耀反而有些不知所措了,心想这样对待独自养育自己十多年的父亲会不会有些过分。但没过多久,"石像"抬起了头,咧嘴一笑,露出了那一排又黄又烂的牙齿。

"三十万。"

这个数字一出口,简耀就知道父亲在他心里已经死了。他想就此走开,让父亲母亲私下去谈他们的"生意"——难道不是吗?他能想象出父亲会说什么话,"养一个孩子十年难道不需要成本吗""我的精神补偿呢",诸如此类。他没兴趣听,而且,似乎眼泪已经快涌到眼眶了。不能让他们看见。

"你先别走。"

父亲喊住了简耀,他只能背对着他们,站定。忍住,忍住,千万别哭啊简耀。他不停地告诫自己,在这两个无耻之徒面前暴露自己的脆弱完全不值得。

"我还有个条件。在离开之前,耀耀得陪我去……"

浑蛋!简耀终于克制不住,跑了出去。他跑啊跑,跑出胡同,跑到二环,跑上过街天桥。他坐在天桥上,对着二环主路上川流不息的车辆放声大哭,全然不顾身后来往行人的好奇目光。

就这样哭了很长时间,他终于挣脱了内心的羁绊。理智提示他,现在没有什么比离开更重要的事情了,因此什么条件他都愿意答应。回到家,父母的谈判似乎已经结束了。他看看父亲,又看看母亲,露出了任何人看见都会觉得很假的笑容。

一切都办理妥当了,再过几天他就能登上前往洛杉矶的国际航班。本以为马上就可以熬出头了。没想到父亲突然提出要来苏州一趟。

"这就是我之前提出的条件。"

简耀只能答应——委屈求全是他在这段畸形的家庭关系中学到的最重要的技能。就再忍一忍吧。

然而,却忍来了眼前这个看上去无法收拾的局面。

"这是在他身边找到的。"

保安捧出一小块太湖石,上面有明显的血迹。

"你疯啦,不戴手套就乱拿凶器!"保安队长高声呵斥。被训斥的保安一脸慌张,手上捧着那太湖石,拿也不是,放也不是。

"别动!"

保安队长显然经验十足。他从口袋里掏出一个透明塑料袋,张开,然后示意手下把太湖石扔进去。后者战战兢兢地把太湖石放进了塑料袋,那紧张的表情和动作,仿佛他是一名拆弹专家,手上拿着的不是石头,而是手榴弹,要是不小心掉在地上,在场的所有人包括他自己都会被炸得灰飞烟灭。

现场围观的群众同样十分紧张。他们屏住呼吸,望着这一切,就像在格调高雅的大剧院观看一幕舞台剧的高潮部分。终于,凶器处理完毕,所有人都大大松了一口气。

而简耀终于回过神来。他拨开众人,高喊着"爸爸",冲到了父亲的面前。保安和围观的人群一下都蒙了。

"爸爸,这是怎么回事儿?你怎么会……"

简耀使劲摇晃着父亲的双臂,就像试图晃醒一场可怕的噩梦。然而,父亲就像丢了魂似的,低着头,一脸木然,对面前的一切无动于衷。简耀感觉手中握着的肌肉软绵绵的,如同一只玩具布偶,没有丝毫活力。

"爸爸!爸爸!"

"你既然是嫌疑人的儿子,也留下来一起接受调查吧。警察马上就到了……"

"肯定是弄错了,我爸爸他没有……不,他不会杀人的……"

"你亲眼见到了?"

简耀一阵语塞,他的确没有亲眼见到杀人现场。回想起来,从父亲决定来苏州到现在,一切都是那么突然、不合情理、充满疑点。

"好啦,你先跟我们待在一块儿,等警察来了,他们自然会搞清楚真相的。"

简耀麻木地点点头,垂下肩膀,一副任凭处置的样子。此刻他脑子里一团糨糊,完全不知道该怎么办。他想应该打电话向谁求助,可是父亲那边的亲戚很少来往,没有联系方式;母亲呢,在美国,平时都是邮件交流,一年也写不了一封信;同学,那就更不靠谱了,总不能跟他们说,我父亲杀了人,能不能想办法救救他。简耀这时才真正感觉到了什么叫孤立无援,紧张得想小便。

"叔叔,我想上厕所。"

"上厕所啊?"保安队长回头看了看,警察还没来。

"快憋不住了……"

"那……行吧,我带你去。你们几个,保护好现场,别让人靠近。其他人都散了吧。"

保安队长说着,领着简耀往一条小路走去。很快,他们来到公共卫生间的门口,他刚想说话,手机突然响了。他掏出手机,朝满脸憋得通红的简耀挥挥手。简耀立即冲进了厕所。

随着小便被排出体内,简耀心情稍稍放松了些。他拉好拉链,走到水池边洗手,透过镜子,他猛然看见了一样东西。

身上属于父亲的背包。他想起之前曾在里面看到一本不合时宜的旧书,它就像突然成为杀人凶手的父亲一样突兀。

厕所外,保安队长打电话的声音隐约传来。

简耀迅速找了个隔间,用门闩把门闩好。他打开背包,伸手把里面的旧书掏了出来。

他翻开《园冶》,发现这本书出版于二十世纪八十年代,纸张发黄,内文是竖排的,空白处被人用蓝色墨水做了一些字迹潇洒的笔记。突然,一张照片从里面掉了出来。简耀捡起一看,目瞪口呆。

照片是彩色的,看上去年代比较久远了,但保存得很好。上面有两个人肩并肩站在一座假山前,笑容可掬,看上去关系十分亲密。这两个人正是年轻时的父亲和那个……死者。照片下角的水印时间显示是一九九七年。

一九九七年?那时候自己还没出生,为什么父亲和死者在二十年前会认识……难道真是父亲杀的人?不,绝不可能,自己虽然不喜欢父亲,但无论如何也不愿意相信,他会杀人……

外面的人电话似乎快打完了。

必须得做出决定了,简耀告诉自己,要是现在跟保安去,这张照片将会成为父亲杀人的重要证据。不,我不能那么做。

不知道为什么，他顿时产生了一种很奇妙的感觉，觉得自己有责任去弄清真相，无论父亲是不是凶手。这样的话，就意味着他必须……逃！

简耀抬头四处打量了一下，发现厕所的上方有一个水泥镂空的窗口，大小正好够他爬出去。他踩上水箱，斜着身子，弓着脚，用力蹬了过去。"哗啦！"镂空的部分一下就被他蹬掉了。他将背包先扔了出去。

厕所的门已经开了。

他鼓起勇气，奋力跳了出去。

"喂，站住……"

保安的声音消失在身后。窗外的墙边正好停着一辆轿车，轿车全身被银色防尘罩罩住，简耀落在车顶，踩在顺滑的防尘罩上，脚下一滑，直接从车上摔到了地上。没有犹豫，他捡起书包，爬起来就开始狂奔。他是学校短跑队的队员，相信即便保安跟着跳下来，也未必能追上自己。

还好，保安并没有追上来。面前是一条人迹罕至的小路，简耀疯狂地跑着。

这时，一辆警车迎面而来。快接近的时候，简耀突然放慢脚步，强作镇静。他感觉心脏都要从嘴里跳出来了。而警车内的中年警察透过车窗玻璃，只是看了一眼他，并没有让车停下来。他们擦肩而过。拐了个弯，简耀又没命地跑起来。

跑到一条小河边，他终于停了下来，大口喘着气。不远处围了很多人，似乎发生了什么事情。他朝后看了看，确定没有警察，便拖着沉重的双脚走上前去。

只听人群中爆发出热烈的鼓掌声。很快，他看见了之前在马路边揽客的那个女导游。

那女孩浑身湿透，头发蓬松，坐在地上，蜷缩着，瑟瑟发抖。她背对着简耀，湿透的粉色T恤近乎透明，隐隐露出里面胸罩带子的形状，怀里似乎抱着什么东西。而旁边一个老奶奶正在跟她不断道谢。

简耀绕到女孩的正面，这才看清她怀里抱着的是什么——一只湿漉漉的、瘦小无比的黑猫。

老奶奶接过黑猫，再次道了谢，就离开了。而那女孩却依然坐在地上，一脸不可思议的模样。接着她抬头看见了简耀。

简耀担心警察会追上来，想走，可刚一转身，却被叫住了。而这一声竟让他头皮发麻，毛骨悚然。

怎么会……虽然声音是女声，但这腔调，分明是……

简耀像个生锈的机器人般缓缓回头，却见那女孩瞪大眼睛、惊恐万分地望着自己。他真希望一切都是在做梦。

"耀耀……"女孩犹犹豫豫，似乎并不相信自己的话，"我是爸爸。"

第三章　方磊

接到电话时，方磊正在旧学前街的姚记豆浆分店里吃早点。

作为一名刑警，常年不规律的生活令他无法按时早起，但只要没有任务，即便像今天这样已经过了九点，他还是会泡满一杯茶水，骑上电瓶车，来这里吃一顿泡在豆浆里的油条。这是他最喜欢的吃法，把油条先纵向掰成两半，然后掐成一小段一小段，泡在热腾腾的豆浆里，几秒钟后再用筷子将那些半酥半软的油条段塞进嘴里。两根油条一碗豆浆下肚，再闲坐一小会儿，喝几口茶，想点心事。茶是产自西山洞庭的明前碧螺春，杯子是带把手的双层玻璃杯，十年如一日，雷打不动，虽然这种看似悠闲的生活方式，与他刑警的身份好像不太搭调。

"又到最麻烦的季节了。"

方磊喝了一口有些温热的茶水，望着门外淅淅沥沥的小雨，内心隐约有些不安。他今年三十六岁，苏州"土著"，古城长大，除了去北京念过几年警校之外，生命中绝大多数的时光都献给了这里。因此，他自认为比任何人都要热爱这片土地。他几乎喜欢与苏州有关的每样东西，街道、房屋、美食、小桥、河流、植物、女人……但不包括眼前的梅雨季节。他厌恶这种雨下个不停的天气，尤其是对于他这种经常要外出办案的人，周围的一切都湿乎乎的，搞得人很不清爽。

但也仅此而已。他性格中有一种与生俱来的慢，慢条斯理，遇事不慌。他以此为傲，觉得是"苏式优雅"。因此，当拙政园里发生杀人案这样的消息传过来时，他也只是淡淡地表示"知道了"，便挂了电话。他又在座位上待了差不多五分钟，直到喝光了整整一杯茶水才起身。走到柜台前，他拎起地上的热水瓶又添了满满一茶杯水，然后不紧不慢地拧紧杯盖，没让哪怕一滴水漏出来。

"走啦。"

就像掐准时间似的，方磊前脚刚踏出豆浆店门，来接他的警车便一个急刹车停在了他的面前。拉门，上车，当同事小蔡刚打开警报不到一秒钟，他便又关掉了。

"尽量开快点，不要惊动市民。"

他这么做是有道理的。这里是苏州古城的最中心位置，拉着警报招摇过市难免会引起来往路人或游客的注目，进而发生一番不切实际的猜想。事实上，苏州古城区的社会治安一向很好，就他当刑警的这十余年，经手的重大刑事案件并不多，因此他对所谓拙政园里发生杀人案一事心存疑惑。在没有眼见为实之前，他的想法是保持十分的低调。低调，同样是苏州本地人的特质。

因为拙政园门前的路是禁行的，警车不得不绕一大圈，从园林北面的小路进去。

刚进小路，方磊隔着前挡风玻璃远远看见一个十七八岁的大男孩迎面跑来。那男孩表情略微惊慌，边跑还不时往后看，像是在逃避什么；他穿着浅黄色的一次性雨衣，里面的身体有些臃肿，跑起来一晃一晃，似乎背着书包。快走近时，那男孩猛地发现了他，突然放慢了脚步，显然在刻意掩饰什么……方磊盯着他看了会儿，突然，口袋里的电话就响了起来。他示意小蔡靠边停车，掏出手机，铃声居然停了，来电显示是妻子晓楠打来的。他皱了皱眉，透过车后视镜观察，发现男孩的背影已经消失在路的尽头。

一踏入园子，一股清新的微风扑面而来。拙政园他来过不下十次，但每次来体验都不太好。有一年国庆假期，他陪远道而来的大学同学逛园林，没想到游客多得就像野生河虾肚子里的虾子似的，密密麻麻，幸好他没有密集恐惧症，否则非吐了不可。那次导致的结果是，大学同学对苏州园林的印象非常不好，直言与自己在纪录片里看到的苏州园林天差地别。这让一向对苏州文化引以为傲的方磊很羞愧，却也无可辩驳。在他看来，任何美好的地方一旦成为热门旅游景点，美感便会随之消减大半，而自己唯一能做的，就是从那之后再也不带朋友来拙政园了。

但今天的感觉完全不一样。细雨朦胧，游人寥寥，他的心境一下子沉静了下来，肢体和五官的感知功能瞬间被放到最大。他听见雨水滴落在树木叶片上的声响，仿佛生命在浅吟低唱；他闻到一股花草搅动泥土所散发的自然清香；他看见在水波烟雾中，古典园林建筑最初始的样貌，黑白灰三种颜色与天地浑然一体，如同古代文人最顶尖的山水画，流露着一种古朴、典雅、素然之美。方磊既震撼又陶醉，心想，下次可算知道该什么时候来看苏州园林了。

不过，当他走出园中小径，穿过西南角的小门，绕到研究院后面凶杀案发生的小池塘，血淋淋的画面瞬间把他的心揪住了：一具尸体平放在水池边的青砖地上，一名法医正蹲在旁边做详细的检查。死者浑身惨白，白色的平角内裤，白色的短袖T恤，被水泡过的白得刺眼的皮肤，白里透红的头发——也许是血迹。方磊平时第一次对白色产生如此恶心的感觉。接着，他看清了那张面孔，顿时胃里翻江倒海，要不是强行压住，刚才吃进去的豆浆油条就要吐出来了。

"来啦，头儿。"

方磊借机把脸别过一旁，看向已经提前到来的同事小蔡，然后故作镇静地打开手中的茶杯盖，喝了一口茶，才感觉舒服了点。

"现在什么情况？"

"尸体被发现的时候四仰八叉躺在那上面，"小蔡指着水池中央的小型石塔说，"目前初步断定是被谋杀的。"

"哦。"

方磊看了看水中的那座石塔。石塔很小，高出水面一米左右。塔为鼓形，顶部是一个莲瓣宝珠，往下是五重六边形包裹，再往下有六脊仿木构青瓦雕檐，盖住一个六面形的柱体，而每一面都有一座浮雕的坐莲台的佛像，最下面与水连接的部分，托着莲花底座。是一座小型佛塔。

"刚才有导游管这玩意儿叫金幢。"小蔡压低声音，"据说是镇宅用的，邪乎着呢。"

"可不，你都中邪了！"

方磊挖苦了小蔡一句。作为一名坚定的无神论者，他虽然尊重这些民间的迷信传说，但绝对不会相信，尤其是在办案的时候。

"我们仔细检查过了，"小蔡急忙转移话题，"除了尸体身上，周围都没有发现血迹，这里应该不是第一凶案现场。"

方磊绕着水池边走边看,慢慢走到了尸体身边。死者此时已经被法医盖上了白色床单。他回想了一下那张脸,轻轻地叹了口气。

"死者的身份也确认了,是——"小蔡话还未说完,方磊抬手制止了。

"我认识。"

"啊?"

"是柳铭,园林研究院的院长。"

小蔡见方磊不愿多做解释,也没敢多问。

"怎么死的?"

"目前来看,死因是被重物击中了后脑勺,具体还得等法医最终的尸检报告。"

"尸检大概需要多长时间?"

"最快也要后天才能出结果。"

"尽快吧。凶器找到了吗?"

"找到了,就是这个。"小蔡将一个透明塑料袋展示给他看,里面有一块三十厘米长短的太湖石,上面有血迹,"还有,凶手也被抓住了。"

"啊?这么快?"方磊吃惊不已。

"据保安称,他就坐在凶器旁边,浑身是血,只要鉴定出凶器上有他的指纹,基本上就可以移交检察院了。不过……"

"不过什么?"

"之前的保安不太专业,用手拿了凶器……我已经教育过他了。"

"算了,也不是人人都受过刑侦方面的专业训练,情有可原。你把这保安的指纹也采集一下吧,以备后用。凶手人呢?"

"已经被带到保安室了。"

"嗯。"

"现在要去审他吗？"

"先搁他一会儿。"方磊沉吟了一下，"园林负责人来了吗？"

"派人去请了。估计快了……"

话音刚落，方磊就看见一个男人从前方的弧形门洞中走了出来。这男人看上去四十几岁，高个儿，清瘦，短发，戴眼镜，浅色短袖的衬衣掖在暗色的西裤里，走起路速度很快，黑皮鞋的鞋跟与石板路摩擦得嗒嗒作响，也不打伞，给人一种风风火火、很干练的感觉。

他走到方磊跟前，先是表情凝重地跟方磊握握手，然后视线越过后者的肩膀，看着地上已经被盖上白布的尸体，露出一副很难过的表情。

"怎么会发生这种事情？"

方磊盯着对方的眼睛，不说话。

"我叫李元，是园林管理处的主任。"

方磊做出恍然大悟的样子。

"我叫方磊，市刑侦队队长。"

"幸会，方队长。唉，没想到啊，老柳就这么被人杀了。"见方磊露出不解的表情，李元连忙解释，"我们同事刚刚都跟我说了。没想到啊，老柳兢兢业业一辈子，为国家为社会做出了巨大的学术贡献，竟落了这样的下场。"

方磊这才意识到这个李元与死者柳铭的关系。据他所知，柳铭所在的园林研究院就在拙政园内，属于园林区域的一部分，作为园林的管理人员，李元虽然算不上是柳铭的上级，至少也属于同一屋檐下共事的同事，再加上他的领导身份，说出这样的场面话也就不稀奇了。

"听说抓到凶手啦？"李元试探地问。

"抱歉，关于案情暂时不方便透露。"

"查出杀人动机了吗？"

方磊有些厌烦地摇摇头。"杀人动机"这样的词语从李元口中说出来异常刺耳，而且，他从来就不喜欢被人连续问问题。

"无论如何，现在是法治社会，相信法律最终会给出一个公道的答案。"

见方磊不回话，李元似乎也觉得自己话有点多，停顿了一下，开始切入正题。

"是这样，方队长，您看，现在人也死了，嫌疑人也抓住了，是不是能迅速清理一下现场了？"

"这恐怕不行。"

方磊觉得这个李元真不简单，想要什么非常直接，即便眼前发生这么大的事情也完全不受影响。

"我也知道这里是凶案现场，也想好好协助诸位警官破案，早点知道柳院长被杀的真相。但问题是，今天下午有一拨外国友人要来参观拙政园，要是现在这个样子，恐怕有点不合适。"

"那只能让那些外国友人改期了。"

"真改不了，这是老早之前就预订好的。这样突然取消我不太好交代，总不能告诉对方，这里发生了凶杀案，让他们别来了。"

方磊默不作声。

"方队长，"李元的语气又软了下来，"大家相互体谅一下，好吗？否则我真没法跟上面交代。你肯定也不想看到咱们苏州的文化瑰宝以这样的面貌展现给世界，对吧？"

"你跟死者熟吗？"

"啊？"

面对方磊突如其来的一问，李元显得有些措手不及。

"这个嘛……很熟谈不上，但大家都在一个地方工作，抬头不见低头见。"

"那这样。就按你说的做，我让同事快速清理一下现场。下午等你有空了，找个时间咱们细细聊聊。"

"谢谢理解。"李元一脸感激。

"另外，我需要最近一星期整个拙政园包括这一块的监控视频内容，需要麻烦您一下。"

"这没问题，我这就去办。"

方磊点点头，转头招呼小蔡。

"走，咱们去保安室。"

尽管一路上听小蔡的描述，有了些心理准备，但见到嫌疑人时方磊还是暗暗吃了一惊。这是个年纪在四十到五十岁之间的男性，几近秃顶，浑身湿透，坐在光线晦暗角落的地上，双手被铐在下水管上，瘫软着，像一只被撒了盐即将脱水而死的巨大鼻涕虫。

方磊拉过一把椅子放在他面前两米处，坐下，示意小蔡把嫌疑人拉到光线明亮点的位置。终于，他看清了男人的脸——那是一张毫无生气的脸，眼皮耷拉着，目光涣散，像是被魔鬼抽走了魂魄。方磊感到很疑惑，在他的职业生涯中见过一些杀人犯，但从没有谁会崩溃成这样。

"给他拿把椅子。"

小蔡搬过一把靠背椅，放在嫌疑人的旁边。

"请坐。"

嫌疑人似乎根本没听见方磊的话,一动也不动。

"嘿,装傻是吧?"小蔡刚想伸手去拉,就被方磊制止住了。

"把他抱上去。"

"啊?"

"快啊。"

小蔡十分不情愿地将双臂从身后插进嫌疑人的腋下,试图把他抱起来,可后者就像死尸般毫无反应。

"真他妈沉,你倒是配合一下啊。"

方磊见状,只好上前帮忙。两人好不容易把嫌疑人放到了椅子上,气喘吁吁。

"他一直这样?"

"对啊,方队,我觉得他一定是装的,要不咱们给他来点狠的……"

方磊摆摆手,重新坐下,朝前半曲着身子,盯着嫌疑人的眼睛。他相信,只要后者的眼神中稍微有一丝变化,绝对逃不过他的眼睛。然而,并没有。

"搜过他的身了吗?"

"搜过了,什么也没有。"

"指纹呢?"

"采集过了,已经送去局里的数据部门进行匹配了,如果有记录,应该很快就能匹配出来。"

"哦。"

方磊站了起来,双手背在身后,绕着嫌疑人开始慢慢踱步。突然,他猛地从身后拍了一下嫌疑人的肩膀,并伴随着一声大叫"嗨"。很可惜,这招并不管用,嫌疑人一点反应也没有,倒是小蔡被吓了一大跳。

"方队,我这要是吓出毛病来能算工伤吗?"

方磊也不答话,走到桌边,一边拿起茶杯喝了口茶,一边陷入思考。突然,他想到了一件事情。

"你们之前有没有见过一个十七八岁的男孩,这么高,穿雨衣,背着书包。"

"有,时间太紧,一直没来得及跟您汇报……那个,把保安队长叫过来。"

很快,保安队长急匆匆跑了进来。

"这位是我们方队长,你把刚才发生的事情再讲一遍吧。"

"方队长您好,是这样,刚才在凶案现场,我们抓到这家伙的时候,那男孩从人群中冲出来,说是他儿子。我本来想把他留下,等您一起来审,结果……"

"跑了。"

"您怎么知道?"

方磊不解释,只下命令。

"去,查监控,把这男孩的样貌弄清晰了,分发给各部门,无论如何,都给我把他抓回来。"

"是。"

小蔡正要走。

"回来。这样还是太慢了……"

方磊说着,拿起办公桌上的纸和笔,就开始全神贯注地画起来。不到三分钟,一张简单的人物肖像就画好了。小蔡看了后不禁啧啧赞叹。

"头儿就是头儿,果然厉害,只见过一面就能画出像来。"

"别拍马屁了。扫描后发给各单位,包括酒店、车站、商场,年纪大概十七八岁,身高一米八左右,背着书包……一旦发现,立刻给我逮回来。"

第四章 《园冶》

直到被拉进一条小巷,脸上被扇了一巴掌,简耀才有点缓过劲来。

"你干吗打我?"

"我是你爸啊。"那女孩比简耀矮了一个头,离他不到五厘米的距离,仰着脑袋,气鼓鼓地瞪着简耀。

"我还是你妈呢!"

女孩一听,又举起了手臂,这次被简耀一把抓住了。女孩使了使劲,发现根本挣脱不开,急得准备上脚了。

"等一下!"简耀也急了,"你没毛病吧,我招你惹你了,干吗这样动手动脚?"

"耀耀,我真的是爸爸!"

简耀瞪大眼睛,从上到下将女孩打量了一番,随后冷笑一声,松开了女孩的手腕。

"别开玩笑了。虽然我不知道你是怎么知道我的名字的,但我实在没工夫陪你玩下去。再见。"

简耀说完,转身想走。

"等一下!"

女孩一闪身蹿到了简耀面前,张开双臂试图阻拦。简耀看见她上身因为湿透而显露出来的内衣,脸一红,眼睛看向一边。

"你到底想干什么?"

"该你了。"

"什么?"

"打我!"

简耀目瞪口呆,不知所措。

"大姐,你是不是脑子有毛病?"

"你打不打?"

"不。"

"那我就自己动手了。"

话音刚落,女孩握紧拳头,举到鼻尖,然后闭上眼睛,深吸一口气,用力朝自己漂亮的面孔打了下去。

"哎呀!"

女孩一个趔趄倒在地上。几秒钟后,她晕乎乎地站起来,两管鼻血缓缓流下。

整个过程让简耀惊讶得捂住了嘴。

"你……你……"

"会痛啊。竟然不是做梦!"

"你好像下手有点重……"简耀指着鼻血。

女孩不说话,只是麻木地用手背擦去了鼻血,然后一脸惶恐地蹲了下去,双臂环抱,将头深埋。

"怎么会这样……怎么会……"女孩喃喃自语。

"没什么事的话,那我就先走了。"

简耀看了女孩一眼,转身要走。刚走了几步,他停下来,回头发现那女孩不停敲打着自己的脑袋,像是无法接受某种现实一般痛苦。他犹豫了一下,又回到女孩身旁。

"喂，那个，虽然我不知道你到底怎么了，但是也别太难过了……"

话没说完，那女孩猛地站了起来，竟一把抱住简耀，并把脑袋靠在他胸膛号啕大哭起来。简耀张着双臂，愣在原地，抱也不是，推也不是。

过了一会儿，女孩似乎哭得差不多了，慢慢松开了简耀，仰面用两只哭红的眼睛望着简耀。简耀一脸不好意思。

"哭好了吧？哭好我就要走了。"

说完，简耀想推开女孩，但出乎意料的是，女孩依然死死抓住他的胳膊。

"喂，你到底想干吗？"简耀这下真的生气了。

"耀耀。"

"干吗？"

"我真是爸爸。"

"神经病！"

"我能证明。"

"证明你是我爸？"简耀觉得这事简直太荒唐了。

女孩松开简耀，朝后退了几步，用衣袖抹了一把眼泪。

"你叫简耀，你爸我叫简京生，咱们是从北京来的，爸妈离婚多年了，你妈叫费雨，现在在美国，你过几天就要去美国读书了，这次是陪爸爸来苏州的。"

女孩一口气说了一大堆，把简耀听愣了，过了好一会儿才回过神来。

"鬼知道你是怎么打听到我信息的，就跟那些街头算命的骗子一样……"

"我真的是爸爸！到底你要怎样才会相信我？"

"那你说，我属什么？"

"属兔，巨蟹座。你是一九九九年七月四日生的。"

"我在北京住哪儿？"

"帽儿胡同。"

"我家的小狗叫什么？"

"我家没养狗。"

"我是问，在我八岁那年，家里养的后来死掉的那只，叫什么？"

见对方沉默下来，简耀开始得意了。哼，死骗子想骗我，还嫩着呢。他整理了一下书包的肩带，仰着头，以一副胜利者的姿态准备离开。可腿还没迈开，女孩开口了。

"时间有点久了，不过，你从小到大，只养过一条狗，那是我给你买过的唯一的生日礼物，名字是你自己取的。"

简耀心里咯噔一下。

"应该叫笨笨吧。"

简耀缓缓转过身来，看着那女孩的脸。这件事情实在是太诡异了，按理说，除了父亲，任何人都绝不可能知道这条狗的名字的。那一年，是自己八岁的生日，他听到了自己人生中最坏的一个消息：妈妈离开了。他记得自己一直哭一直哭，怎么也停不下来。后来父亲从外面带回来一条小狗，很奇怪，他抱住那只毛茸茸的小狗之后，就不觉得难过了。那是父亲十年来唯一给过自己的温暖。

"这下你总该相信了吧？"

简耀这才注意到，这个女孩说话时微微上扬的嘴角，的确像极了父亲。并且，之前这个女孩说话的口音中有着一股浓厚的京腔。如果把她的脸遮住，嗓音换成男声，他一定会毫不犹豫地相信这就是父亲。可是……他突然想到不久前在园林里见到父亲的情形，当时正被保安押解的父亲目光呆滞，表情空洞，活像具僵尸。怎么会这样呢？

"我也很吃惊。"女孩似乎看出了他在想什么，"我完全不记得到底发生了什么，为什么会在这里。我只记得早上和你从酒店出来，先是在苏州博物馆门口排队，后来我去了拙政园。但进去之后的事情我却想不起来了。等我清醒的时候，发现自己已经成这样了，怀里还抱着一只黑猫。再之后就看见你了。"

事情到此，简耀尽管在情理上依然不愿相信面前这个年轻漂亮的女孩就是自己的父亲，但他也确实无力反驳了。他看过一些穿越啊、灵魂交换啊一类的玄幻小说，但从没想过这种事情发生在自己身边时该怎么应对。突然，他想到一个非常重要的问题。

"那你说，你为什么去拙政园？"

女孩眯着眼睛想了想，然后摇摇头。

"完全不记得了。"

简耀刚想质疑，视线却被远处吸引了——有两个警察在四处问询着什么，显然是冲着他来的。

"惨了。"

简耀决定了，先暂时离开这里，且不管她到底是谁，既然这事发生得这么诡异，必然有其内在的原因，也许她能提供一些线索，让他找到背后的真相，救出父亲……的肉身。

"怎么了？"

简耀发现那两个警察已经看见自己了，正朝这边奔过来。

"快走！"他低声说道。

"去哪儿啊……"

简耀也不解释，拉起女孩的手，朝巷子深处跑去。

这条狭窄的巷子叫平江路，是苏州最著名的历史街区。街道由青石板铺设而成，两侧全是商铺，狭窄且热闹。简耀拉着女孩一路狂奔，直到回头发现警察并没有追上来，才停住脚步。雨又开始下大了，两人不得不躲进路边的屋檐下。因为奔跑得太激烈，身上的一次性塑料雨衣早已撕坏了，简耀干脆把它脱下来，一低头，发现自己牵着那女孩的手，不禁一阵脸红，赶紧松开，却看见女孩一脸疑惑的样子。

"我们干吗看到警察要逃啊？"

"怎么？你真不记得了吗？"

女孩茫然地摇摇头。

"你杀了人！"简耀毫不犹豫地说道，他故意在没有任何切换的情况下把对方当成父亲，看看能不能从对方的反应中找到破绽。

"杀人？我？开什么玩笑？"

"准确地说，你的肉身杀了人！在拙政园里面！现在警察还在到处找我！"

简耀把脱下来的雨衣揉成一团，用力往地下一掷，余光却在偷偷观察着女孩的表情变化。她看起来非常震惊。嘿，真会演。

"我不相信。"

"你相信也好，不相信也罢，事实就是这样！我都快疯掉了！"

简耀蹲在地上不吭声了，泪水在眼眶里直打转。这次他是真觉得委屈了。今天是他的生日，不仅没得到任何礼物和祝福，反而陷入这样糟糕透顶的境地，好不容易鼓起勇气逃了出来，想查找真相，没想到却碰到一个自称是自己父亲的女人，他根本不知道接下去该怎么办才好。

雨点滴落在他面前的青石板上，路过的人朝这边看了一眼，还以为是情侣在吵架，就走开了。

"孬种。"

"什么？"简耀吃惊地抬起头，看见女孩居高临下地冷冷望着他。

"碰到点事儿就丧就颓，你不是孬种是什么？"

"你再说一遍试试？"

简耀腾地站了起来，握紧拳头，恶狠狠地瞪着女孩。

"怎么，还说不得了？打啊，打女人，瞧你这点本事。"

"那也比你好。"简耀收起了拳头。

"你说什么？"

"你有本事，三十万就把儿子卖了……"

啪！

简耀话还没说完，又一记耳光打在了他的脸上。相比之前那记的莫名其妙，这一记耳光结实而沉重地打到了他的心上。他沉默了，开始后悔参与到这件事情中来。刚刚从警察眼皮子底下逃出来后，就应该直接打个车去酒店，带上行李，去火车站，即刻回家。就任那个男人自生自灭好了，既然在心里早已不认可他是自己的父亲，又何必为了他冒险犯难呢？最重要的是，他开始彻底认为面前的女孩就是自己的父亲——只有真的父亲才会被"卖儿子"这种仅限于父子之间的私密事激怒到条件反射般动手打人。

"对不起。"

女孩一脸懊悔，伸出手来想摸下儿子被打的那左半边脸，但被简耀挡开了。

"最后一次。"简耀冷漠地看着女孩,心里告诫自己一定要坚强,要忍住,不要让面前的人看自己笑话,"这是我最后一次帮你。等事情结束后,我就去美国,咱俩永不相见。"

"耀耀……"

警察的身影又出现在了简耀的视线中。雨以倾泻的方式下着。简耀转身走进了身后的咖啡馆。

有些事情,他需要弄清楚。

"这人你认识吗?"

简耀指着照片上父亲旁边的那个男人问。他们坐在这家名为"动弹"咖啡馆的后院二楼靠窗的位置。这是一个典型的苏式建筑,进门后是一个被改造成前台的厅堂,通过一条狭长幽暗的走廊,便是拥有天井的中庭,过了中庭就是起居室。从木质楼梯上去二楼,沿窗边坐下,位置极佳,不仅采光充足,环境幽静,最重要的是还能观察楼下的动静,任何人的出入都能尽收眼底,包括警察。

"不认识。"

女孩看了眼,摇了摇头。

"你不是说你是我爸吗?"

"对啊。我就是你爸。"

"那既然这样,你为什么会不认识和你一起拍照的人呢?还不承认你是假冒的?"

简耀朝后靠去,双臂交叉,有些得意地看着面前这个自称是自己父亲的女孩。这一招可真够狠的,如果她真是父亲,就得说出死者是谁以及他们之间的关系,很多问题就迎刃而解了;反之,她就不是自己的父亲,这个假冒的把戏可以到此结束了。

"也许我认识。但我真想不起来了。"

"哦？是吗？"简耀不相信地看着女孩。

"真不记得了。我他妈的灵魂穿越了，连自己怎么变成这样都不记得了，怎么还会记得这些呢？"

"继续编吧。"

"我真没编！不信算了！"女孩气鼓鼓地说道。过了一会儿，"这人是谁有那么重要吗？为什么我非要记得他？"

"当然重要！就是他被人杀了。而你，不，你的肉身被当作犯罪嫌疑人抓起来了。"

"啊？这他妈的都是些什么事儿啊，简直太荒唐了！反正我就是你爸，反正人不是我杀的，你看着办吧，爱他妈谁谁！"

见女孩露出了父亲那种经典的吊儿郎当的神态，简耀有些无语了。显然父亲是认识这人的，就像他去拙政园也一定有原因，也许他在隐瞒，也许他真的失忆了。怎么办呢？他这样不配合事情根本不会有进展啊。

"你上下翻翻看。"

"什么？"

"找找有没有什么能证明你身份的东西。"简耀紧跟着又加了一句，"我是指这女孩。"

女孩站起身来，上下摸索。突然，她定住了，缓缓从口袋里掏出一个皮质的小卡包。打开一看，里面有两百块现金，一张导游证，两把钥匙和一部苹果手机。

"苏琪？"

简耀拿着身份证仔细看了看，上面不仅有女孩的姓名，年龄（生于一九九一年，比简耀整整大了八岁），照片，而且还有户籍地址（就在苏州市内）。手机黑屏，简耀试着按下开机键，没电，也许是因为进水了。至于钥匙，一把显然是门钥匙，另一把比较大，上面有品牌标志，似乎是电瓶车钥匙。

"你认识吗？"简耀问。

"废话，当然不认识。"女孩停顿了一下，"儿子，我跟你说……"

女孩说着突然定住了，视线看向简耀的后方。简耀回头，发现端着托盘的女服务员就站在身后，一脸惊讶地望着他们。简耀再次羞得满脸通红。

"打扰了。你们……点的咖啡。"

服务员放下咖啡，欠了欠身，然后迅速下楼了。

"我说……"

"你先听我说。"简耀打断女孩的说话，"从现在开始，你不准提任何我是你儿子的事情。为了方便称呼，你叫我简耀，我叫你苏琪，咱们只是导游和游客的关系，不准拿我开玩笑，否则，我马上就走。"

"耀耀……"

简耀猛地站了起来，拿起包就要走。

"行，行，我答应你还不行吗，简耀同学。"

简耀重新回到座位上坐下。

"你一定要搞清楚，我之所以在这里，不为别的，只是为了救你。搞清楚了吗？"

"清楚了。"女孩轻声答应着，"我也想知道自己到底为什么会变成这样。"

望着女孩乖巧顺从的样子，简耀内心百感交集。他从没有以这样略带强硬及反抗的语气和父亲说过话，此刻竟有一丝泄愤般的满足感；同时，他也觉得自己有些过分，因为那个糟糕透顶的父亲形象在美丽女孩外表的掩盖下，居然显得挺可怜。

"好啦，现在一切行动听我指挥。我们需要确定一件事情。"

"什么？"

"查出死者的身份。因为只有查出死者是谁，才能找到你和他之间的联系，以及，你究竟是不是杀人凶手。"

"当然不是。你还不了解我吗？杀鸡我都不敢，还杀人呢！"女孩盯着简耀的眼睛，"怎么，你也不相信我？"

"不知道。"简耀犹豫地说，"这段时间发生太多不可思议的事情了。所以我说，需要证据。"

"对于我来说，证据什么的不重要。"

"那什么重要？"

"你相信我。"

"大姐，咱就别矫情了……"

"我只要你一句话，别说被诬陷成杀人犯，就是死也无所谓。"

女孩充满渴望地盯着简耀的眼睛，一动不动。后者不禁有些感动。他一直以为父亲是个混不吝的人，原来他也需要得到来自儿子的认可。简耀张了张嘴，正准备说话。没想到，女孩突然"扑哧"一声，没憋住大笑起来。

"哈哈！太好玩了！"

简耀莫名其妙，好半天才反应过来：自己被耍了。他气得牙根痒痒，要不是现在正面临重大事件，他早拍桌子走人了。还有，怎么就算换了个身体，这该死的老家伙还是那么不正经呢？

"好啦，不逗你了，"女孩终于止住了笑，"那你说，应该怎么去查死者的身份？"

"我听人说,他是园林研究院的,姓柳。对,柳色青青……"

简耀拿出手机,开始用搜索软件检索关键词。很快,他就查到了死者的身份。

柳铭,苏州柳色青青园林建筑研究院的负责人,今年六十四岁,是一名园林专家,建筑设计师。他又查了几家本地的新闻网站,竟没有找到任何有关柳铭死亡的消息。

"这人为什么会被杀呢?他跟父亲究竟有什么关系?"

简耀陷入沉思。这时,他看见女孩拿起之前那本夹照片的书,猛然想起了什么,一把夺了过来。

"喂,你抢什么啊……"

简耀不答话,翻开那本《园冶》。这本书是由明代一位叫计成的人写的,通篇都是文言文,但简耀一下子就看懂了。这些年来,他一直被父亲逼迫着背古诗词和古文,心里极度排斥,没想到这个时候却派上了用场。他看了眼女孩,发现她正漫不经心地喝着咖啡,眼睛不时瞟向楼下。简耀重新把视线转移到这本书上。

这本《园冶》印刷于一九八八年,由中华书局出版,全书遵照古籍的排版,均为竖排。前几页是一些名家写的序言,从第十页开始便是书的正文。从内容看,很显然这是一本关于园林建造方面的书。简耀随意往后翻,发现书上许多空白处都被人用蓝色墨水做了读书笔记,并且偶尔还会有一些手写的常规图案,如"△""○""☆""□"……突然,他看到了其中一页的正中央,有一条字迹覆盖了铅字,显得十分突兀。他仔细一看,是一句古诗词。

"快点。"女孩突然说。

"什么?"

她用手指了指楼下,简耀顺着她指的方向一看,立刻紧张起来。从他的角度看去,前厅里来了两个人,因为视线被遮挡,只能看到来人的腿部。即便如此,他还是看出那是两个警察。其中一个警察手里还拿着之前他在门口扔掉的一次性黄色雨衣。

"糟糕!"

简耀不断说服自己冷静下来,死死盯着那一行诗句。

闲倚胡床,庾公楼外峰千朵,与谁同坐?明月清风我。

如果没记错的话,这应该是苏轼《点绛唇·闲倚胡床》词里的句子,好像不久前在哪儿见过。猛然间,一个画面从他的脑海中一闪而过。

"对了,我想起来了!"

这时,木质楼梯上已经响起了沉重而有力的脚步声。

简耀环顾四周,已经来不及躲藏了。

十五分钟后,简耀沿着平江路的小河边一路狂奔,女孩气喘吁吁地跟在他后面,喊着让他慢一点。在一排电瓶车的停车地带,他停了下来,等着女孩跟上。

"你能不能快点?"

"靠,你了不起是吧,要不是我现在是女的,未必跑得比你慢。"

"我这不是着急救你么?"

"那你也要等我啊,真是皇帝不急太监急。再说了,刚才要不是我……"

"你还好意思说刚才!"简耀脸涨得通红。

"我也是没办法,不是情况紧急吗?"女孩神秘一笑,"怎么样,跟漂亮女孩接吻是不是挺爽的?"

"我……"简耀气得说不出话来。

刚才,就在警察上楼前的那一刻,女孩突然把简耀拉了过去,抱住简耀的头开始接吻。由于简耀是背对楼梯的,因此警察上来看了一眼,就离开了。

"哦,我知道了……你是初吻,对不对?"

"那你也不能把舌头伸进来啊。"

"没事儿,儿……简耀,你一个男的,还在意什么初吻。难不成你是……gay?"

"你还要不要脸?"

"不是就好。好啦,别想那么多了。经过这次至少证明了一件事儿:警察并不知道你长什么样,而且以为你单独一人。有我的掩护,你就好办了。"

简耀不得不承认她说的有道理。从拙政园逃出来以后,见过自己的也许只有现场的那几个警察,而且之前自己一直穿着雨衣,他们对自己的着装可能也不是太清楚。不过动作必须得快,警察一旦查出父亲的身份,知道自己长什么样也是早晚的事情。

"你刚才说想起来了,想起什么了?"女孩突然问。

"那句诗词。我想起来我在哪儿见过它了。"

"什么诗词?"

"书上的。就是这句。"简耀翻开《园冶》,指着上面的那句诗,"我之前在拙政园里见过这句诗。"

"哦?"

"拙政园里有个亭子叫作'与谁同坐轩',我之前听导游说,坐在这个亭子里,一边欣赏水景,另一边通过窗户望出去,能看到远处的亭子,到了月圆夜还能赏月。想来当时的主人借用了这个题目,表达美景在眼前,却无人陪伴的孤独感吧。"

"哟,古文学得不错。"

"还不是拜你所赐!"

"那这句诗跟这个案子又有什么关系呢?"

"目前还不清楚。"

"会不会是条线索?"

"或许,"简耀停顿了一下,"在指引我们去往某个地方。"

"什么地方?"

"不知道。"

简耀说着,继续翻查《园冶》。

"有了!这里还有一句!"

在书的另一页,同样的中心位置,同样覆盖在了铅字上,又出现了一行钢笔字。

  人道我居城市里,我疑身在万山中。

"这是什么意思呀?"女孩不解地问。

"这是元代诗人谭惟则的诗句,大概的意思是人人都说我住在城市里,我却感觉自己住在山中。"

"可这里不就是城市吗?哪来的山啊?"

简耀低下头,左右踱步思考着。根据前面出现的逻辑,诗句很可能指向一个具体的地方。可正如女孩说的,这里是城市,哪儿来的"万山"?突然,他瞪大眼看着女孩。

"让开。"

"干吗?"

简耀不顾一切地把女孩拨到一旁。

"你怎么能对女孩子这么粗鲁……"

"没错了,就是这个。"

女孩这才看到,自己先前站的位置后面有一小座假山。

"什么意思?"

"假山。"

"假山?你确定?假山再逼真也就跟一块石头似的,怎么可能让人有住在山中的感觉,你八成是猜错了吧。"

简耀默不作声。这时,恰好有一队旅行团经过,为首的导游一手举着小红旗,一手拿着扩音器,正叽里呱啦说个不停。

"大家注意啦,往前一百米就是狮子林了,那可是全世界假山群最雄伟壮丽的园林,等下大家进去一看就知道了,立马就会有走进崇山峻岭的感觉……"

简耀和女孩的视线迅速交流了一下。

"狮子林……走呗。"

简耀紧赶几步,追上了导游的队伍,随即到了狮子林的门口。在售票口买了票,他回过头说道:"你有导游证不用买票的吧……咦,人呢?"

那女孩刚才还在身边,怎么一转眼就不见了?简耀四下搜寻了一番,终于在一家店铺前发现了她的踪迹。看着她的表情,简耀一下愣住了。

女孩的面孔上清晰地写着惊讶、恐惧、茫然、无奈。她视线看向店铺里面,似乎被深处某种可怕的东西摄住了魂魄,全身无法动弹。

"喂!"简耀冲她挥手,大喊一声。

这一喊就像一根救命稻草,把差点溺死的女孩拉了回来。她顿时惊醒了。随即,也就是差不多半秒钟的时间,她的嘴咧开了,灿烂而可爱的笑容重新回到了她洁白的脸庞上。

"来啦!"

说着,她像个孩子似的朝简耀奔了过来。

第五章　死者

死者叫柳铭，今年六十四岁，是柳色青青园林建筑研究院的创始人，古建筑园林艺术专家。二十年前，他曾因参与设计美国大西洋美术馆获得世界建筑界第一大奖"普利兹克建筑奖"而轰动海内外，是继美籍建筑大师贝聿铭之后，首位获得这项世界大奖的中国人。当年组委会的授奖词中有这么一句，"他开创性地将苏州古典园林与现代建筑进行了最完美的结合"。也正因此，才使得苏州园林在那一年被联合国教科文组织高度关注，之后被正式评选为世界文化遗产。当时有媒体甚至把他称作"中国建筑界的民族英雄"。

对于这样"国宝级"的人才，政府部门自然是极为重视，当时特意在拙政园一角找了一处小院，帮他成立了园林研究院，长期给予资金支持，让他专心从事园林研究。转眼二十年过去了，眼看着他就要退休了，却意外遭此噩运，不仅对他的家人朋友是一种伤害，对国家、对园林研究界，都是一项无法挽回的重大损失。

说到这位柳院长，方磊记起曾和他有过一面之缘。大概是四五年前，省里领导来苏州视察，参观园林，方磊当时参与了安保工作，而这位柳铭则作为园林专家陪同介绍。一路走下来，不知道为什么,他总觉得这位学术专家对领导过于谄媚了,言谈举止较为浮夸,缺少一位知识分子应有的风骨。因此,方磊对他并无好感。

无论如何,这样一位权威专家被谋杀在世界文化遗产拙政园里,的确非常棘手。作为一个有着十几年办案经验的刑警,在方磊看来,谋杀案虽然属于大案,但并不是顶天的事情,但假如影响扩大,成为国际事件,那麻烦就大了,不仅上面责难,还会给整个苏州形象带来负面影响。

最让方磊本人担忧的还不只这些。他在乎的是,在苏州最具标志性的、游客最多的、安全措施最好的拙政园里发生凶案,如果不能及时破案,很可能会影响普通民众对警方的信心。在任何时候,警察这两个响当当的字都是市民获得安全感的重要符号。降低犯罪率固然可贵,但如果犯罪已经发生,警方却无能为力,那造成的后果将是无法估量的。人心的动荡要比社会的动荡糟糕一万倍。

因此,赶紧查明真相,给各方一个交代刻不容缓。

幸运的是,嫌疑人已经被抓到了——在没有确凿的证据之前,方磊对"凶手"二字的使用从来都是非常谨慎的。虽然目前嫌疑人什么也不肯说,但只要查到他的身份,找到他与死者之间的联系,让他开口是迟早的事。

可即便如此,仍然有一个关键疑点需要解答:如果他是凶手,为什么他杀了人不逃跑,而且还把凶器留在身边?难道他一开始就没有想过要躲避,而是打算杀完人后俯首认罪?可问题是,目前他的状态看起来十分茫然,极度不配合,根本没有任何认罪伏法的意思。

想到这里,方磊端起茶杯,喝了口茶。他此刻正站在保安室里,在保安队长的陪同下,准备查看园区内的监控。然而,等了半天,却得到一个意外的消息。

"什么也没拍到。"

"怎么会呢?"

方磊把头凑近,示意操作员将已有的监控前后重新倒了倒,确实如对方所说,从昨晚五点闭园到今早九点开园,这段时间园区内的所有的监控探头都被人为关闭了,也就是说,什么也没拍到。

"这监控室除了你,谁还有钥匙?"

"老刘。每天下班后都是由他负责看园子,直到早上开园他再与我们保安队交接工作。哦,他平时就住在园子里。"

"他人呢?"

"早上我还见过他呢。这会儿没事,也许出去了。"

"打他电话,叫他立刻回来!"

这时,小蔡急匆匆冲了进来。

"头儿,有发现!"

园林研究院位于紧邻拙政园的一个小院里,走进去,院子小而精致,庭心处有一棵年岁久远的红枫树,靠墙则摆放了一溜各色各样的盆栽,使得这里不像工作室,倒像起居所。方磊心里不禁感叹,还是这帮搞学术的知识分子舒服啊,工作环境也太幽静了,哪像自己,一天到晚在外面灰头土脸地奔来奔去,整天和罪犯死人打交道,简直天壤之别。

进了屋,方磊立刻被一股阴沉的气息笼罩住了。屋内光线昏暗,古旧的中式家具陈设略显压抑,几位鉴证科的同事正四下采集信息。

"头儿,您往这儿看。"

在小蔡的指引下,方磊在书桌旁蹲了下来。灰色的青砖地上,有一小摊深色的已经凝结的液体。他用手摸了摸,是血迹。

"依我看,这里应该就是第一凶案现场。"小蔡得意地说。

"他们怎么说?"方磊指着正在进行现场勘查工作的同事问。

"根据血液的凝结程度,初步判断死者的死亡时间不会超过十二小时。"

现在差不多是十点钟,也就是说,从昨晚十点到尸体被发现之前都有可能是凶案发生的时间。方磊心里正盘算着,小蔡又开口了。

"还有这里。"

顺着小蔡手指的方向望去,方磊看见一些地砖上还覆盖了一些沾着血迹的凌乱脚印。脚印上有明显的打钩标志。方磊脑海中迅速闪过一个画面。

"耐克……"

"技术科同事依据对鞋印长度和宽度的测量,推断这些脚印应该属于身高在一米八左右的人……"

"我知道是谁的。"

"谁?"小蔡很吃惊。

"就是那个逃走的小孩。他身高很符合,而且穿的就是耐克鞋。找到他了吗?"

"还没……之前有同事说在平江路一带好像见过他,后来又不见了……要不我再去叮嘱几句。"

"等等,二楼你去过了吗?"

在上楼的过程中,方磊脑子处于飞速运转中。

从现场来看，那个嫌疑人是有备而来的，也许他早已制订好了杀人计划，清晨潜入小院，用太湖石砸死死者，并将死者的尸体搬到池子里，用金幢顶住，随后自己拿着凶器坐在不远处的角落里，失魂落魄地等上几个小时，等到游客闯进来，发现尸体，报警，警察到来，抓住他，接着一言不发，呆若木鸡……这他妈也太不合情理了吧。

刚才，他还看见了摆在架子上的紫檀木底座，上面空空如也。这东西他见过，应该就是摆放太湖石的底座，也就是说，凶器本是死者房间的摆设。按照以往的办案经验，凶手如果是有计划地杀人，通常会自带如刀子一类的凶器，而随机性如此大的凶器（太湖石）不太可能是事先计划好的，倒更像是临时起意，并且是近距离砸杀，可见两人是熟识的。当时可能在谈论某件事情，两人起了争执，趁着死者转身的工夫，嫌疑人突然下了狠手。可那时候，他的儿子难道也在杀人现场吗？他没有制止父亲，反而帮着挪动尸体？可为什么他没有把父亲拉走，反而任由其被保安抓住，还跳出来当面认亲，随后自己却逃之夭夭？方磊想来想去，觉得这些事儿凑在一起一点逻辑性都没有。唯一的解释是，父亲杀人的时候，儿子并不在现场。可问题来了，他的脚印为什么会出现在凶案现场呢？

来到二楼，发现这里是个简单的卧房，仅有一张床、一组衣柜和一把圈椅，显然是柳铭平时休息的地方。屋内南北两面有窗。靠床的是木窗，推开，外面是一棵高大的香樟树，枝叶密布，再往下看，竟是一条通往园外的小路。圈椅旁边的窗略小，朝南，光线充足，适合闲暇时倚床阅读。窗下正对着小院，院外便是拙政园西园，那汪发现尸体的水池已经恢复了原样，只是在周围放上了警示牌，提示"正在维修，请勿靠近"，但一点也不影响游客的兴致。

方磊站在窗前正感慨着,突然,看见一个人影在小院门口朝内张望。也就是几秒钟的工夫,他与那人的视线就对上了。

"我叫刘洋河,在园里当门房已经十多年了,平时就住在管理处,负责早晚开关门,以及开关门之前的巡逻。"

此时,两人面对面站在庭心的红枫树下。方磊望着眼前这位比自己矮大半个头的老头,内心有一种说不上的感觉。他穿着朴素的深色短袖T恤,瘦小,皮肤粗糙,黝黑,头发稀疏,牙齿泛黄,看起来年近六十,乍一看像是一位面朝黄土背朝天的北方农民。但从他的说话方式来看,温厚而沉稳,简练且条理清晰,又像是受过教育的人。最关键的是,以自己多年做刑警的直觉,方磊总觉得他看似镇静的眼神背后隐约有种不自在的躲闪。而这种躲闪,方磊太熟悉不过了。

"你之前去哪儿了?"

"我出去散步了。因为园子开门后就没我啥事了,相当于下班,所以我每天都会去园外吃面,然后散步。刚接到电话说出事了,我立即赶了回来,没想到啊,出了这种事情……"

"哪家面馆?"

"就是街角的那家朱鸿兴。他家的头汤面不错。"

"嗯。"方磊点点头,"园子每天几点开门?"

"九点。"

"请说一下你平时巡逻的路线。"

据刘老头介绍,他每天六点半准时起床,洗漱完毕大概是七点,开始巡逻。管理处在园子的东南角,他七点从管理处出发,先巡视东园,然后再巡视西园,整个过程下来大概四十五分钟，也就是在七点四十五分左右巡视完毕，每个点都有他的巡视记录。然后休息一下，吃早点，九点钟准时开门。

"那你通常几点钟经过案发地点，哦，也就是在西园里的那个水池的？"

"大约七点二十吧。"

"当时在水池里没看见死者？"

"没有。"

"进来过这里吗？"

"没有。这里是研究院，平时不属于巡逻范围。"

方磊心想，也许这个时间，死者和凶手都还在这里。

"方队长，我每天巡逻的点都有手写记录，不信的话，你可以查一下。"

"我会去查的。你平时跟柳院长接触多吗？"

"我们几乎天天见面。"老头开始放松下来了，脸上流露出似乎非常难过的神情，"到底是谁造的孽啊！"

"你们上次见面是什么时候？"

"昨天下午，下班前，我们下了一盘棋。"

"哦，你们经常一起下棋？"

"最近比较多。"

"当时死者有什么不寻常的地方吗？"

"没什么，挺正常的。下完棋后，我就去关门了。后来就再也没见过他。"

"他没下班？"

"也许吧，我不知道。他因为丧偶，孩子又在国外，所以经常住在这里……他是一个好人。"

老头的悲伤让方磊有点意外。这样一个看起来很普通的门房会和一位园林研究专家有着怎样的情感勾连呢?

"说说监控吧。除了保安队长,就你有监控室的钥匙?"

"是,不过因为园子里钥匙比较多,我平时都统一挂在保安室的墙上,而监控室的钥匙我几乎很少使用,平时也不进去。保安队长交代过,那些机器设备都老值钱了,让我不要乱碰。我也不敢碰,万一弄坏了要我命也赔不起……"

"那你昨晚到今早,遇见过什么可疑的人吗?"

"没有。一个鬼影都没见到过。"

方磊想了想。

"那你对柳所长的家人了解吗?你刚才说他有个孩子在国外?"

"是个儿子,在美国。除此之外我就不太清楚了,反正我在这儿十多年从没见他儿子回来过,平时也很少听他提起。"

"那他平时跟谁来往比较密切?"

"这我还真不清楚。对了,你可以去问问他的助理,叫祝小芸。"

"哦?今天没来?"

"对啊,很奇怪,平时开门前就来了,今天怎么这时候了还没来?"

方磊沉吟了一下。

"你能帮我找到她的联系方式吗?"

方磊和小蔡驾车重新上了临顿路。根据之前刘老头提供的祝小芸的电话,打了好几次,但对方关机了。他又联系了李元,经过一番周折,才找到祝小芸的家庭住址:皮市街。

在去的路上,方磊的心一直紧绷着。虽然嫌疑人已经被抓住了，但因为疑点太多，动机不明，无论如何都不能草草结案。而走访死者身边的人，是一步步接近真相的最好办法。

嘟！嘟！

方磊和小蔡站在一幢居民楼前，按下祝小芸房号的门禁对讲机。虽然是二十世纪八十年代的老房子，但物业也在楼梯口统一补装了现代化的电子铁门，安全性提高了不少。

响了十几下，对方无应答。就在方磊以为白跑了一趟时，对讲机里突然传出了一个有些沙哑的女声。

"请问找谁？"

"是祝小芸吗？我们是市公安局刑警队的。"方磊朝对讲机上的摄像头亮了一下警官证。

"什么事？"

"我有些事情需要向你了解一下。能让我们进去吗？"

对方沉默了几秒钟，接着，"吧嗒"一声，防盗门开了。

在上楼梯的过程中，方磊在脑子里把之前看过的有关祝小芸的资料过了一遍：

祝小芸，女，二十六岁，贵州人，东吴大学园林系研究生毕业，在死者的研究院里担任助理工作不到一年时间。本来没有什么特别之处，但刚才在和李元通话时，他得到了一个意外的信息。

"她男朋友前不久来院里闹过。"李元说。

"为什么？"

"据说是怀疑自己的女朋友与老柳有染。"

"是吗？"

"是啊。不过我以人格担保，老柳绝对不可能干出这种事情。"

虽然李元言之凿凿,但方磊觉得这倒不失为一个有效信息。他看过这位祝小芸的照片,是个大美女,最重要的是,这个研究院就他们两个人,又地处偏僻,平时根本没人来,难免被人说闲话。只是有一点方磊不明白,这个李元刻意透露这样的信息用意何在?现在可不是说人闲话的时候。

"什么?老师死了?"

听到消息后,祝小芸显得十分震惊。她穿着一身材质柔软的家居服,披散着头发,显出姣好的身材;和资料上的照片一样,大眼,圆脸,长相属于比较甜美的那一类型;和资料照片上不同的是,她皮肤显得有点黑,神情略带稚气,浑身上下有一种掩饰不住的农村孩子的淳朴气质。最让方磊意外的是,她居然戴着一副宽大的墨镜。

"嗯。"方磊进屋后一直在打量屋内的摆设。这是一户一居室的套间。客厅小而局促,但收拾得井井有条,除了一个小书架上摆了几本园林方面的专业书籍之外,大部分的元素都跟"音乐"有关。沙发旁边的支架上立着一把木吉他和黑色谱架;谱架上有一本翻开的乐谱,靠墙边摆着一套音响设备,四周则堆放着各类唱片CD;墙面上贴满了摇滚乐队的彩色海报。让方磊感到奇怪的是,在一堆摇滚明星中,居然有一张似乎从某本杂志上撕下来的柳铭的照片。

"柳老师是我的人生导师。"祝小芸有气无力地看着照片说道,"老师,他到底是怎么死的?这、这太突然了……"

"被人谋杀了。"

"谋杀?太可怕了……什么时候的事情?我们昨晚还在一起。"

"昨晚？什么时候？"

"一直到晚上九点之前，我们都在一起。"

方磊和小蔡迅速交换了一下眼神。小蔡心领神会，把这个时间点记在笔记本上。

"就你们两个？"

"对。"

"在哪里？"

"就在研究所里。"

"你是说，昨晚一直到夜里九点，你和死者还待在研究所里？"

"我知道你想说什么，也知道外面在传什么。但，我和老师是清白的。"祝小芸停顿了一下，像是在强压内心的悲痛，"昨天老师生日，他儿子出国了不在身边，一个人在苏州，所以我就给他买了块蛋糕，陪他吃了顿晚饭。没想到……"

说着，她眼睛一红，身体前倾，双手捂住了脸，一副要哭的样子。

"你感觉当时他有什么异样吗？"

"没有。"

"那，他平时与什么人有过节吗？"

"没有。不可能。"

"你今天为什么没去上班？"

"请假，我今天不太舒服。"

"为什么不开手机？"

"没电了。"

"能不能请你把墨镜摘下来？"

祝小芸犹豫了一下，还是把眼镜摘了下来。她的双眼红肿，明显哭过。

"眼睛怎么了？"

"我……我昨天和男朋友吵架了。"

"哦？你男朋友呢？"

"他出去了。"

"他叫什么？我看他好像是搞音乐的。"方磊指了指那把吉他。

"马涛。他是个民谣歌手。"

"嗯。"

小蔡在笔记本记下了这个名字。方磊猛然抬头，直视祝小芸。

"听说他曾经去你单位闹过？"

"我说过了，我和老师是清白的……"

"但是他不这么认为？"

"他就是这么敏感，冲动。"

"所以你们就吵了一架？"

方磊盯着祝小芸那通红的双眼。

"这到底是怎么回事儿啊？"

祝小芸终于憋不住，"哇"的一声大哭起来。

第六章　狮子林

狮子林始建于元代，起初是一个寺庙，由一群佛教信徒为高僧天如禅师建造，园中有众多假山酷似小狮子。在佛学中，佛为人中狮子，佛坐的地方叫狮子座，佛书上有"狮子吼"一说，大概意思是佛或菩萨讲法就像狮子威服众兽一般，能调伏一切众生，"林"则指的是禅寺，所以起了这么个名字。

到了清代，这座寺院变成了私家园林，又经历了几手，于民国时期被颜料商人贝润生购得，依然叫狮子林。新中国成立后，贝氏后人将园子捐献给了国家。值得一提的是，著名华裔建筑大师贝聿铭正是贝家后裔，据说当年其祖父坚持每年让贝聿铭与堂兄弟们在狮子林里度过暑假，这构成了贝聿铭童年时代的重要记忆，也影响了他以后的建筑观念——人与自然和谐共存。

此时，简耀就站在这座已经变成旅游景点的私家园林里，望着手中的这本《园冶》发呆。为什么书上会出现与此地有关的诗句？他有一种强烈的感觉，这些诗句或许是一条线索，是某个开启园林谋杀案真相的密码。只是，难道父亲对此完全不知情吗，还是他真的失忆了？简耀悄悄观察了一下身边自称被父亲灵魂附体的女孩，很遗憾，从她漂亮而陌生的脸上找不到任何答案。

"那个……苏琪!"简耀喊道。

"啊?你叫我?"见简耀朝自己挤眉弄眼,再看看周围如织的游人,女孩露出恍然大悟的表情,"哦,是是,什么事儿?说。"

"你以前来过这里吗?"

"你是问我,还是问……她?"女孩指了指自己的鼻子。

"我是问……你。"

"没来过。"

"你确定?"

"真没来过!"

好吧。简耀心想,我看你能演多久。他一边默念着那两句诗"人道我居城市里,我疑身在万山中",一边开始在园子里漫步寻觅起来,虽然他并不知道自己到底要找什么。

雨已经停了有一会儿了,临近中午,气温开始升高,随着园子里的游客越来越多,简耀又觉得闷热起来。惨了,大腿内侧再度瘙痒起来,大庭广众之下根本没法抓挠,只能忍受着。但结果是越忍越痒,越痒越难以集中精力思考,极度烦躁的情绪随即蔓延开来。

"怎么?不舒服吗?"女孩显然看出了简耀的窘迫。

"没什么。"

"不会又起疹子了吧?"

她把视线转移到了简耀的裆部,后者羞得连忙转过身去。

"没事,待会儿去药店买点药膏,找个地方把裤子脱了,我给你涂……"

"不要!"

简耀大叫一声,把周围的游客都吓了一跳,莫名其妙地看着他俩。简耀顿觉自己的脸都给丢光了。

"瞧你没出息的样子。随便你吧。"

女孩满不在乎地朝前走了几步,来到一堆假山面前。突然,她怔住了,仿佛被人点了穴道。

"你怎么了?"

"奇怪,太奇怪了!"

简耀不解地望着她。只见女孩沉默了一小会儿,嘴里开始像背书似的往外冒话:"狮子林以假山著称,山占地面积约零点一五公顷,是中国园林大规模假山的仅存者。假山群共有九条路线,二十一个洞口,横向极尽迂回曲折,竖向力求回环起伏……"

"停一下!"

简耀走上前按住女孩的肩膀,后者如梦初醒般回过神来,一脸惊讶地看着简耀。

"你到底在干吗啊?"简耀问。

"我也不知道。刚才那一下,我脑子里闪过一大堆有关狮子林的信息介绍,嘴巴就不由自主地把它们都念了出来,现在这些信息还在我脑海中飞来飞去……"

"也许,"简耀觉得这个想法有点不可思议,但还是说了出来,"你的灵魂除了占有了这位姑娘的身体,还占有了她的记忆。"

"什么叫占有身体?说得我好像要流氓似的。"

"我的意思是,这姑娘虽然灵魂暂时替换成你了,但记忆还在。"

"那也不对啊,要不是看了她的钱包,我连她叫什么住哪儿都不知道。"

"没准软性记忆没有了,但硬性记忆,比如知识什么的,依然还在,她不是一导游吗?"

"你怕是美国科幻片看多了吧,都什么乱七八糟的。"

"现在只能这样解释了。不过也好,没准你的这些导游知识咱们能用上。"

"得,我成导游了。"

"你本来就是导游!"简耀指了指女孩胸前的导游证。

"行吧,小兄弟,有什么能为你效劳的?哎,别走啊……"

说话间,简耀已经走出几步远了。因为不知道目标是什么,只有在园子里边走边看,以求得到灵感。一路走来,简耀渐渐发现,狮子林里的建筑命名多具禅宗特色。以前简耀被逼着背诵古诗词,不得已学了一些古代文化常识,多少对佛学也有些了解。禅僧以参禅、斗机锋为得道法门,不念佛,不崇拜,甚至呵佛骂祖。所以狮子林不设佛殿,但建法堂,譬如"立雪堂",为讲经说教之堂,其名取自慧可和尚少林立雪之事——据说达摩祖师在少林修禅时,慧可为拜师在门外站了一个晚上,积雪没膝,后被达摩祖师收为弟子,修成正果成为禅宗二祖。再譬如"卧云室",为僧人休居的禅房。还有"指柏轩""问梅阁"等,都是以禅宗公案命名。即便狮子林成为私家园林,这些建筑重建后,题名依然不改。

再往里走,突然,一座假山群闯进了他的视野。这些假山数量之多、造型之奇、体积之大,都让简耀感到震惊,给他一种极为颠覆的压迫感,仿佛前一秒还在一个精致的园子里闲逛,下一秒却来到了一座巍峨的山前。这山虽不及简耀以前去过的那些名山大川,但这种突如其来的意外感还是让他心生感慨,由衷赞叹那些在几百年前把这些石头搬到这里、堆叠成山的工匠们,实在是做了件了不起的工作。直到现在,简耀对于这些古老玩意儿的好感均来自对伟大工匠的尊重，仅此而已。

线索在哪儿呢？园子这么大，这样漫无目的地找下去可不是办法。他再次想到了那句诗，"人道我居城市里，我疑身在万山中"，到底什么意思呢？

"你觉得这些石头像什么？"女孩不知道什么时候也跟了上来。

"像什么？"

"仔细看看，像不像一只只小狮子？"

听女孩这么一说，简耀再看，果然，这些形态各异的石头真的就像一只只表情各异的狮子头，影影绰绰，在万山中威猛生姿，真是一个"狮子林"。

"这块啊，就是著名的九狮峰了，你仔细看，它是由若干太湖石镶嵌接叠而成，却毫无痕迹，就像天生一般，可见叠山技术之高超。传说当年乾隆在观赏这块石头时看见了九头狮子，因此叫作九狮峰。"女孩跟在后面开始滔滔不绝地讲解起来。

简耀定睛看了看，貌似是那么回事儿。有些事情很奇怪，在别人没告诉你之前，你什么也看不出来，而别人告诉你之后，你才发现确实如此！

"太湖石？"简耀似乎从哪儿听过这个词。

"因为这些湖石全是当年从苏州太湖里挖出来的，所以都叫太湖石。好的太湖石讲究的是瘦、漏、皱、透……"女孩嘴里依然说个不停。

简耀猛然一惊。他想起来了，刚才在凶案现场，那个警察拿着的那件凶器就是太湖石。真没想到，这太湖石除了能堆叠假山，还能做成摆件放在几案上当装饰物，变作杀人的凶器……

"据说当初建园时，搜集了大量北宋时期的'花石纲'遗物，经过叠石名家的精妙构思，堆成了这举世闻名的狮子林。"

"什么叫花石纲？"

"花石纲你都不知道？我以前不是逼你看过《水浒传》吗？"

"你也知道那叫逼啊……"简耀嘲弄地看着"父亲"。

"唉，看来我生了个傻儿子。算了。"女孩换了种口气，"你知道梁山好汉为什么要造反吗？就因为宋徽宗昏庸，要在北方造什么艮岳，也就是一个巨大的皇家园林吧，举国上下搜集名贵石材，地方上的官员为了讨好他，自然是想尽办法找石头，太湖石就是在这个时候被大量挖起，通过河道运往开封，这就叫'花石纲'，所谓'纲'，指的是一支运输船队。在这个过程中，想都不用想，里面会存在多少的腐败和压榨，劳民伤财，到头来苦的都是老百姓，大家日子过不下去了还能怎么办？当然是造反呗。所以有很多历史学家说，北宋的灭亡在很大程度上跟这个宋徽宗搞艮岳有关。"

简耀脑子里浮现出了一座超级皇家园林的景象，里面亭台楼阁，假山壮丽，水流不息，雾气缭绕，不时还有几只仙鹤闲庭信步，宛如天庭一般。

"可惜的是，这艮岳刚建完不久，金兵就打过来了，不仅把祸害百姓的艮岳一把火烧掉，还把宋徽宗、宋钦宗两个皇帝都给掳走了，这就是中国历史上著名的靖康之耻，《射雕英雄传》看过吧，郭靖、杨康的名字……"

"行了，打住！"简耀已经快受不了了，觉得内心堵得慌，一种厌恶的感受油然而生。花这么多钱、死这么多人建这些所谓园林是为了什么呢，还不是为了满足人类无底线的贪婪欲望，到头来却是一场空。想到这些，他对苏州园林好不容易建立起来的一点兴趣又消失了。

"我们不能再在这儿浪费时间了,必须找出新的线索。"

"随便。"女孩说完,干脆找了块石头一屁股坐下,开始浑身上下地摸索。

"你找什么?"

"想抽烟。"

"抽烟?人家姑娘可不像你这个老烟鬼,身上不可能带烟。再说你也不看看这是什么地方,世界文化遗产,你要敢点烟,那边的两位一定会冲过来把你带走。"

简耀指了指不远处的回廊边站着的两个保安,这时,那两个保安恰好朝他这边看过来,三人视线一对视,简耀立马就把头偏开了。过了一小会儿,他试着用余光朝那个方向扫去,发现那两个保安似乎在用对讲机说着什么,目光不时往这边瞄。

"糟了。"

"怎么?"

"咱们可能被发现了。"

"不会吧,你别瞎紧张……"女孩企图站起来看。

"别动!"

简耀这下真着急起来了。他可不想就这样被抓住。快,简耀,集中精神好好想想,线索究竟会藏在什么地方?他心里又默念了一遍《园冶》里那句诗。

人道我居城市里,我疑身在万山中。

这到底什么意思呢?简耀感到束手无策。

"你知道古人为什么要在家里叠假山吗?"女孩漫不经心地问了一句。

"为什么?"简耀随口回了一句,余光则在偷瞄那两个保安。

"古代文人都有隐士心态,不是隐在山中,就是隐在水边,但是吧,多数人其实又放不下这凡尘俗世,于是干脆就造个园子,把山水搬到家里来,慰藉一下自己无法达到的归隐之心……"

"我明白了!"简耀猛地大叫一声。

"什么?"

"按照那句诗的意思,线索应该就在这假山上!"

简耀兴奋地刚抬起脚想爬山,突然犹豫了。

"怎么不走啊?"女孩问道。

简耀摇摇头,朝身后看了一眼。那两个保安已经开始往这边挪步了。

"噢,我知道了,你在害怕。"

由于被说中了心思,简耀的面部表情变得僵硬。小的时候,他曾经跟着父亲去过一次景山公园。那时候他才八岁,父亲却独自飞快地走在前面,任由瘦小的他一个人在后面慢慢跟着。后来,为了追赶上父亲,他一着急被小石子绊了一下,结果磕破了膝盖,鲜血直流,吓得他号啕大哭。而父亲呢?直到半小时后才回来找他,语气中还满是责备。从那时候起,他就对爬山这项运动充满恐惧,能避免尽量避免。

"随便你吧。胆小鬼。"

女孩说完,脚已经踏上了台阶,独自一人往山上走去。这场景与当年何其相似。望着女孩的背影,简耀心里明知道对方用的是激将法,但还是咬紧牙关,开始顺着假山侧面的石阶往上攀登。他马上就要成年了,如果这关都突破不了,还被父亲瞧不起,那他又凭什么独自生活呢?

由于下过雨,石阶比较湿滑,简耀走得极为小心,生怕摔倒,免不了遭受身体和心灵的双重折磨。这假山虽小,却五脏俱全。一路往上,简耀不仅看到了一些古柏、古松,还经过了一条狭长的水涧，瀑布、溶洞、石桥，应有尽有，可以说是一座微缩版的自然山川。他不禁有些感慨，也是怪了，有时候人创造一些东西，居然是因为懒，懒得走路发明了汽车，懒得洗衣发明了洗衣机，懒得去郊外爬山，直接把山搬到了家里……

终于，他颤颤巍巍地爬到了山顶。现在整座狮子林都在他的视野之中了。很奇怪，这种征服一座山（哪怕是这么小的一座假山）的满足感迅速抵消了他的恐惧。他面带骄傲地扫视山下，像武侠小说中立在华山之巅的武林至尊，指点江山，激荡天下。不过，也就是半分钟的工夫，他的小骄傲就荡然无存了，取而代之的是惶恐——之前那两个保安已经到达假山脚下了。

"这山顶一共有五座山峰，简称五峰，"女孩也爬了上来，"分别叫'含晖''吐丹''玉立''昂霄''狮子'……"女孩又开始叨叨起来。

线索是什么呢？会不会是这些假山的名字？简耀心想。紧接着，他心中猛然一亮。

"最中间的是哪座峰？"

"应该是狮子峰吧。怎么……"

话音未落，简耀已经朝狮子峰爬了过去。他心想，如果没猜错的话，"万山中"的另一层意思指的是最中间的那座山峰。

山路很窄，他咬紧牙关穿过山洞，女孩则在后面抱怨不停。两人好不容易来到狮子峰，上面却写着"严禁攀爬"。简耀此时已不再犹豫，翻过围栏，直接到了山顶。

"哎，你们下来！"

保安指着他们，边喊边追了上来。简耀深吸一口气，四下查找起来。他确信线索就在这里。果不其然，他在"狮子"的嘴巴里发现了一张纸团。

"这是什么呀？"女孩很好奇。

简耀内心激动地将纸团展开，看了眼，立马重新揉作一团，塞进了口袋。

"写着什么？"

"来不及跟你解释了，咱们得马上走。"简耀的视线越过女孩的头顶，朝她身后看去。

女孩回头一看，发现两名保安已经越来越近了。

"走。"

简耀拉起女孩就走。两人来到小山涧前，崎岖险峻的山路让简耀有点胆怯。他又想起那次在景山上摔破膝盖的场景，腿肚子开始发抖。

"我先。"

只见女孩"嗖"的一下跳了过去，然后转过身来，伸出手。

"来，跳啊。"

简耀依然在犹豫，他不确定同样的情景，他还能否再一次相信父亲。但他已经听见身后保安的脚步声在逼近。

简耀心一横，往后退了几步，跳了过去。

这一次女孩没松手，她在山涧的那一头抱住了他。他巨大的身躯压向女孩，后者几乎跌倒。还好，站住了。

有那么几秒钟，时间是静止的。

因为他发现自己的双手正贴在女孩的胸前。

他彻底呆住了。

幸好身后的追逐声把他拉回现实，他赶紧缩手。

"快跑。"

女孩拉起他的手，开始飞奔起来。一群涌入的游人帮了他们大忙，无意中成了他们逃跑的掩护。等他们从人堆里钻出来，已是狮子林外了，于是一路狂奔，闪身躲进了一条小巷，才算躲过一劫。

"好……好险。"简耀大口喘着粗气。

"道歉吧。"

"啊？"简耀觉得莫名其妙。

"摸人家姑娘一把就这么完了？"

"我……"

"我什么我？快道歉。我从小到大一直教育你，要尊重女性。"

"你什么时候教育过我这个？"

"没有吗？哦，可能我记错了。那就现在开始教育！快说对不起！"

"对不……唉，不对啊，你之前在咖啡馆强吻我怎么说？"

"那不一样。那是我主动的，这次我是被动的，属于违背我个人意志，我完全可以告你非礼。"

"可我也不是故意的啊。"

"管你是不是故意的。总之我让你道歉你就道歉，行吗？"

"行，对不起了，姐姐。"

"这还差不多，姐姐原谅你啦。下次注意，不要毛手毛脚了……"

"你跟妈妈说过对不起吗？"简耀突然问。

"咱不聊那个。"

"不想聊还是不敢聊？"

"不想，也不敢，行了吧？"女孩表情变得严肃起来，"快，接下去怎么走，你不是得到线索了吗？我还等着你拯救呢！"

简耀默默地点点头。他重新掏出纸团，缓缓展开，只见上面是一张印刷的黑白色的简笔图画，画的是古代一大户人家的门头,门前左右两只大石狮子镇守,灯笼高挂,大门紧闭,门楣上悬挂着一块匾额,上书"荣国府"二字。

"这什么意思?"女孩问。

简耀困惑地摇摇头。他把纸翻来倒去,想看看还有没有其他线索,但很可惜,除了这图画,上面什么都没有。

"荣国府……"女孩嘀嘀咕咕地说。

突然,简耀眼前一亮。他把那张纸展平,仔细看了看四周的边,果然,除了上、下、右三边是笔直剪裁过之外,左边则是有不太明显的齿状,说明这张纸是从一本书上撕下来的。

"如果我没猜错的话,这应该是从某本老版的小说上撕下来的故事插画。"简耀想了想,继续说道,"我以前和你去过潘家园,在旧书摊上看见过类似的老版书,通常是四大名著一类的古典小说,在书的前面都会有类似的故事或者人物插画。"

"所以这张……"

"很简单,这是《红楼梦》里的插图。"

"哦。可《红楼梦》跟你又有什么关系?"

"那得你来告诉我。"

"我?我哪儿知道?"

"这本书是从你的背包里找到的,上面又有线索带着我来到狮子林,并且的确得到了这样一张图。这一切绝不是凭空而来的。我猜,很有可能这些线索都是你设置的。昨天下午到了酒店之后,你把我一个人放在房间,自己跑出去了,说是要办个事情,我一直等到晚上五点半你才回来。你该不会就是去干这事儿了吧?"

简耀拿着手上的图晃了晃,盯着女孩的脸。女孩努力想了想,然后摇了摇头。

"我真想不起来了。不骗你,自从我发现自己变成一个女人之后,很多事情都想不起了。"

"真的?"

"骗你死全家。"

简耀望着女孩的眼睛,里面看上去的确清澈透明。

"行吧。不过,要是让我发现你一直在忽悠我,我会永远离开你的。我说到做到。"

"你怎么就不相信我呢!随便吧!"

说着,女孩走到一旁,生气地不说话了。简耀一时间也不知道再说什么好。

"好啦,算我错了。"过了一会儿,简耀也不知道自己为什么要服软,也许因为对方是个漂亮女孩?"那你能不能用你丰富的导游知识告诉我,苏州什么地方跟《红楼梦》有关?"

"到处都是。"

"啊?"

"难道你不知道吗?《红楼梦》第一句就写到姑苏城,这姑苏啊就是古代苏州的叫法。"

"是啊,我想起了。我记得后面好像还提到了'阊门',难不成是让我去阊门找?"

"应该不是。如今的阊门早就只剩下一个破城门了,而且那里人来人往,不可能藏什么线索……啊,我想起来了,就在不远处,还有一个地方跟《红楼梦》有关系。"

"哪里?"

"苏州织造署。"

"怎么说?"

"苏州是中国的丝绸中心之一,自古丝织业发达。为满足宫廷需求，自元代起朝廷就在苏州设立织造局，明代由太监兼理织造，清代改为织造衙门，也叫织造署，由内务府派郎官掌管。曹雪芹的祖父曹寅曾经担任过苏州织造，那可是肥缺啊，所以我们看《红楼梦》，把贾府写得那么奢华，一定有曹家当年的影子……"

"行了。就去那儿吧。怎么走？"

"姑苏区带城桥下塘十八号。"

女孩说完，见简耀正瞪大眼睛看着自己，不屑地扬了扬嘴角。

"怎么？我只是拥有这个女孩的硬件记忆，难不成你还觉得老爹我能知道这些？"

"不是，我还是觉得有点搞笑。"

"哪儿搞笑了？"

"你连地址都记得这么准确，跟导航似的，就像吃了哆啦A梦的记忆面包。"

"被你这么一说，我突然饿了。快走吧。"

"怎么走，导航小姐？"

女孩闭了一下眼睛，冥思苦想。

"似乎还挺远的。走吧，我带路。"

就在女孩转身的那一刻，钱包从口袋里掉了出来。这时，意外发生了。耳边传来了"嘟嘟"的声音。

"等下，什么声音？"

"什么啊？"

简耀捡起钱包，看着里面的两把钥匙。很快，他露出了得意的笑容。

"你笑什么？"

简耀在女孩怀疑的目光注视下，拿着钥匙，走到停靠在路边的一排电瓶车前，按下电子开锁键。只听见"嘟嘟"两声，一辆白色的电瓶车被点亮了。

"我来骑车带路。"

女孩笑嘻嘻地走过来，骑上电瓶车，因为是女式的，后排空间所剩无几。简耀犹豫了一下，抬腿跨了上去。刚坐上去，他就脸红了。他感觉自己的前胸紧紧贴住了女孩后背，胯部也有向前滑动的趋势，便试图朝后缩一缩，让自己尽量靠在车尾的箱子上。

"坐好了吗？"

女孩似乎一点也没在意。她手握加速器，也不等简耀回答，一拧紧，车便像被烧着屁股的猫咪一般冲了出去。简耀先是往后一仰，接着，随着突如其来的一个刹车，整个人就像被人推了一把似的往前一顶，身体自然地压在了女孩的后背上，一时间根本无法动弹。

"抱住我的腰！"

女孩命令道。

简耀听话地照做了。这时，他发现自己正停在之前让女孩表情怪异的那家店铺门口。他不由往里瞧了一眼，却意外看到了自己的脸——原来她当时面对的是一面镜子。他开始有点明白女孩那种表情的含义了：那是父亲第一次看见自己换魂后的模样，除了惊愕，更多是恐惧。不过令简耀更疑惑的，是他在接下来那一瞬间的神情切换，没有超强的表演能力是根本无法做到的。

来不及多想，电瓶车已重新起速。

简耀就这样千头万绪地趴着，脸部轻轻靠住女孩的后颈，一股好闻的香味从他的鼻孔里钻了进去,令他既陶醉又恍惚。没过多久,当他从迷香中清醒过来,意识到面前这位充满诱惑的女孩竟然是自己的父亲时,顿时感觉身处的这个世界简直荒诞极了。

第七章　马涛

从祝小芸家出来,方磊既困惑又兴奋。情况发生了变化。原以为嫌疑人已经被抓住了,只要找到杀人动机,基本上就可以定案了。但新嫌疑人的出现让原本清晰的案子瞬间变得扑朔迷离起来。

"你男朋友马涛昨天为什么打你?"

等祝小芸止住了泪水,方磊接着之前的话题问道。

"他就是个嫉妒心很强的人。"她停顿了一下,"昨天老师给了我这个。"

说着,祝小芸将手伸到领口,从衣服里面拽出来一样东西。方磊凑近一看,是一块玉观音,貌似价值不菲。

"他经常送你礼物吗?"

"从来没有。我们只是工作兼师徒关系,不是你想的那样。"

"那这次是什么原因?"

"我也不知道。"祝小芸的眼睛因为哭泣而红肿得厉害,尤其是被打得乌青的那只,简直像颗果肉饱满的黑布林,"也许是因为孤独吧,他亲人都不在身边,只有我陪他过生日。"

"给你你就收下了?"

"当然不是!"祝小芸突然提高了嗓门,"你们都把我当什么人了？我当时根本不想要，可老师说，这是师生情谊，没别的意思，不拿就是不把他当老师，我实在推脱不了才收下的。没想到，竟然成了他的遗物……"

见祝小芸又要哭，方磊赶紧插话。

"马涛现在人呢？"

"不知道，昨晚出去后就一直没回来。"

"那你觉得他有没有可能去找柳铭？"

"啊？不可能，绝对不可能，他不是那种人。"

"哪种人？"

"我知道你在怀疑什么。我敢以人格担保，马涛虽然有些地方还不太成熟，但绝不可能杀人，他很胆小，很脆弱，像个孩子。"

方磊想了想。

"你们同居多久了？"

"一年多。方队长，你要相信我，马涛他真的不会杀人。他热爱音乐，不是一个容易情绪失控的人。"

"是嘛。"

方磊再次看了一眼祝小芸那红肿的双眼，只见后者不慌不忙地重新戴上了墨镜。

"你昨晚到现在一直在家？"

"是的。我哭了一夜，早上才睡了一会儿。你是在调查我的不在场证明吗？如果不相信，可以去问问马涛，他离开的时候已经快十点半了。"

方磊点点头。接着，他点开手机上那个呆若木鸡的嫌疑人照片。

"你见过这个人吗？"

祝小芸探头仔细辨认了一下，然后摇了摇头。

"从没见过。"

"行吧。"方磊和小蔡站起身，"暂时就到这儿。打扰了。"

三人相继走到门口。

"方警官，"祝小芸变得语气坚定起来，"拜托了！一定要抓住凶手！"

"放心，我们——"

一声手机铃声打断了他的话，小蔡拿起手机走到一旁接听。

"那我们就不打搅了。"

方磊走出门口，跟祝小芸道别。后者刚关上门，小蔡就凑了上来。

"头儿，咱走运了。"

"什么？"

"拙政园北门正对着的是一个高档别墅区，而别墅区的院墙上有个探头，恰好能拍到北门后巷的情况……"

"走！"

十五分钟后，他们坐在了别墅区物业监控室里。很快，北门后巷从昨晚到今天的监控视频已经调了出来。方磊示意快进翻阅，最终在第二天清晨七点二十三分左右的时间点，拍到了一点有价值的东西。画面上，有个男人站在高大的园林围墙下，行迹鬼祟。

"把这人的脸放大，然后发给祝小芸。"

没多久，小蔡过来回话。

"确定了，是马涛。"

"不会错吧？"

"不会，祝小芸说了，马涛身上的T恤是上个月她给买的，上面有'LET IT BE'的图案。说那是他们最喜欢的Beatles的歌……"

方磊凑近一看，果然没错。

"祝小芸还说……"

"什么？"

"她说，真是个傻瓜。"

早在一年前，整个苏州城区的各条街道小巷就安装了上万个具有面部识别匹配功能的摄像头，准确率达百分之九十以上。也就是说，只要有照片，只要照片中的人没有大幅度整容，只要照片中的人曾经出现在这些摄像头下，不需要五分钟，电脑系统就能轻易找出这人几时几分出现在什么地点。所以，几乎不费吹灰之力，警方就找到了马涛。

在相门的古城墙边，马涛烂醉如泥，倒在地上，任凭雨水打湿他的衣衫和鞋袜。也许是他手中的空酒瓶提示了一切，又或者是下雨的缘故，几乎所有路过的人都只是朝他投下匆匆一瞥，并没有停下来摇摇他的胳膊，试探一下他的体温及呼吸状况，查验他是不是死了——万一真死了呢？谁也不想在这样的梅雨天气与一具尸体产生什么鬼联系。

不过，当一辆闪着警灯的警车赶到现场时，看热闹的人还是停住了脚步。他们看见车上的警察走到那个醉汉的身边，蹲下，推推，摸摸，翻看眼皮，然后开始拨打电话。过了没多久，一辆警用电瓶车飞速驶了过来，稳稳停下。一位中年警察端着一大杯茶水，潇洒地走了过来。只见他走到醉汉的身边，先是喝了一口茶，然后俯身，手一抖，将杯中剩下的茶水泼到了醉汉的脸上。醉汉猛地惊醒了。

他看到面前站着这么多警察,显得十分惊慌,不由坐起身子,朝后缩去,两只脚后跟不停乱蹬,溅起泥水无数。中年警察厌恶地站起身,退了几步,示意醉汉冷静下来。后者依然慌乱。中年警察终于不耐烦了,一挥手,两三个警察同时扑了上去,瞬间便制服了醉汉,像抓一只澳洲大龙虾一般将他押上了警车。围观的人眼睁睁地看着警车远去,一抬头,发现雨还在下,便如梦初醒般匆忙散去。一切又恢复了平静,只剩巨大的相门城楼巨人般巍峨地矗立在连绵细雨中,望着脚下缓缓流淌的护城河,沉默不语,惆怅万分。

喝了杯热茶,马涛才算彻底缓了过来,不再发抖了。方磊给他播放了视频监控,没想到,他看完后居然哈哈大笑起来。

"你笑什么?"

方磊关掉视频,在马涛对面坐下,端着自己的茶杯喝了一口。刚才那杯茶泼掉之后,他又迅速换了新茶叶。

"没想到啊,我还真去了。"

"什么意思?"

"先说你们找我什么事儿?"

"就是这事儿。请你解释解释,今早八点多的时候,你为什么会出现在拙政园的后门?"

"看样子,我是去找柳铭了。"

马涛语气中透着一股子得意劲儿。方磊点点头,示意他继续说下去。

"我就想直接问问他,是不是真的喜欢我女朋友。"

"哦?"

"我想成全他们。"马涛突然变得深沉起来,"如果他们真的相爱的话。"

方磊听了颇感意外。

"可我听说你之前去闹过。"

"那不叫闹。他们误会了。"马涛停顿了一下,"我只是想听他亲口确认,因为我爱祝小芸。爱不是占有,而是成全。她有权利去追求自己的真爱。但前提是,对方不是骗子。"

"你倒是挺豁达的。"

"我是搞音乐的。音乐教会了我去爱,去追求自由,而不是自私自利。"

"那你今天早上见到柳铭了吗?"

"应该没有。"

"应该?"

"对啊,我喝多了,要不是你给我看视频监控,我连有没有去找过他都想不起来。"

"你昨晚和谁在一块儿?"

"昨晚啊,一开始是和祝小芸在一块儿。"

"后来呢?"

"后来我们吵了一架。我就出去了。"

"去哪儿了?"

"去了酒吧,之后喝大了就什么都不记得了。"

"哪个酒吧?"

马涛想了想。

"老书虫。在滚绣坊那边。"

"大概是几点?"

"我记得去的时候是晚上九点多,后来就没记忆了。真的,不信你可以去查，当时应该很多人见过我。警察同志，你问了我这么多，能不能告诉我，到底为什么把我带到这儿来？"

"柳铭死了。"

"死了？"

"被人谋杀了。"

"谋杀？你是在开玩笑吗？"马涛一愣，见对方一脸严肃，顿时又心慌起来，说话也结巴了，"到底怎……怎么回事儿？"

结束了对马涛的审问，方磊回到自己的办公桌前，喝着茶，陷入了沉思。现在案情变得复杂起来了。从马涛刚才的表现来看，确实不像一个早上刚杀过人的凶手。他得意、感性、笃定，在知道柳铭被谋杀的消息后显示出的惊讶与慌张，不太像是事先设计好的，与之前从各方得到的印象大不相同。当然，不排除他是在演戏。现在的问题是，除了监控视频能证实死者被杀前后，马涛在凶案现场附近出现过，没有任何证据显示他就是凶手，因此按照规定，只能扣押他二十四小时。

正想着，小蔡匆匆忙忙跑了过来。

"头儿，刚跟老书虫的老板核实过了，马涛昨晚确实是在那里喝酒，不过喝到两点后，酒馆关门了，他就走了。老板说认识他，昨天他情绪很不好，喝了很多酒。出门还差点摔了一跤。"

方磊点点头。

"那个小孩找到了吗？"

"二十分钟前有人发现他在狮子林里，但转眼又不见了。"

"继续找！"

这时，方磊的电话响了，低头一看，心说"糟糕"，闪到一边，示意大家别说话。小蔡和其他几个同事背过身去，尽量不听。

"你玩我呢方磊?"晓楠在电话那边大喊大叫。

"我在路上了。"方磊现在除了撒谎,也没其他办法了。

"房东已经到了。我给你十分钟,十分钟不到,你就等着收离婚协议书吧!"

"晓楠——"

不等方磊说完,对方已经挂断了电话。他回过头,发现同事们表情都很尴尬。

"三件事:第一,尽快查出凶案现场那个嫌疑人的身份;第二,继续找他儿子,务必把他给我逮回来;第三,严加看管马涛,不能出任何差错。"

"是。"

"我去去就来。"

穿过一条狭长的小巷,方磊到达了目的地。这是一套建于二十世纪九十年代的老房子,面积在七十平方米左右,位于六楼顶楼,没有电梯,从硬件上看完全比不上他们现在住的地方。但不知道为什么,晓楠从进屋开始,就一直在帮着房东和中介夸这个房子。没电梯没关系啊,又不是七老八十了,可以锻炼一下;物业不太好,没关系啊,正好可以省下物业费;设施陈旧没关系啊,正好可以自己重新装修。到后来要交定金了,方磊实在忍不住了,把妻子拉到一旁。

"你怎么回事?这房子不行啊。"

"你不懂。"妻子悄悄说,"这房子带学区,而且我了解过了,上星期,同样的小区,同样的户型,比这个要多十万呢。"

原来是贪便宜。方磊心想。

"房子嘛,装修一下肯定能住,再说现在房价疯涨,而且是学区房，过几年等我们家孩子上完学，把房子一卖，没准还能赚一大笔。"

"但是现在就要交定金？"

"这就是把你叫来的原因。两万块，楼下就有银行。"

"哪里？"

"到这边来。"

房东领着他上了阳台——这是方磊唯一满意的地方，属于赠送面积的阳台可以让他平时有地方喝茶晒太阳。房东指着不远处，方磊顺着他手指的方向望去，果然有一家银行。与此同时，他看见了一个人。

"这边过去很近。"

"我这就去。"他在心里仔细确认了一下，应该不会错。

"那你快点，我们在这儿等你。"晓楠拉住方磊的胳膊。

"来来，我泡点茶，大家相识一场也算是缘分。"

方磊已经顾不了那么多，赶紧甩开晓楠的手，冲了出去。在他身后，还传来房东的说话声音。

"本来下午还有一组人要来看房子，那我就让他别来了。"

"哦，好啊，不用来了……"晓楠望着丈夫匆忙离去的背影回答道。

方磊三步并作两步冲到了楼下，电瓶车也顾不得骑，朝着银行的方向跑了过去。刚才在楼上，他看见了早上的那个孩子——那个嫌疑人的儿子。

这次可不能再让他跑了。

然而，当方磊跑到楼下那家银行门口时，已经没了那孩子的踪迹。他前后左右都查看了一下，很快就失望了。他就像一个判断失误的猎人般懊丧不已，抱怨自己为什么不能再快一点，眼睁睁看着猎物就这么消失了。都怪晓楠！要不是她刚才拉自己那一下，一定能抓住的！这么想着，气急败坏的他对着银行门口停着的一辆电瓶车狠狠地踢了一脚。

电瓶车瞬间乍响，发出的警报声让方磊意识到自己有点失态了，不断提醒自己要冷静下来。

等等。从刚才看见那小子到自己跑到这里，三分钟都用不上，这么短的时间，他能跑哪儿去呢？方磊闭上眼睛，努力回忆之前在屋顶上看到的情景：那小子在银行门前走过，一路抬着头，似乎在寻找什么。找什么呢？

"喂，你干吗踢我的车？"一位大妈从银行里冲了出来，拦在方磊面前，等看清楚面前是位警察后，便只剩嘴里的嘟囔，继而将钥匙插进孔里，骑上电瓶车离开了。

这一切对方磊来说仿佛没发生过一样。他完全沉浸在自己的思考中。他转过身，学着那小子的样子抬起头，仔细观看。接着，他明白了。没错，那小子在看商店招牌，在找一家店铺。可是，是什么店呢？

方磊一边继续回忆之前的画面，一边朝着那小子走的方向挪动，一家店一家店地查看。面包店，咖啡馆，饭店，手机专卖店，又是饭店，五金店……突然，方磊眼前一亮，朝后退去，重新回到那家手机专卖店的门口。他想起来了，当时那小子的手上拿着一样东西。是手机。

走进手机专卖店，方磊停下脚步，四下打量。这是一家面积不到五十平方米的小店，空间狭长，柜台呈L形布置；玻璃柜台下面摆放着各式各样的手机；一共有三个人，柜台里站着两个年轻的售货员，一男一女，柜台外则是一名女顾客，男售货员正在给她讲解着什么。女售货员见方磊进来，立刻迎了上来，但她很快认出了后者的身份，笑容变得勉强起来。

"您好，请问有什么可以帮您？"

"我先看看。"

方磊用目光仔细地搜索了一下小店，断定那小子肯定不在这里，不免又有些失望，但还是问了一句。

"刚才，有没有一个穿深色T恤的小伙子进来过？十七八岁的样子，大概这么高。"

方磊冲女服务员比画了一下，后者摇摇头。这时，他用余光发现前面的那个女顾客回头看了自己一眼，又迅速转过头去了。接着，他听见那女顾客的声音。

"大概要多久？"

"你明天来拿吧。"

"能不能快点，我着急要用。"

"这个嘛……"

"我可以加钱。"

"那好吧，"男售货员勉为其难地答应了，"你加五十块钱，我给你加急。"

"我下午就要。"

"行，下午两点来取吧。"

女顾客匆忙付了钱，转身准备离开。经过方磊身边的时候，她低着头，似乎刻意回避后者的目光。方磊使劲回忆了一下女孩的脸，确信从未见过，才彻底作罢。

"怎么？你们这儿除了卖手机还修手机？"

"对啊。警察同志，您有什么事吗？"女售货员面露难色。

"没事了。"

这时，他看见那名男售货员走到柜台的角落，轻轻一拉，后面居然露出一个黑乎乎的房间来。

"等一下!"

方磊快步走上前,掀开柜台的挡板,不容售货员阻拦,硬生生地挤了进去。

一间不到五平方米的昏暗小屋里,只摆了一张小木桌和一把椅子,桌上有一盏小台灯,在橘色灯光的照耀下,一排修理手机的专业工具摆放整齐。

"这是我们的工作间。"男售货员明显有些不高兴,语气有些生硬。

方磊不再说话,走出工作间,重新回到街上。望着熙来攘往的行人和车辆,他有点无所适从,很显然,那小子又从他眼皮底下溜走了。几滴水从天而降,落在他的脖子上,惊得他一缩,抬头一看发现自己站在了屋檐下面,于是往前赶了几步,重新回到那个银行门口。

糟糕!

方磊突然想起自己跑出来除了找人,还有一个重要任务——取钱。他连忙找了个自动取款机,插入银行卡,哗啦哗啦取着现金。因为每台取款机还有取现限额,他不得不换了一台。就这样,时间又耽误了不少。

等他揣着钱再次跑到那所房子时,大门已经锁上了。妻子、房东、中介都不在了,只剩自己那只玻璃茶杯孤零零地立在地上,仿佛在等他。他拿出手机给晓楠打电话,但后者已关机。

方磊意识到了事情的严重性。他点燃一根香烟,蹲坐在路边的台阶上,望着逐渐大起来的雨水,喝了一口已经冷却的茶水,脸上顿时露出了苦相——今年的新茶实在太难喝了。

第八章　苏州织造署

"你在干吗？"

女孩被坐在后排的简耀拉拽得没办法，只好摇摇晃晃地靠边停车。刚一停稳，简耀就从电瓶车后座上跳了下来。

"不太对劲。"

"什么呀！"

"我总觉得这些线索很奇怪。为什么会有这些线索？为什么我们要跟着这些线索走？总感觉被人牵着鼻子了。"

简耀说着，打开书包开始翻找。女孩疑惑不解地看着简耀，直到他把那个卡包掏了出来。

"这又是搞什么？"

"我想知道你到底是谁。"

女孩一愣。

"我是你爸啊。"

"不是你，是，苏琪。"

"哦。这不是有身份证吗？"

"还不够。"简耀停顿了一下，盯着女孩，"我们可以换个思路。"

"比如？"

"我在想啊,你的灵魂进入这位苏琪的身体也许并不是一个偶发事件,否则为什么偏偏是她呢?"

"也许就是巧合。"女孩一脸无辜。

"不一定。还有,你的灵魂在苏琪的身体里,那苏琪的灵魂去哪儿了呢?"

"我怎么知道?也许是进到我的身体里去了?我和她灵魂互换?"

"应该没有。"简耀摇摇头,眼前浮现出之前在凶案现场时,父亲那副失魂落魄的样子,"我见过你的肉身,看起来失魂落魄,好像僵尸。"

"那就奇怪了。这么说来,苏琪的灵魂去哪儿了呢?"

"所以,我觉得必须先知道苏琪的真实身份、与你之间的联系是什么。没准找到之后,一切疑惑就迎刃而解了。"

"你的意思是,苏州织造署不去看了?"

"当然要去,不过我们先找个地方破解一下这个。"简耀摇了摇那只属于苏琪的手机。

"我无所谓啊,""父亲"似乎已经接受了自己灵魂附在女孩身上的事实,"就当给咱灵魂放假了,在这个美女身体里多住段时间,说实话,我对回到自己那具臭皮囊里去有些厌烦。"

"别,只要有机会,您还是老老实实回去吧,别祸害了人姑娘。"

说话间,简耀已经开始抬头找寻起来。他刚才沿途的确看见了一个手机店,但由于电瓶车开得太快,一眨眼就错过了,现在只能往回一家家找。他发现面前立有一个石牌坊,上面写着"观前街"三个字。

"糟糕。"简耀突然感觉大腿内侧一阵刺痒。

"怎么了？"

"我去一下厕所。"

"懒人屎尿多。"

"给，"简耀把手机递给女孩，"你帮我拿去手机店问问。"

"我到哪儿去找手机店啊真是。"

"你把车锁一下，往回走，应该走不远就能看到。"

"找不到你可别怪我。"女孩有些不高兴地接过手机。

"待会儿咱们还是在这里会合。"

不等女孩回话，简耀已经跑起来了。他冲进观前街，见人就问哪里有公共厕所，可街上多为外地游客，都说不清楚。不过很快，他就瞧见不远处有一个肯德基的醒目招牌。

冲进肯德基的一刹那，简耀立即恢复了常态，夹着双腿，慢慢地走到点餐台前，不失礼貌地问服务员卫生间的位置。得到答案后，他再也顾不得别人的异样目光，跨步跑上二楼，进入男厕，钻进隔间，锁上门，脱下裤子，坐在马桶上，低下头。

果然，大腿内侧长满了密密麻麻的红点，瘙痒难当，用手一抓很过瘾，但完全无法抑制难受的感觉。简耀拎着裤子走出隔间，来到水池边，扯下一张纸巾沾了点冷水，涂抹在红点上，冰凉的感觉才稍稍让皮肤好受一点。

不行，得赶紧找家药店买点药。

卫生间的门被推开了，一个清洁工大妈提着拖把进来了，把简耀吓了一跳，正想质问，大妈看也不看他一眼，埋头就开始拖地，仿佛他根本不存在似的。简耀羞愧地拉起裤子，灰溜溜地逃了出去。

出了肯德基，他又在观前街上快步走了几百米，却没看见一家药店，不由得着急起来，可一着急档部又痒得厉害，简直像在遭受某种酷刑的煎熬。

"我找你半天了!"女孩不知道从哪儿冒出来了,拦在简耀的面前,"慌慌张张干吗呢这是?"

"没事。"虽然嘴上这样说,简耀焦虑的表情还是一览无遗,尤其是他夹着双腿、不时还左右摩擦一下的样子,就像只被跳蚤折腾的大河马。

"又痒起来了?"女孩有点幸灾乐祸。

"手机修好了吗?"

"下午两点去拿。"

"要这么久?"简耀不由又焦急起来。

"我还加急了。"女孩说,"哦,对了,刚还遇到一个小插曲。"

"怎么了?"

"我刚才正在店里呢,一个警察走进来,问店员有没有见过你。"

"警察?这叫小插曲?"简耀停顿了一下,"你怎么知道他找的是我?"

"他描绘得很仔细,我一听就知道是你。"

奇怪了,简耀心想,除了早上在凶案现场见过的那几个警察,不会有人能认出自己。莫非他们已经画出了自己的样子?莫非自己已经成了通缉犯?莫非此时此刻全苏州已经布下了天罗地网……这样一来就麻烦大了。

这样想着,简耀已经跨上电瓶车的后座。见女孩还原地不动,眉毛一挑。

"快走啊,大姐!"

女孩摇摇头,低低骂了一句。

"丫疯了。"

从观前街沿临顿路往南,没多久就来到了号称苏州中轴线的干将路。干将路东西向,将整个苏州古城一切为二,往东越过相门、东环,就进入了十分现代化的工业园区,再往东,一直走能到达苏州最著名的现代建筑——东方之门,也就是所谓的"秋裤大楼";沿干将路往西,出了古城,可以去往高新产业区。目前,东西这两个开发新区就像苏州的两个巨肺,呼吸吐纳着本地的经济养分。

而简耀与女孩的电瓶车则依然在古城的中心地带活动。它就像一粒微小的细胞,在整个苏州古城的交通血脉中四处穿行,时而入街,时而串巷,充满着生命力。比如,它现在进入的这条小巷叫定慧寺巷,街道狭窄,市井气息十足,菜场、小吃店、水果摊、饭馆、杂货铺一家接着一家,一些上了年纪的本地居民在巷子里走着看着、交流着生活着,活生生一幅世俗画卷。

在凤凰街与十梓街的交叉路口,突然出现了很多警察。他们把守着南北两个方向的路口,排查南来北往的行人与车辆。简耀正紧张着,只见女孩一个左转,拐进旁边的小路。

小路的左侧是一家医院,排队看病的车辆一直排到了路上,显得拥挤不堪。前进了大概二十米,女孩又拐进了右边的小巷。

"走这条路能找到苏州织造署吗?"

"放心吧。"

简耀感觉她对苏州地形极为熟悉。电瓶车在巷子里左转右转,不经意地路过一条覆盖整条巷子的花架甬道。架子由木头搭建,左右上升,在半空中会合,一种藤蔓植物攀附其上,如同蛇一般缠绕、变形,然后吐放出紫色的花朵,葡萄般垂下,美艳无比。简耀在进入这条甬道的一刹那，竟如同进入了一条时光隧道，瞬间回到孩童时期，回到母亲还未离开之前的梦境当中，被浪漫而温馨的气氛疯狂感染着，如梦如幻。

"这是紫藤。"

说完这句话，女孩突然陷入了沉默，背也弯了些，像个老人。不知为何，简耀此时清晰地感觉到，面前的这位女孩就是父亲无疑。他相信，身体可以伪装骗人，但那种苍老的灵魂是无论如何也装不出来的，而令他吃惊的是，他甚至觉察到了一丝死亡的气息。

接着，电瓶车又在巷子里七拐八拐，终于停在了一个老旧的中式门头前面。门的左右两边是两块巨大的石鼓，看上去像是古代的衙门。

"到了！"

"到了？"简耀疑惑地说，"以为我不认识字吗？这明明是个中学。"

果然，悬挂在门楣的白底黑字匾额上用楷书写着"苏州第十中学"。

"你再看看这个。"

女孩已经停好车，领着简耀来到大门对面的一块石碑前。简耀一看，上面写着：清代苏州织造署。

"这里曾是苏州织造署的西花园，为皇帝行宫后花园。当年康熙帝六下江南，乾隆六下江南，都住在这里……"

女孩又像个导游一样煞有介事地介绍起来。

"可问题是，我们进去后到底要找什么呢？这里现在是个学校，难不成让我们找个学生？"

"我知道。"

"你又知道了。"

"当然,我是导游嘛,如今的苏州十中里只有一样东西值得去看。"

"是什么?"

"瑞云峰。"女孩独自解释开来,"还记得我在狮子林里曾提到过花石纲吗?其中遗留下来的太湖石最著名的有两块,一块叫冠云峰,另一块叫瑞云峰,冠云峰在留园,而瑞云峰就在这苏州第十中学里。"

"难不成线索就在那瑞云峰上?"

"不知道,不过你既然来了,就去找找看吧。"

"那还等什么!"

简耀说着就要往学校里闯,刚走到门口,一位保安就将他拦住了。

"干什么的你们?"

"我们……想进去参观。"

"现在是上课时间,谢绝参观。"

"可是……"

"赶紧走。"

保安不由分说,直接将简耀轰了出来。他绕到学校的白墙边,抬头望着墙头——太高了,对翻墙是完全不抱希望了。

"这可怎么办?"

"现在几点了?"女孩突然问。

"怎么?"

"快看一下。"

简耀有些不耐烦地将手表伸到女孩的眼前。十一点半。

"我有办法,不过还要等半小时。"

在简耀不解的目光注视下,女孩露出了可爱的笑容。

半小时后。
"好了没有?"
"马上好。"
"快点行吗?刚才还急吼吼的,现在怎么又拖拖拉拉?"
"别烦,我这就出来。"
终于,简耀犹犹豫豫地从公共厕所里出来了,身上却穿着十中学生的校服。女孩也换上了校服,站在门口等他。校服是那种蓝白相间的运动服,不分男女款。不过简耀那件有点过于小了。

"袖子太短。"
"你将就着穿吧,问了一圈,也就刚才那两位女生愿意借给我们,还花了我两个汉堡套餐的钱。"
"借多长时间?"
"最多半小时,就午饭这点时间,待会儿她们就要回学校上课了。"
"除了校服小点倒没什么问题,你觉得你能混进去吗?尤其是你这身材,也太成熟了点吧?"
"切,现在女孩都发育好,这不算什么。"
虽然嘴上这样说,女孩还是把校服的拉链拉到颈部,这样一来,宽松的校服正好遮掩了她略显成熟的身躯,只不过这么热的天,这样的穿法有些奇怪。
"还有头发,哪有学生弄你这种发型的。"
"这还不容易!"
女孩把头发散开,顺势甩了甩头,那乌黑的秀发在阴天柔和的光线下熠熠生辉,映衬着女孩那张美丽的脸。这是简耀第一次如此近距离地观察她的脸,不禁心跳加速。只见女孩随手摸出两根皮筋,迅速给自己左右扎了两根辫子,然后从口袋里拿出一副眼镜戴上,瞬间就扮成了中学生模样。

"好啦。"

女孩见简耀望着自己发呆,不由大笑起来。简耀也觉得有些失态,连忙把视线移开,看向别处。

"真是个处男啊。"

"你胡说什么啊。对了,你不是大老爷们吗?怎么会扎辫子的?"

"硬性记忆。"

女孩狡黠地眨了一下眼睛,朝前走去。两人来到门口,发现之前的门卫已经不在了,换了另外一位新的门卫,看来换班了。

"等等,咱俩最好一前一后进去。"

"为什么?"

"别让人误会啊。"

"误会什么?"

"早恋!"

说完,女孩已经大摇大摆走了进去。简耀红着脸,等了大约半分钟,低下头往里面冲。刚跨进大门,就听见有人叫。

"喂,等一下!"

简耀只好站住,心跳得厉害。很快,新来的门卫已经走到了他跟前,足足比简耀矮了半头。

"你衣服怎么啦?"门卫仰面打量着简耀。

"我……"

"缩水了吧。我就说嘛,现在校服的质量真差,我女儿的也是,穿了没几次,洗衣机里一转,就全完了。"

"嘿嘿……"简耀尴尬地笑了笑,走也不是,留也不是。

"去吧。"

简耀麻木地点点头,转过身,快步走进了校园。

很快,他们就找到了那块举世闻名的太湖石——瑞云峰。它伫立在一片水池之上,无法靠近,远远望去像一只巨大的丹顶鹤单脚立在水中。

"帮我盯着点。"

"你要干吗?"

简耀不由分说,脱下鞋子,挽起裤管,跳进了水池。女孩见状吓了一跳,四下查看,发现他们的行为已经引起了周围同学的注意。

而简耀已经不管不顾地来到瑞云峰脚下,抬头望去,大石巨人般俯视着他,令他感到一种难以形容的压迫感。一时间,他似乎有些退缩了。

"快点啊,有人来了!"女孩叫了起来。

简耀回头一看,果然,门口那个保安已经发现了他们,正朝这边奔过来。他知道自己不能再犹豫了,于是深吸一口气,朝掌心里吐了一口唾沫,使劲揉搓,然后攀住大石头,准备往上爬。

"快点!"女孩再次叫了起来。

突然,简耀被脚底水池里闪过的一道亮光吸引住了。他从大石头上下来,循着那光亮,低下头,半蹲下去,将手伸进了水池。

"喂,你们在干什么!"

简耀不顾保安的喊叫,在水里摸索着。在哪儿呢?明明看见它了!这时,他的左右肩膀猛地被人拽住了。还没等反应过来,一股强大的力量便将他朝后拉去,来不及反抗,他便被拖出了水池。

"干什么呢你!"正是刚才那个保安。简耀没想到他个子不高,力气却完全盖过了自己。

"我……就想看看……它。"

简耀将下巴尖朝瑞云峰努了努。这时,他才发现女孩站在旁边,正一脸无辜地四处张望,假装不认识他。

"我就说嘛。刚才就看你们不对劲!快走!不然我把你送保卫科了!"

"这就走。"简耀用力挣脱保安的束缚,朝门口走去。

"还有你!"保安指着女孩,"你们一伙儿的,别以为我不知道。"

"哼,走就走!"

女孩小跑几步,跟上简耀。走到校门口,女孩突然想起了什么,拉住简耀说了几句话。两人当众脱下了校服。接着,她走到站在大门边上的两个目瞪口呆的女生旁边,将揉成一团的校服塞到她们手里。

"谢谢。"

说完,两人就迅速跨上停在路边的电瓶车。

"找到了吧。"

"嗯。"

"写着什么?"

简耀摊开手掌,里面有一个用锡纸揉成的纸团。

"奇怪。"简耀说。

"怎么？"

"这是香烟盒里的锡纸。"

"那又怎么了？"

"没什么。"简耀不再顺着这个话题说下去，而是将锡纸展开。上面的字迹因为被水泡过，已经有些模糊了，但仔细辨认还是能看清楚。上面有人用蓝色圆珠笔画了一个渔夫正在钓鱼，在他身后，是寥寥几笔的竹林作为点缀。

"怎么又要猜谜？"苏琪不满地说道。

"这得问你啊，不是你设置的吗？"

"我真不记得了。"

"行了行了，没时间在这儿跟你瞎掰扯。按照之前几次的套路，我猜测这次的线索依然会跟园林有关。"

说完，简耀便盯着女孩的眼睛。

"什么？你看我干吗？"女孩目光闪烁。

"展现你硬性记忆的时候到了。"

"怎么……"

"哪个园林跟渔夫有关？"

"你这么一说，我就想起来了，"女孩兴奋不已，"网师园！"

当他们的电瓶车快速驶离之后，一辆停在路边等候多时的黑色轿车如隐秘的毒蛇般悄无声息地跟了上去。

第九章　枪声

"拙政园凶杀案"专案组第一次会议在当天中午十二点准时举行。

主持会议的是苏州市公安局主管刑侦的马副局长。马局长今年五十七岁,曾经也是江南一带有名的刑警,破获过许多大案要案,即便到了这个年纪这个位置,他依然保持着良好的身材,精神状态极佳,说话铿锵有力,看起来也就四十出头的样子,不比方磊老多少。

"毫无疑问,这是一起恶性杀人案,在拙政园里,死的又是在国际上都享有盛誉的园林专家,我们身上的担子可不轻啊。市领导刚才已经给我打过电话了,督促我尽快破案,给各方一个交代。"稍作感慨,马局长就开始言归正传,"来,方磊,你是刑侦队长,这起案子又是由你负责,说说看现在案情的进展吧。我听说嫌疑人抓住了?"

"还不确定。"

"不确定?为什么?"

"的确,案发现场是抓住了一个嫌疑人,凶器也在他身边找到,但我们试图对他进行审讯,他一句话也不说……"

"他不说话你就没办法了?方磊,你又不是第一天做警察,什么泼皮罪犯没见过,要不要我送你回警校重新学习一下刑讯技巧?"

"我一直在找突破口。"被马局长这么一说,方磊脸色不太好看,"他的照片我已经派人分发到全市的各个交通要塞、酒店等地方,相信很快就能查出他的身份。只要知道他是谁,与死者的关系,到时候再审,就由不得他不开口了。"

"你这一上午就在干这事儿?"

"当然不是。我是说,不止。"方磊对马局长这种咄咄逼人的质问很不舒服,"从死者周围关系开始调查,我认为是另一条突破口。事实上,经过这一上午的走访侦查,我们有了一些新的发现。"

"哦?"

方磊起身,走到空白的会议白板前,拿起油性笔,在上面最中央的位置写下了柳铭的名字,然后以他为中心,分岔出去四条线,分别指向四个人物:未知中年男人、助手祝小芸、管理处主任李元、门房刘老头。接着,在"未知中年男人"下面又岔出去一条线,指向"神秘男孩",而在"祝小芸"下面则岔出去一条线,指向"马涛"。他盖上笔盖,用笔指着马涛的名字。

"这个马涛就是新出现的可疑人物。我们发现他不仅在案发时段出现在拙政园北门外,而且具备强烈的杀人动机——他怀疑自己的女友祝小芸与柳铭有关系。"

"可是凶手是怎么进入园林,杀害柳铭后,又顺利逃跑的呢?"

"这是我们需要去侦破的一个难题。另外,这个人,"方磊又将笔指向"神秘男孩","是主要嫌疑人的儿子,在案发后,他拒不配合并且选择了逃跑,让人无法理解,也让整个案件有了新的隐情。"

"嗯。那两位呢?"马主任指的是李元和刘老头。

"这两个人身上也存在着一些疑点。先说门房刘老头,根据之前的问话,他似乎和死者非常熟络,经常出入死者的办公场所,也就是第一凶案现场,再加上他的工作性质,完全具备杀人的条件。"

"可他的动机是什么?"

"不清楚。斧子,你去调查这个刘老头的履历,另外,找个机会,搜查他的住处。"

"啊,没有搜查令,这合适吗?"

"他住在园林里,属于公家的房子,不属于私产,我们搜查不违法。"

"可至少也要经过园林领导的同意吧。"

"我正要说这位领导,园林管理处主任李元,他同样有嫌疑。"

"啊?他也有嫌疑?"

"从案发后的表现来看,他对柳铭的死亡并不是太惊讶,而且急着要清理现场,有些反常。"

"他不是说因为下午有外宾来参观吗?"

"我总感觉他有所隐瞒。不过,这样的老狐狸,还是我找机会亲自去会会他吧……"

"那他的助理祝小芸呢?"

"我查过了,柳铭表面上是她的师傅、领导,其实说得准确点,应该是她的恩人。"见大家都一头雾水,方磊继续解释,"这个祝小芸出生在贵州农村,家里非常贫穷,父母常年在外打工不回,从小跟奶奶一起生活,是那种典型的留守儿童。在她十二岁之前,甚至连学都上不起。"

"十二岁之后呢?"

"她得到了资助。留守儿童受教育在当地确实是一个老大难的问题,一方面政府财政收入非常低,上面的教育经费拨款也是杯水车薪,有关部门领导没办法,只能向社会求助,于是就成立了关爱留守儿童公益组织,把没学上孩子的照片以及家庭情况都挂在网站上,希望社会有识之士能施以援手。祝小芸就是在这个时候得到了某位爱心人士的定向捐助。从十二岁到十八岁,再到大学四年,她的所有学费和生活费都是由这位爱心人士出的。而祝小芸也很争气,不仅考上了本科,还读了研究生,并且一毕业就来到这位资助者身边,说是工作,其实也是帮着照顾对方,来完成自己的报恩……"

"没想到,柳铭和祝小芸还有这层关系。"

"不仅如此,这两人目前正在进行一项全新的园林研究,据说一旦完成,将会刷新世界对苏州园林的认识。无论如何,这事对祝小芸来说都是决定将来命运的大事,而这件事的成功,离不开柳铭的领头和指导。现在随着柳铭的去世,这个项目很可能就此停摆。因此于公于私,祝小芸都没有杀害柳铭的动机,更何况她一个弱女子,是无论如何也不具备将死者从研究所内移到水池中金幢上的力量的,也就是说,基本上排除了她的嫌疑。"

马局长点点头。

"那么,你下一步准备怎么办?"

"三条线并行吧。一,让那个头号嫌疑人开口,并同时查出他的身份以及与柳铭之间的关系;二,以马涛是凶手为假设前提,破解他如何杀人又是如何逃脱的;三,抓到那个神秘男孩,找出他身上的秘密。"

"嗯，就照你说的去做吧。我只有一点要求，要快。"

"知道了。"

正说着，会议室的门推开了，一名技术警察走了进来。

"怎么样？"

"方队，按您的要求，我们调出了一小时前在观前街银行门口的监控录像。"

接上会议室里的液晶电视，男孩的面部出现在了屏幕上。虽然画面不是很清晰，但方磊光看轮廓就知道那人正是两次从自己手里逃掉的小孩。

"能查到他目前的行踪吗？"

"我们采用面部识别系统锁定目标人物后，对他进行了追踪，发现他先是去了观前街，然后又出现在凤凰街，您看这里……"

这次方磊凑近了。画面上的男孩出现在苏州市第十中学的门口。

"十中？他去那干吗？"

"您先别着急。您看，他换上了学生校服，进了学校里面，至于里面发生了什么事情，我们追踪不到。不过很快，他就出来了。"

"然后呢？"

"然后，我们又在网师园的门口发现了他。时间显示是十二点半，也就是五分钟前。"

"那还等什么！"一直坐在椅子上的小蔡猛地站了起来，"头儿，走，咱们现在就带人去堵他！"

"等一下。"方磊喊道。

"嗯？"小蔡不解地看着方磊，"再不走可又让他溜了。"

他似乎没听见小蔡的话，示意技术员把刚才抓取的视频重新放了一遍。接着,他指着画面上站在男孩旁边的女人。

"帮我查一下,这个女人是谁。"

在赶往网师园的路上,方磊心里一直在琢磨着刚才在视频里看见的内容。那个女人到底是谁?为什么会跟那男孩在一起?由于监控像素比较低,只能大概看到她的长相轮廓,似乎在哪儿见过。

另外,如果假定这男孩与他父亲一起参与了杀人案,为什么他不逃跑或者躲起来,而是假扮学生去了第十中学?他已经派同事去十中询问了,应该很快会有反馈。

还有,他们去网师园又是做什么?从他们一路的行踪看像是在有目的性地赶路,目的是什么呢?

一切的疑问只有等抓到他之后才会揭晓。只要抓到人,方磊相信自己有一万种方式让他开口。

"头儿,"正在开车的小蔡突然开口了,"能不能请教您一个问题?"

"说。"

"您看啊,现在咱们抓了两个嫌疑人,照我看,每个人的嫌疑都挺大的,只要好好审问一下,肯定能查出他俩谁是真凶,我就不明白……"

"不明白为什么我不好好审讯,非要去抓那个小孩,对吗?"

"是,为什么呢?"

"因为主要的嫌疑人不开口,我只能去抓他儿子。"

"万一他儿子被抓到之后也学他老子一样装哑巴,怎么办?"

"这是个好问题。"

"嘿嘿,那……"

"我也不知道怎么办。"

"啊?"

"我希望你现在装一会儿哑巴!"

方磊大声说完,就闭上了眼睛,不再管小蔡。突然变得容易烦躁,他自己都觉得有些吃惊,但手上一摊子烂事儿,还得回答这些蠢问题,能不烦吗?他试图静下心来冥想一下,可上下眼皮刚合上,妻子硬要拉着他去看学区房的画面就开始在脑海中飘来飘去。没办法,他只好重新打开手机,找出妻子的电话,拨过去。

关机了。

方磊烦躁地摁掉了电话。

雨又下起来了。

他们把警车停在路边,徒步扎进网师园所在的阔家头巷。巷子不过三米宽,方磊与小蔡以及另外两名警察排成一列通行。由于没有打伞,雨水顺着两侧的屋檐哗哗落下,溅到了他们的脸上、身上和鞋上,使得他们不得不加快脚步,气氛也陡然紧张起来。

走在最前面的方磊不知为何,始终有一种不太好的预感。这些年来,他经历过大大小小的刑事案件,情绪早已能控制自如,即便是早上面对凶案现场,他也没有这么紧张过,更何况接下来要抓捕的不过是一个十七八岁的小毛孩,当然,还有那个身份未知的女人。他试图把这种紧张感归咎于天气,或者是妻子身上,但显然,越是想太多越感到不安。

接着,他想到一个重要的原因:茶杯。因为刚才走得有点匆忙,那个能让他气定神闲、装满碧螺春的玻璃茶杯被他遗忘在办公桌上了。他确信,如果现在手上捧着那杯茶,喝上一口,也许状态会完全不一样。

"到了。"后面不知谁说了一句。

方磊这才发现眼前的路豁然开朗,右手边有一面巨大的白墙,墙下立着刻有"网师园"字样的石碑;左手边则是一个门头气派的宅子。一名保安迅速朝他们走了过来。

"怎么样?"方磊问。在来之前,他们已经把男孩的照片通过网络传了过来,并让这边的保安盯牢。

"还在里面呢。"

方磊沉吟了一下。

"整个网师园就这一个出入口吗?"

"对游客开放的就这一个。"

"行。大头,斧子,你俩守着门口,只要看见他跑出来就逮捕。"

"明白。"

"小蔡,你跟我一起进去。"

小蔡整了整衣服,从腰间掏出了枪。

"收起来!"方磊吼道。

小蔡不好意思地把枪重新插回腰间,用衣服盖好。

"记住,这是网师园,里面有上百名中外游客,任何时候都不可以亮家伙,避免引起混乱。"

"知道了。"

"还有,对方不过是个小孩儿,如果凭咱俩还抓不住,传出去还有脸混吗?"

小蔡低头不语。

"行啦,进去后听我指挥。"

方磊说完，率先抬腿跨过网师园的门槛。然而，他迈进这座古老而肃穆的古典园林的一刹那，先前那份焦虑感和紧张情绪终于达到了生理的极限。他知道自己遇到前所未有的麻烦了。

"砰！"

一声突如其来的巨响袭击了他的耳膜，令他瞬间失聪。他的眼前就像在上演一部被调成了静音模式的奇幻剧：游客们惊慌失措，蹲下，抱头，四下奔逃；园子里的植物、湖石、水池仿佛都活动了起来，左摇右摆，颤抖不停；那些潜藏在泥土中的微小动物也纷纷钻了出来，手舞足蹈，蹦蹦跳跳，如同大旱多年的苦民为天赐的圣水举行着一场彻底的狂欢。

暴雨如注。

终于，方磊意识到那是枪声。

第十章　网师园

简耀站在一块镶嵌于石壁的墓碑前，内心焦虑万分。墓碑上写着"先仲兄所豢虎儿之墓"，据说是大画家张大千的手笔。按照"父亲"的说法，张大千的二哥，同样也是大画家的张善孖曾在网师园内豢养过老虎，通过对虎儿的细微观察，成为中国一代画虎大师。不过此时，简耀的心思并不在这个传奇故事上，而是陷入了对线索的苦苦思索之中。要命的是，在五米开外，有一名保安正毫不掩饰地注视着他。

"怎么办？"

"不知道。他们要抓的是你，又不是我。"女孩一副事不关己的样子。

"靠，我可是为了救你才冒这么大风险的。"

"那我代表咱们简家祖宗十八代感谢您。"

"你……"

简耀气得一时说不出话来。他不断在心里告诉自己，现在可不是闹情绪的时候，要冷静，冷静。

"你帮我去引开他。"

"我？怎么……"

"刚才不是你说的吗，他们要抓的是我，又不是你。"

女孩沉吟了一下，露出灿烂的笑容。

"求我。"

"什么？"简耀简直不敢相信自己的耳朵，都什么时候了，这人还有心情搞东搞西。

"说，'求求你了'。"

"你得寸进尺啊。"

"快，他可要过来了。"

简耀偷偷瞄了一眼，果然，那保安正慢慢往这边挪步。

"求你了。"

"声音大点。"

"我求求你了！行了吧？"简耀气呼呼地说道。

"行吧，老爹我这就出马。"

简耀看着女孩笑嘻嘻地朝那名保安走去，恨得牙痒痒，暗暗发誓办完这件事，绝不会再对这老浑蛋说出一个"求"字。

只见女孩大摇大摆地走到那名保安面前，一掌拍在保安的肩膀上，嘴里说着什么。年轻的保安先是一愣，然后抓了抓脑门，尴尬地笑了笑。女孩爽朗地哈哈大笑，手比画着，然后指了指某个相反的方向。保安害羞地点点头。接着，两人就一前一后朝另外一个方向走去。当女孩背对着简耀的时候，她悄悄做了一个OK的手势。

"什么情况？"

简耀完全看蒙了，但很快，他意识到机不可失。

相比较拙政园和狮子林，同为世界文化遗产的网师园似乎就没那么热门了，游客少了很多，简耀遇到的阻碍也减轻不少。据之前"父亲"的介绍，网师园始建于南宋，占地面积不到拙政园的六分之一，之所以叫网师——网，指的是打鱼，师指的自然是人，网师也就是房子主人自比喻为打鱼的人，暗示渔隐的意思——这点与那张线索锡纸上的渔夫画不谋而合。

简耀来到中央水系的一座小桥上，前面有两个相互拍照的中年大妈挡住了去路。他目测了一下，两位大妈身形偏丰满，而小桥不过一米宽，并排一站，中间就只剩下二十厘米不到的缝隙，以简耀的块头根本不可能过去。那上面呢？简耀想起了在学校上体育课时的情景——把两位大妈看作是连在一起的鞍马，而她们的头则是鞍马上的两个支撑环，只要一个加速助跑，双手用力撑住两头，双腿朝两侧平行分开，也许就能跳过去了。不过麻烦的是，这两位大妈并非原地不动，如此一来就很难抓准时机。再往下看。下面倒是空当很大，为了拍照，大妈们的马步扎得倒是很结实，不过那样的话就要受胯下之辱，这是简耀无论如何也不愿意接受的。

"麻烦让一让。"

大妈看都不看他，继续旁若无人地拍照。

"让一让！"简耀提高了嗓音。

其中一个大妈冲简耀翻了一下白眼，说："你这小孩子怎么这么没礼貌的啦，我就不让，你能把我怎么着？"

简耀气得差点破口大骂，但还是忍住了。好男不跟大妈斗。他转身想换条路走，发现来路已经被一个旅游团彻底堵死了。

"苏州园林的建造讲究叠山和理水。看山去狮子林，看水当数网师园了。大家看，这座桥叫引静桥，是中国最小的拱桥，也是欣赏水景的最好位置。"一位导游向身后的游客介绍道。

简耀无奈地再次转过身，面对那两位大妈，心想这下就是硬闯也要闯过去。

"山山水水，一直是中国古人追求的东西，造园就是为了靠近山水，"导游的声音持续从身后传来，"水是流动的，与山的静止形成鲜明对比。请大家低头欣赏一下，这些水中的天光云影和周围景物的倒影，再加上游动的小鱼、荷花，是不是特别美？"

简耀刚想在心里夸这导游比之前拙政园那位素质高多了，马上他又听到了以下这句话：

"大家仔细看，这座水池像不像一只巨大的乌龟。龟在我们古代有延年益寿的意思，所以，来来来，快到桥上走一走，大病小病全没有，再到桥上走一走，娶妻生子乐悠悠，三到桥上走一走，升官发财不用愁……"

得，说来说去全都是这套玩意儿，简耀内心再次泛起了反胃感。他稍稍俯身，做出了冲刺的动作，然后看准两位大妈之间仅存的一条间隙，撒腿冲了过去。只见他像一把锋利的刀，迅速将一大个圆滚滚的西瓜从中间一剖为二——那可怜的左右半个"西瓜"毫无防备地朝后倒去，紧接着扑通两声，掉进了水池，溅起巨大的水花。

简耀只听见身后传来杀猪般的惨叫声，头也不回地朝前跑去。留给他的时间已经不多了。

穿过一条郁郁葱葱的小路，简耀来到一幢小屋前。不知为什么，他感到有些气馁，园子这么大，到底去哪儿找线索呢？一滴粗大的雨水从屋檐落下，掉在他的后颈处，并顺着领口滑入了他的衣服里。他懊恼地抬手摸了摸，同时不经意抬起了头。就在这时，他愣住了。

门头上的牌匾从右至左用行书刻着"竹外一枝轩"。竹子……他猛然想起什么，迅速从口袋里拿出那张香烟锡纸，展开。果不其然,上面除了画了一位垂钓的渔夫之外,在他身后,还画了几笔竹子作为点缀。没错了,竹子就是这幅小画的密码所在,而它指向的就是这里——"竹外一枝轩"!

简耀迅速收起锡纸,跨入圆形的门洞,走进去四处打量。先是一方狭长的小院,院内左右种了绿竹,踏上几级台阶,穿过冰裂纹木门,走进幽暗的屋内。除了普遍都有的中国式陈设外,屋内并无其他。他在屋内仔细找寻了一番,什么也没发现,不免非常失望,怀疑自己是不是走错地方了。

这时,外面的雨下得越来越大了。

雨打树叶的声音衬得轩内极为安宁,也让简耀烦躁的心一时平静了下来。他把那张锡纸翻来覆去又看了几遍,觉得自己的判断肯定不会错。他穿过小屋,走到后院,走出去,还是一无所获。他转过身……等等!

简耀的视线停留在眼前一处长方形的漏窗上,透过窗户,他看见了竹子。远在天边,近在眼前。他一阵激动,重新回到院内。院内的竹子并不茂盛,但排列得极有规律,左右分布,像是布置者精心设计过。他开始查看竹子,一根一根,都不放过。在竹子上刻字的人太多,什么某某到此一游,某某某我爱你,使得排查过程颇为艰难。不过他的运气颇佳,没过多久,就找到了自己想要的答案——在一根粗壮得有些年岁的竹子上,有人刻了一幅小画。简耀把眼睛凑近仔细看了看。

"咳咳。"

身后突然传来的咳嗽声把简耀吓了一大跳。他回过头来,看见两名身高一米六左右的矮胖子站在他跟前。他们戴着统一的墨镜,身穿统一的黑色长款亮面雨披,如同两颗肥硕的荸荠;雨披下摆到小腿的位置,露出四条粗壮且毛茸茸的双腿;

最下面是两双老式灰色的牛筋凉鞋，两排肥嘟嘟的脚趾头无辜地在雨水中冲着淋浴。

简耀感到莫名的紧张，想绕开他们，可往左，左边的矮胖子拦住去路，往右，右边的矮胖子不让过去。他朝后退了几步，疑惑地看着这两颗大荸荠。

"放哪儿了？"左边的矮胖子说道。他的声线有些细，给人一种很不严肃的感觉。

"你们是不是认错人了？"简耀开始害怕了。

"别装了，"右边的矮胖子声音倒是又粗又厚，如果他们俩是双胞胎的话，声音可能是他们父母区别兄弟俩的唯一办法，"我知道它一直在你那儿。"

"什么在我这儿？"

"哈，哥，我早说了，应该直接给他点颜色看看……"

"你闭嘴。"

现在简耀知道了，那个声音细的是弟弟，声音粗的是哥哥。他在心里不断告诫自己要放松，再放松，同时脑子飞速旋转，想办法应对这突如其来的危险事件。只见哥哥走到简耀面前，抬起头，看着比自己高出整整一头的简耀。

"小兄弟，你可能还不知道事情的严重性。这么说吧，我们有无数种办法让你开口，但通常我的耐心不太好，喜欢采用最极端的那种。"

"我真的不知道……"

啊！简耀的肚子被重重击了一拳，腹部的疼痛感瞬间蔓延到了他的胃部，令他痛苦得呕吐，不由得双手抱住肚子，缓缓蹲了下来。

"哥，要不先把他带回去，这里人来人往的。"

"我知道,不用你教!"

矮子哥哥也蹲了下来,这下他终于能与简耀平视了。

"我才用了十分之一的力气。如果现在不说,我会让你尝尝把昨晚吃过的东西连同胃液一起吐出来的滋味。"

简耀痛苦地摇摇头,一来是胃里实在难受,二来他真的不知道这两颗大荸荠到底在找什么。

"哥,有人来了。"矮子弟弟在旁边催促道。

矮子哥哥一招手,弟弟立马上前,两人一左一右架起简耀的胳膊。简耀使劲想挣脱,却发现自己像被铁枷锁住一般,根本无法动弹。他终于意识到,那位矮子哥哥刚才说自己只用了十分之一的力气并非吹嘘。

眼看着自己就要被架走,突然,身后传来了一声怒吼。

"站住!"

简耀侧过脸,顿时一脸苦笑。之前被自己撞下水池的那两位大妈,正怒气冲冲地摩拳擦掌。她们头发披散着,浑身湿透,汗衫紧贴肌肤,衬出满身结实的肉,活像两个被滚水烫掉毛的肉鸡。更有意思的是,在她们的身后,站了大约十几个同样体型、款式的大妈。

"就是他!"一个大妈指着简耀喊道。

简耀明显感觉左右两边的力道松了一些。

"道歉!"

"对!道歉……"

很快,此起彼伏的声讨在大妈群中蔓延开来。简耀趁机一用力,挣脱了束缚,面向大妈们。他用力咳嗽了两声,大家安静下来,十几双眼睛齐刷刷地盯着他。

雨水开始疯狂地下了起来。

"你们……"

"别耍花样啊。"旁边的矮子哥哥似乎察觉到有点不太对劲,但已经晚了。

"吃屎去吧!"

简耀用他地道而醇厚的京腔高声喊道。

大妈们全都惊呆了,这样的结果完全超出她们的预料,一时间不知道怎么办才好。

"来啊,来打我啊,"简耀停顿了一下,接着喊出了点燃导火索的那几个字,"死肥婆们!"

一阵全世界断电般的寂静之后,一个体型最大的大妈从人群中走了出来,高举手臂,朝前一挥。

"姐妹们!揍死他!"

十几个大妈一窝蜂冲破雨幕,朝简耀扑了过去。简耀见状,往后一缩,轻轻拍拍两颗大荸荠的肩膀。

"拜托了,二位!"

话音刚落,大妈们已经扑到了眼前。矮子哥哥刚想说话,一个不长眼的拳头已经狠狠砸在了他左边的脸上。

"谁打我……"

话还未说完,右边脸上又挨了一巴掌。

"还有什么好说的,打呗。"

于是,一群胖子堵在月牙门洞口,在瓢泼大雨中你来我往,热闹非凡。简耀则趁着身后一片混战,找了个空隙,迅速逃离了现场。

然而,没跑多远,就听见身后传来一声巨响,惊得他下意识地往地下一蹲,抱住了头。

难道……是枪声?

简耀非常不确定刚才那一声是什么，毕竟只在电影里才听见过枪响，不过从逃离的游客脸上同样惊恐的表情和行为可以看出，那绝对是个危险的声音。

"靠，有人开枪啊。"

简耀一看，"父亲"正悠闲地坐在路边的石凳上，跷着腿吃着不知道从哪儿买来的豆腐干呢。

"你怎么在这儿？"

"等你啊，怎么样，找到什么了吗？"

"嗯。快走吧。"

两人刚准备朝门口跑去，却见入口处冲进来两个男人，他一眼就认出他们是便衣警察。

"是他吗？"

"谁？"

女孩顺着他手指的方向看过去。

"没错，就是他，在手机店遇见的那个警察。"

那警察这时恰好朝简耀的方向看过来，与他的视线对上了。

"咱们分头溜，你找机会先出去，在门口等我。"

"那你呢？"

"你别管我。快！来不及了。"

简耀眼看着那警察距离自己已经不到二十米了。在他身后，惊慌失措的游客们四处逃窜。

现在，简耀再次站上了引静桥。在他的前路几米处站着那名中年警察，后路则守着一位年轻的警察，他已经无路可走，被抓住是迟早的事。

"我爸是无辜的。"

简耀冲着那名警察喊道。一直到那声枪响之前，简耀还一意孤行要当孤胆英雄，用个人的力量去洗刷父亲的杀人嫌疑。他不是不相信警察，而是依照现在的情况，也许他们根本不会试图去理解一个高中毕业生的话。然而，那两只大荸荠的出现警醒了他。他突然意识到，自己不过是一个今天才刚满十八岁的男孩，在苏州这个陌生的城市，要破获谋杀案，要对抗未知的黑暗势力，简直比登天还难。

"姓名？"

"我叫简耀，警察叔叔，你听我说……"

"把手举起来，然后慢慢走过来。"中年警察似乎没兴趣对话，手中的枪对准了他的胸口。

"我和我爸昨天才来苏州，我们是来旅游的，他不可能杀人。"

"我数到三，你立刻过来。"

"可是……"

"一！"

"我有证据……"

"二！"

"别！"

简耀举起了双手，朝那警察的方向慢慢挪去。他已经逐渐清晰了，这时候选择跟警察合作绝对是个错误，他们压根儿就不打算听一个这么大的孩子好好说上几句话。这时，一阵手机铃声响起——"千年等一回，等一回啊啊"。

"对不起……喂……"身后那名年轻警察的声音传了过来，"哦，是，好的，知道了……头儿？"

"怎么了？"

"化验科那边打电话来，说是已经确认了，凶器上触摸血迹留下的指纹是属于那名嫌疑人的。"

"这下你还说你爸是无辜的吗?"那个被称为"头儿"的警察听完,有些嘲讽地对简耀说。

简耀默不作声。他抬起头,看见那对荸荠般的双胞胎正站在对面假山上的亭子里,冷冷地望着自己。

"他们在那儿!"

简耀指向斜上方,中年警察微微一惊,但并没有回头,手上的枪依然指着简耀。

"谁?"

"他们!刚才开枪的人,他们要抓我……"

中年警察将信将疑地把头转了过去,然而,那对荸荠兄弟已经消失了。

"小蔡,你看见了吗?"

小蔡茫然地摇摇头。中年警察表情瞬间变得非常严肃。

"听着,我今天心情很不好。所以最好不要惹我,别耍花招……"

话才说到一半,只见眼前的人影一闪,接着"扑通"一声,水面溅起一股巨大的水花。中年警察先是一愣,接着急忙端起枪,对准水里的人影。但他并没有射击的打算,只希望那倒霉孩子在水池里扑腾几下后,能自己爬出来。

水面先是涟漪阵阵,而后竟慢慢归于平静,只剩下雨水滴落入池的景象。

两名警察面面相觑。隔了好一会儿,他们都不愿意相信,到手的鸭子就这么游走了。

在入水的那一刻,简耀对自己的命运一无所知。他不确定这水池下面是否有路可逃,也不确定那警察会不会跟着跳下来,更不确定他会不会开枪。他选择跳水的念头完全是下意识的。人在最无望的时候,通常都会选择赌一把,是输是赢只能听天由命。

不知道为什么,自从开启这趟未知而奇妙的冒险之旅以来,简耀始终觉得自己就像在梦境中一般。在今天之前,他只不过是一个高中刚毕业、正准备离开父亲去美国读大学的普通男孩,一切都是非常现实的。然而,谋杀案的突如其来,父亲灵魂的乱入,大荸荠兄弟的出现,警察拿枪指着自己……这一切就像是虚构的,显得那么不真实。这种清晰的不真实感意外令他获得了勇气,使他觉得自己正在经历一场大型的闯关游戏,他唯一需要做的,就是坚持下来,通关到底。在这种心境下,死亡似乎就显得不那么可怕了。大不了 GAME OVER 咯。

幸运的是,他赌对了。网师园的水系从清朝开始,就与园外的苏州河道连通,因此,在水池的底部,有一个直径在两米左右的洞穴,穿过这条洞穴,往前游上二十几米,就能到达外面的河道。苏州园林理水的一大奥妙在于,那些水池都是活水,这样一来就能常年保持水域的生态循环及整洁干净。可问题是,除非你有超级强大的闭气本领,能在水下坚持个三五分钟,否则极有可能被卡死在狭长黑暗的通道里。一般人绝不可能做到。

简耀这辈子最擅长的两件事,除了依靠超强的记忆能力背古典诗词外,就是游泳了。因为北京江河湖远不如江南水乡多,按道理游泳并非大多数在北京长大的男孩必备的体育技能。但奇怪的是,父亲从小就带着他出入各种游泳场所,逼着他学游泳。有一年夏天,那时候北京的护城河还不像现在这样严格禁入，父亲带着八岁不到的他跳入护城河，试图从东便门游到西便门。那次真是他从小到大最痛苦的一次经历，游到后面，人几乎虚脱，好几次要沉入水底，都被父亲强行拽了上来。他哭着喊着想要上岸，但回应他的却是一记响亮的耳光。这记耳光彻底把他激怒了。最终，他赌气般游完了这段全长将近八公里的水路，并在病床上打了三天三夜的点滴。他对父亲的恨意便是在这样一次次的折磨中逐渐放大、膨胀的。

奇妙的是，这些靠着痛苦和恨意学成的本领居然在今天一次次地用上了。他在水底潜伏了不到半分钟，就发现了那个洞穴。他只犹豫了半秒钟，便像条黄鳝一样钻了进去。洞穴又深又长又窄，迫使他只能小心翼翼地朝前挺进。他坚信在洞穴的那一头会有出路。

然而，在黑暗中游了将近一分钟后，简耀便开始对自己的选择产生了怀疑。人是一种很奇怪的动物，相信能获得力量，而怀疑则容易沮丧。他开始感到筋疲力尽，大脑缺氧，身体状况非常不好，放弃的念头就像巨人的拳头一样不断捶打着闭气门的开关。他觉得自己快要死了。

哗啦。

他被拎出了水面，阳光刺眼。那是八岁时的他，被河水呛得直咳嗽，光着身子大口呼吸。

啪！他的脸上重重挨了一记耳光，将他彻底打醒了。父亲蹲在岸边，眯着眼睛看着他。

"你放弃继续游，我就放弃你。"

父亲的声音在耳边回荡。他刚想站起身，一股巨大的力量猛推过来，一个趔趄，他再次倒栽进了清冽的河水里。

你放弃继续游，我就放弃你。相信自己。

简耀的意识陡然清醒起来,因为相信而带来的力量又回到了他的身上。他紧闭嘴巴和鼻腔,使尽全身力气朝前游去。

前方,仿若有光。

第十一章　苏州博物馆

"简耀……"方磊摸着下巴，思考着这个刚刚获晓的名字。真不容易，追踪了这孩子这么久，好几次让他从眼皮底下逃脱，对于方磊这样一位办案多年的警察而言，完全称得上是羞辱。如今有了姓名，就好像得到了一把钥匙，终于有机会去打开那扇神秘之门了。

"你们一个一个说，你一句，她一句，我到底听谁的呢……"

小蔡的声音断断续续传来，打搅了方磊的思路。循声望去，他看见小蔡面前站着两位身材矮胖、浑身湿漉漉的大妈，正叽里呱啦说着什么。

"怎么了？"

"这两位说有情况汇报，"小蔡见方磊过来了，神情轻松了不少，"这是我们队长，你们有啥事跟他说吧。一个一个来啊。"

"那我先说啊。开始是那男孩把我们推下了水，你看，衣服现在还是湿的。"大妈甲说。

"后来气不过，找了一大群姐妹帮我们出头，结果碰到两个矮胖子。"大妈乙说。

"矮胖子我们也不怕，咱们人多啊，而且平时经常跳广场舞，身体棒着呢。"大妈甲比画了一下肱二头肌。

"我们都是文明人,一开始也没想动手,就想他给咱们道个歉,说声对不起不就完了?结果那小子骂我们,说我们……"大妈乙欲言又止。

"说你们什么?"方磊显得饶有兴致。

"说我们……太难听了,你说。"大妈乙推推大妈甲。

"死肥婆!"大妈甲气得浑身发抖。

"对,就是这个词,你说我们该不该打他们?"由于靠得太近,大妈乙的口水都喷到方磊脸上了。

"确实该打。"方磊一边用手抹干脸上的口水,一边诚恳地点头附和。

"就是嘛,警察也说我们做得对,所以我们就一窝蜂冲上去了。"大妈乙接着说。

"没想到,他们居然开枪了。"大妈甲说。

"等等,你们说谁开枪了?"方磊突然警觉起来。

"还有谁,那两个矮胖子啊。"

"矮胖子?还有枪……"

"一看就知道是杀手!"大妈乙说。

"杀手吗?"

"对啊,我们又不是没看过香港电影……"

"行了。"方磊感觉越说越离谱了,他想起了之前简耀的话,"你们说,那两个什么杀手和那个男孩是一起的吗?"

"肯定是一起的啊!否则为什么会帮他打我们呢?"大妈甲说。

"有谁受伤吗?"方磊问。

"你看这里,都流血了!"大妈乙指着自己胳膊上的一个红点说。

"这是枪伤？"方磊眯着眼睛看了看。

"不是，我的一个痦子不知道被谁抠破了，疼死我了。"

方磊抬头看了看天，一只乌鸦哇哇飞过。

"你们说的这些是在哪里发生的？"

"就在那边。"

方磊随着两位大妈来到"竹外一枝轩"，根据她们的描述，很快在一根木头柱子上找到了一个弹孔。

"没有。"方磊想了想，冷静地说。

"没有什么？"大妈甲问。

"没有枪，当然也没有枪声。都是一场误会。"

"可是——"大妈甲刚想接着往下说，被身旁的大妈乙一把拉住了。

"明白了！是没有。真没有。"

大妈乙一边说一边朝大妈甲挤眉弄眼。后者立马反应过来了。

"对对对，是误会，放心，警察同志，我们不会乱说的。"

"咱也不敢乱说啊，现在造谣可是要被刑拘的。"

"倒也没那么严重……"方磊说。

"当然严重，咱们是从北京来的，朝阳大妈听说过吗？说的就是我们。这点觉悟还是有的。"

"那行，就这样吧。"

"接下去，我们是不是要去警察局录口供？"

"看你们方不方便？"

"方便，没什么不方便的。"

"那好，小蔡，你带她们去一趟局里。"

"那个，警察同志……"大妈甲表情似乎有些为难。

"怎么了？"

"是这样，您看，我们的衣服全湿了，不知道……"大妈犹豫了一下，终于还是开口了，"不知道提供线索有没有奖金？"

在回局的路上，方磊把刚才发生的事情好好在脑子里捋了一遍。现在还不能断定那两个神秘的矮胖子究竟是不是和简耀一路的。按照俩大妈的说法，如果他们是一起的，那刚才为什么没有看见他们？为什么会与简耀分头逃跑？那俩人究竟是什么来路，不仅有枪，而且敢在游客众多的园林里开枪？他们两个加上简耀以及他的嫌疑人父亲，四个人联合谋杀了柳铭，目的是什么？背后是否还有其他同谋？

如果采信简耀的说法，他们是来抓他的，又是为什么？会不会跟之前的谋杀案有关系呢？抑或想从他身上获得什么？方磊刚去网师园保卫科想查看监控，以确认是否真有两个矮胖子出入，结果意外的是，监控竟然遭到了破坏。看来，这两个杀手不仅胆大，手法还相当专业。

另外，简耀来网师园到底是为了什么？自从父亲被捕，他的行为都太反常了。从拙政园逃脱后，监控显示，他先后去了狮子林、平江路、观前街、第十中学以及网师园，这哪像一个亡命天涯的逃犯干的事情，倒像是初次来苏州但时间仓促的游客。莫非，他在寻找什么东西？

还有那个和他一起的女孩，她又是谁？一路上，她都和简耀在一起，而从视频监控里可以看出，她驾驶电瓶车穿街走巷，似乎对苏州古城的地形十分熟悉，也许她就是本地人？刚才他的焦点全在简耀身上，从而忽略了女孩。事后，他特意问了守在门口的两个同事，他们的回答是，因为发生了枪响，有一会儿里面涌出来几十上百个游客,他们根本来不及阻拦和排查,只能任由游客们离开。也就是说,那女孩很可能混在人群中逃走了。

不过,以他的经验,发生枪击事件的消息无论如何都不能传播出去。发生一起刑事案件,有枪与没枪完全是两个概念,犯罪性质、级别以及引起的恐慌程度完全不一样。但因为今天的游客太多,难保消息不会传到网上,不过,他会安排人写一则辟谣通稿,否认枪击事件的存在,按照经验,相信事情很快就会过去。至于专案组内部,必须得把这次案件的级别再提高一个档次来对待。一想到领导知道这事儿后的态度,他就焦躁不安。

警车路过观前街的时候,方磊不经意把视线投向窗外,突然,一个画面闪现在了他的脑海里。他想起来那个女孩是谁了。之前在那家手机店,那个女孩曾出现过,好像是要修手机。

"靠边停车!"

下了车,他迅速跑向那家手机店。刚进去,之前那名男店员正趴在柜台上吃凉皮,被他这么一闯入吓了一跳,呛得直咳嗽。

"警,咳咳,警官,您怎么,咳咳,又来了?"

"那个女孩回来了吗?"

"哪个女孩?"男店员终于缓过一点劲儿来了。

"就是之前有个来修手机的,长得挺漂亮,我记得你说让她两点来取。"

"走了有一会儿了。"

"啊?可是现在才一点!"方磊指着墙上的钟。

"两点是取货时间不假,但因为她的手机是小毛病,就进了点儿水,我拆开后用吹风烘干,不到半小时就修好了。"

"所以你打电话让她提前来拿了?"

"她电话不是在这儿修吗,我怎么打?她自己提前来了。付了钱,拿了手机就走了。"

"走了有多久了?"

"五分钟吧。"

方磊一阵懊恼。要是自己早想起来,就能当场把她给抓住了。

"你店里有监控吧?"

"有。"

"拷给我。"

回到警局,方磊叫技术员把监控中那个女孩的画面截取下来,放大面部。

"去,查查看,这女孩到底是谁?我倾向于她就生活在苏州本地,去户籍人口管理数据库里找找,看看能不能匹配上。"

"是。"大头接过照片,领命而去。随后,方磊回到了刑警队办公室。刚一进去,就听见几个同事议论纷纷。其中一个人说道:

"这画到底值多少钱啊?"

"这是上个月的新闻,"旁边的另一位将笔记本电脑屏幕转向大家,上面有搜索出来的新闻页面,"当时专家给它估值,你们猜是多少?"

"你就别卖关子了,赶紧说吧。"

"这个数。"他伸出三根手指头。

"三百万?"

"三个亿。"

"天哪。"

众人一片哗然。

"你们在聊什么呢?"方磊好奇地问道。

"头儿,你回来了啊。是这样,隔壁苏博出事儿了。"

"出什么事儿?"

"画被盗了。"

"画?"

"唐伯虎的遗作,今天第一天开展就被人偷了。"

方磊想起来了,早上路过苏博的时候,看见门口还排着长队。

"怎么被偷的?听起来不大可能啊,苏州博物馆,那可是一只苍蝇都飞不进去的地方。"

"我也只是听说,今天开展后,有一个行家一看,非说那画是假的,吵吵嚷嚷,影响秩序,后来没办法,苏博的领导和专家都赶过去了,一鉴定,果然是假的。"

"也许本来就是假的吧。"

"不可能,这画早就在北京被九位文物专家集体鉴定过了,绝对是真的。"

"难道被人调包了?"方磊问。

"有这种可能性,而且就发生在昨天晚上。因为昨天布展时,几个专家还特意在现场看过呢,至少那时候还是真品。"

"昨天晚上,"方磊说,"不会这么凑巧吧,画刚被盗,隔壁就死了人。现在这案子谁负责?"

"这么大的案子,马局亲自带人过去了。"

"走!"

方磊端起茶杯就朝外走去。

"去哪儿啊?"

"苏州博物馆。"

方磊已经来过苏州博物馆无数次了。

自从苏博二〇〇六年建成开放以来,方磊就对这个坐落在忠王府旁边的新中式建筑充满兴趣。与其说方磊喜欢这个建筑,不如说他喜欢博物馆。从小到大,每到一个地方旅游,他就会去当地的博物馆转转。在北京的那几年,他几乎把首都的各大博物馆转了个遍。那是他人生中最快乐的时光。他甚至想,要不是阴差阳错当上了警察,没准他会去做个博物馆管理员。即便什么都不做,整天泡在博物馆里,他也觉得生活有意义。后来回到苏州,苏博也建起来了,他几乎每个月都会来这里转转,尤其是有了孩子之后,更是要带孩子来看看,熏陶一下。但很遗憾,儿子对此根本不感兴趣,相比而言,他宁愿坐在电脑前打一整天的网络游戏。

方磊从大门进入,眼前一片开阔。左手边原本是一间安检房,虽然发生了失窃事件,整个苏博已经被清场,但作为办案警察的方磊一行依然需要通过安检,足见安保之严格。

他沿左手边进入建筑,经过一条长廊,来到了一个楼梯口。往左是一个佛像厅,收集了大量古代佛像,但大部分的佛头已经不在了,令人惋惜;往右是吴门厅,里面藏着本地出土的一些陶器,见证了吴地的历史发展变迁。二楼是两个书画厅,通常会展览一些本土书画名家的精品。苏州历来是文化重镇,因此馆藏一些书画精品也不足为奇,最著名的当属影响整个画坛的"明四家"(沈周、文徵明、唐寅和仇英)之作。原本,今天失窃的那幅唐寅真迹也应该安排在这里展出,无奈捐赠者黄大宝非要单独列展,为了表示尊重,苏博馆长吴国仁答应了他的要求。

方磊刚进去,就看见一个高个胖子在不停说着什么,旁边站的正是馆长吴国仁。只见吴馆长眉头紧锁,一脸愁容。一旁,马局长则在指挥几个技术人员现场取证。

"……无论如何,这都是你们的错。虽说打算捐给你们,但毕竟手续还没办,画还是属于我的,这损失你们必须得承担……"

胖子一口流利的北京话,光头,Polo衫,脖子上的肉一层又一层,像米其林轮胎先生,上面挂着一大块墨色的玉佛像,手腕上绕了好几圈黄花梨佛珠,怎么看都像个古董贩子。

"怎么回事?"方磊插了进去。

胖子一看方磊,不说话了。这时,马局长走了过来。

"你怎么来了?"

"我听说这里出了点事儿。到底怎么了?"

马局长把方磊拉到一旁,简单跟他说起了事情的来龙去脉。

原来这个胖子正是黄大宝,那幅唐寅真迹的拥有者。他母亲是北京人,父亲是苏州人,家族一直做收藏事业。苏州博物馆刚建立的时候,黄老先生还捐赠过几样价值不菲的藏品。前不久老先生去世了,死前,拿出了这幅祖传的唐寅遗作,非要让他带回家乡苏州。为了完成父亲的遗愿,他带着这幅画不远千里来到苏州,除了向世人展示一代大师的画作之外,还承诺在展后将它捐献给苏州博物馆,分文不收。对此,苏州博物馆自然也是十分重视,专门为这幅画布置了特展,可没想到,展览第一天画就被盗了,实在是太不可思议了。

"大致就是这么个情况。这案子涉及重大文物珍宝,我亲自负责,你嘛,还是继续破拙政园的案子。"马局长说道。

方磊点点头。

"可是,画不是在这里吗?"

他指着展柜里的那幅画。那是一幅典型的中国山水画,黑白色的崇山峻岭中,有一个渔翁在水上垂钓,旁边一位文人正在弹琴,展示出优雅的古典意境。方磊虽对古画并无研究,但像这样的山水画他见过不少,总感觉都差不多,看不出好歹来,要不是别人说这是唐伯虎画的,他觉得顶多也就值个几千块钱吧。三亿?想到这个数字他就不由吃惊,这要拿来给晓楠买学区房,那还不得把她给乐疯了。

"这是假的。"黄大宝说道。

"哪里假了?"

"你看这里。"

方磊顺着黄大宝指的地方看去,差点笑出声来。原来,在画的右下角那堆历代收藏者留下的印章里,居然藏着一个奥特曼的图章。

"昨天送来的时候这里有吗?"马局长问道。

"没有。"吴馆长终于说话了,"我亲自看着它进展示柜的。"

"那又是谁发现的呢?"

"一个游客,他说为什么这里会有奥特曼?"

"游客人呢?"

"走了。"

"哦?"方磊觉得有些奇怪,但仔细一想,别说是游客,就是自己认真一点,也能发现这个有点可笑的错误。

"这个展示柜上锁了吗?"

"上了,钥匙就在我这儿,而且只有一把。"吴馆长拿出一把小小的铜钥匙晃了晃。

"把这打开。"

馆长将钥匙插进钥匙孔,随即脸色一变。

"怎么?"

"打不开。"他停了一下,面露痛苦,"钥匙被人换了。"

马局长接过钥匙也试了试,果然打不开。他回头看了看天花板的角落,发现有个摄像头正对着这里,用手一指。

"看看监控吧。"

监视器中,画面快速倒退,最终时间被定格在前一晚的十一点整。一个人影走进了画面,是一个戴着奥特曼面具的人。他身披一件黑色的披风,由于角度问题,看不出其身材大小,也看不出性别。

只见奥特曼大摇大摆地走到展柜边,拿出钥匙打开展柜,然后把里面的画取出来,卷好,与自己身上画筒里的画调换了位置。接着,他从口袋里拿出一个印章,在画的角落用力一印,随后才锁好展示柜。临走前,他特意来到监视器下面,对着镜头比了一个奥特曼招牌的十字手势。

"太猖狂了。"

看完视频,黄大宝很生气。他表示,这种恶劣的偷盗行为一定得严惩,最关键的是,得找回画作,否则父亲的在天之灵将无法得到安息。

"肯定是你们内部人干的。否则怎么会这么容易进出,还能拿到你的钥匙。"

"你怎么看,吴馆长?"马局长转脸询问脸色铁青的吴馆长。

"我们会内查的。"

"能不能请你回忆一下,昨天布置完展厅之后都去了哪儿,见了哪些人?"

"昨晚布置完毕，我和黄先生一起吃的饭，在座的有十几个人，其中一些是市政府的相关领导，大家相谈甚欢，吃完饭大概八点多，我就自己回去了，早上一来就碰到这事儿……"

"哦？"

"难不成你怀疑我？"

"当然不是，别误会，"马局长想了想，"那人有没有可能是半夜翻墙进来的？"

"不可能。苏博安保系统采用的是全世界最先进的技术，有外人进来肯定会报警。"

"不管怎样，还是再检查一下吧。"方磊突然说话了，他有一种预感，这案子发生的时间太巧合了，跟拙政园谋杀案几乎同时发生的，也许两个案子之间会有联系。马局长看看他，点了点头。

"查！"

经过一个上午的开放，进入苏博的游客早已超过了千人，要想找出有价值的盗窃痕迹并不容易。但方磊并不想就这么放弃。他回到大门口，然后从左边出发，沿着围墙顺时针慢慢地走了一圈。左展厅，中庭，右展厅，出口……他来到了隔壁的忠王府。

苏州博物馆的出口一直设在忠王府。当你从现代感极强的苏博突然进入古香古色的忠王府，常常会有一种恍惚感，如同电视里常见的穿越，一瞬间从当下扎入了古代生活。

忠王府是太平天国时的遗迹，曾是拙政园的一部分，也是早期的苏州博物馆所在地。清咸丰十年四月，忠王李秀成率太平军攻克苏州。同年十月起，在拙政园基地上改建忠王府，并将其东潘姓和其西汪姓的宅第等一并收入，扩展为王府之地，形成一片包括官署、庭舍、园池的建筑群。

方磊继续绕着围墙而行，经过卧虬堂、古典戏台、鹤轩、走马楼，终于在一面三米高的围墙上发现了蹬踩、攀爬的痕迹。他用手指一抹，发现这些痕迹都是新的。他朝后退了几步，抬头望去，一棵高耸的杉树在围墙的另一边岿然不动。

"隔壁是哪里？"

"拙政园啊。"

"把建筑图纸拿给我看看。"

不一会儿，图纸就送来了。方磊翻开一看，顿时大吃一惊。原来，隔壁正是死者柳铭的园林研究院所在地。

这下，两个案子串起来了。

第十二章　南园

孙老太今年已经七十三岁了。十年前，儿子带着一家人搬去古城往东的工业园区，住进了三十层的高楼，而她和老伴依然留守在老式平房里。去年，老伴也走了，剩她一人过活。老太在古城里住了一辈子，生活习惯已经彻底固定，比如每天一大早去菜场买菜，去街心公园散步，用煤球烧菜，用木马桶大小便，以及在门口小河里洗拖把。这天，她像往常一样，站在河边的石阶上，将那根用了四五年的木柄棉布条拖把在水里荡涤。这个上下左右循环往复的动作她虽然已经做了几十年，早就演化成了机械运动，但因年事已高，拖把吸水后会越来越重，迫使她不得不保持专注，以免一不小心随拖把掉下河去。即便如此，她还是得腾出一丁点儿的脑子来想想今晚烧点什么小菜。也正是这一丁点儿的放空，导致她并没有意识到，手中的拖把竟神奇地自动浮出了水面。

等她意识到那堆像章鱼爪子般的棉布条下竟然出现一张人脸时，已经晚了。她的心理完全不具备承受如此怪异的突发事件的能力。她吓得朝后倒地，四肢乱舞，厚厚的驼背顶住地面，像只无论如何使劲都无法翻身的甲虫。而那个头顶拖把的人则沿着石阶爬上了岸，双手撑着膝盖，弯腰大口呕吐着。过了一会儿,他终于缓过劲来,用手指试了下"甲虫"的鼻息,确认没事后,便将"甲虫"扶起到一旁的石阶上坐下,然后浑身湿漉漉地落荒而逃。

就这样跑了好一段路,简耀才停下来,靠着巷子里的白墙大口喘气。他为自己的死里逃生感到庆幸,同时又觉得,如果让他重新选择的话,宁愿被警察逮捕也不想再经历这样一次险些丧命的水下之旅。他尝试着冷静下来,观察周围的环境,发现这里竟如此熟悉。

原来,他又跑到南园宾馆附近了。昨天中午,他和父亲从高铁上下来,就直接乘坐出租车到了这里。宾馆是父亲来之前就预订好的,当时他根本没在意。现在想来倒是有些蹊跷,为什么自称从未到过苏州的父亲会选中这样一家古城区内的五星级酒店?不过自己现在满身淤泥味儿,又臭又脏,没时间考虑这些问题,当务之急是回房间换一身清爽干净的衣服。

来到前台,负责接待的恰好是昨天办理入住手续的那位姑娘。她记得他。因此,当简耀解释自己忘带房卡时,姑娘爽快地帮他重做了一张。

刷开房门,将房卡插进取电槽,刚想关上,一只脚卡在了门与门框之间。

"我就知道你会来这儿。"

那个被父亲灵魂附体的女孩站在门外,笑嘻嘻地看着他。

在门的外把手上挂上"请勿打扰"的纸牌,挂上拉锁,简耀悬着的心总算放下了不少。他从行李箱里取出一套干净的衣服,走进卫生间,按下反锁按钮。

当温热的水柱喷洒在脸上的时候,简耀一直混乱的脑子终于稍稍清晰了一些。门外的女孩到底是谁?从说话方式和所知晓的事实来看，她就是父亲。可……唉，他还有点不愿相信灵魂附体这回事儿。

还有那一条接一条、如同串珠一般的线索，似乎在将自己引向一个结局。老实说，这个未知的结局让他感到有些恐怖。他非常害怕那是一个黑洞，会带来一个糟糕而无法承受的悲剧。但即便如此，他依然不得不走下去。

他默念了几遍在那两根竹子上看到的诗句：

雨打芭蕉叶带愁，心同新月向人羞。

这是唐代诗人王维的诗句。可是单看这两句，完全不知道什么意思。看来，还是需要那个女孩的硬性记忆。硬性记忆？想到这个词，简耀就一阵苦笑。

不过，他想起刚才在水下回忆起的父亲说过的话，又不免感到既气愤又欣慰。你放弃继续游，我就放弃你。这哪像是一个父亲对儿子说的话，分明是恐吓啊。欣慰的是，自己比想象中要强大，起码没有输给父亲。

咚咚咚。

"啊？"他对着浴室门的方向喊道。

外面的人说了什么，但由于淋浴的缘故，没听清。

"怎么了？"他关小了水。

"给你药。"

"什么药？"

"搽湿疹的啊。"

他这才想起低下头去看看自己的大腿内侧。说来奇怪，湿疹已经有一段时间不痒了，他几乎都忘了这事，突然被这么一说，隐约又有点瘙痒起来。于是，他彻底关掉水龙头，打开一条门缝，将手伸出门外。

"你什么时候买的？"

"就刚才。要我帮忙搽吗？"女孩在外面充满关切地问。

"不用！"简耀粗暴地拒绝，接过药膏，便"砰"的一下把门关紧，重新反锁。

然而没过几分钟，就在他正认真搽药膏的时候，门又被敲响了。

"干吗啊！"他怒气冲冲地吼了一句。

"快点儿。"女孩的声音有些焦急。

"有什么事直接说。"

"我看到好像有警车开进来了。"

"什么？"他披上浴袍，拧开门，直接冲到房间的窗户边，拉开纱帘一角，朝下看去。果然，宾馆的前院里出现了两辆警车。

"不一定是冲我们来的吧。"女孩说。

"一定是的。他们既然能在网师园找到我们，当然也能找来这里。"简耀突然想起刚才那位前台接待员的表情，果然有些不太自然。

"那我们赶紧走……吧。"

女孩的声音突然慢了下来，简耀疑惑地朝后一看，发现她正盯着自己的屁股。糟糕，刚才一着急，直接披着浴巾出来了，忘记穿内裤了……他赶紧将敞开的浴袍裹紧，万分尴尬地夹着腿朝浴室跑去，女孩的声音从背后传来：

"这小子屁股倒长得挺结实的……"

等他穿好衣服从卫生间走出来，房门的铃声响了。他凑上猫眼朝外看，酒店一名女服务员正一脸笑容地站在门外。

"什么事？"他问。

"您好,我是客房部的,隔壁有顾客反映您这边有噪声,能让我进去看一下吗?"

"等一下,我刚洗完澡。"

简耀走到房间,发现窗户已经大开,女孩站在窗边,正给几条连在一起的床单打死结。

"来吧。"

他走到窗边朝下望。房间位于二楼,看起来并不高。

"我先下吧,然后在下面接你。"

"你先下?那谁来拽住床单啊。"

"可是,你行吗?"简耀疑虑地看着女孩。

叮咚。叮咚。

门铃再次响起。

"来不及了。"

女孩说完,将床单的一头绑住椅子,然后示意简耀按住,自己抓住床单中部一个没有打结的位置,一脚踏上窗台,然后朝外跃去。

简耀都看傻了。等他再次探出头,发现那女孩刚从地上爬起来,拍打着身上的尘土。然后抬起头,朝他招手。

"快跳啊。"

简耀一阵犹豫。他倒不是害怕高度,从二楼到地面最多也就四五米,对他来说算不得什么。他担心的是那些因为下雨而潮湿的泥土。刚洗完澡,换上干净的衣服,如果跳下去不小心滑倒,不又会弄得一身脏?他实在讨厌那种脏兮兮、黏糊糊的感觉。

砰砰砰。

门铃变成了敲门声。接着,简耀便听到了刷门卡的声音。

门被推开，但因为链条锁的缘故，暂时挡住了外面的人。

没时间犹豫了。简耀攀上窗台，抓紧床单，慢慢朝下滑去。他还心存一丝念想，认为只要小心点溜下去，就能避免摔跤。

"你在干吗！快跳啊！"下面的女孩着急地喊道。

"别喊了！"

轰隆！房门被一脚踹开了。一群穿制服的警察从外面涌了进来，嘴里喊着："站住！"简耀感到一阵绝望。去他妈的。跳吧。他一松手，闭上眼，朝后跳去。

屁股刚一着地，简耀就知道今天的倒霉劲儿远没有结束。一块有棱有角的石头恰好立在他屁股的位置。

"我操！"他大吼一声，然后像坐在了弹簧上，"噌"的一下蹦得老高。更可怜的是，他根本没有时间来安抚一下受到重创的屁股，因为头上已经有警察也准备跳下来了。

"跑！"

女孩拉起简耀就跑。而他呢，就像肛门被塞了海南黄辣椒的耗子，痛感反而化作了动力，"嗖"地蹿了出去。

就这样，简耀和女孩在南园宾馆的花园里狂奔起来。

花园环境优美，面积广阔，古木参天，小径繁多，非常适合躲避。简耀和女孩最终钻进了一幢别墅洋房，屏气敛息，算是甩开了警察。他朝里一看，发现屋内竟然意外的典雅奢华，颇具民国气息。

"这里叫丽夕阁，是以前蒋纬国的故居。"女孩说道。

"你又知道？难道硬性记忆又起作用了？"

"不是。"女孩冷冷地说，"门口的牌子上写着呢。"

说完，她便朝里走去。

"你去哪儿啊？等等我。"简耀忙捂着屁股跟上。

丽夕阁无论外观还是内饰都是典型的欧式风格，宽大的一层大厅，U形的门洞，石膏吊顶雕花，二楼铁艺围栏，大片的羊毛地毯，复古灯饰，墙上的壁炉，西洋油画……完全可以想象几十年前蒋二夫人和年幼的蒋纬国在此处奢侈而落寞的贵族生活。

"糟糕！"

简耀发现门口再次出现警察的身影，连忙拉着女孩往侧边走。他们来到一个半开放的私家车库，里面停着一辆老式的红旗轿车。

"'五七一工程'遗址……"简耀看着匾额上的字，心里嘀咕，"怎么感觉很熟悉……噢，对了！"

他刚想发言，却发现绕到汽车后面的女孩突然消失了，于是连忙跑上去，那里竟有一个暗道。他撅起屁股，想钻进去，之前被石头硌过的部位却又疼了起来，使得他不得不再次挺直了腰。身后的脚步声越来越近。他妈的。这是他今天第二次说脏话了。一咬牙，便钻了进去。

洞内又挤又窄，身材高大的简耀必须忍受屁股的痛苦猫腰前行，穿越一扇又一扇的厚重铁门。走着走着，他突然看见了一些奇怪的东西。这地道里不仅有卧室、卫生间、办公室，沿着墙壁还有一排破旧的木板箱，像极了电视剧里看见过的弹药储存箱。

"这个铁门不仅能防水，还可以防原子弹。"

女孩不知道从哪儿钻了出来，把简耀吓了一跳。他看了看自己刚才忽略的铁门，它差不多有十五厘米厚、三米高，门上还有六个钢闩，显得颇为笨重结实。铁门上方的混凝土墙约有一米厚，安全级别之高可见一斑。

"小子,你要庆幸生活在现代,要在以前,没准都活不到这么大。"

简耀刚想反驳,但身后传来的脚步声让他意识到现在可不是拌嘴的时候。他加快脚步,跟着女孩朝前跑去。在这样阴暗、逼仄的空间里,与其说是跑,不如说是钻。他感觉自己就像一只硕大的老鼠,心惊胆战地在躲避毒蛇的追击。

终于,前面彻底无路了,只有一条长长的铁制逃生梯搭在一侧的墙面上,像一条僵死的蜈蚣。

"我先上。"

女孩边说边爬了上去,简耀紧随其后。两人先后爬进了一条直径不过一米五的通道。一路往上大概爬了半分钟,女孩停住了。

"怎么了?"简耀抬头问。

"太重了,推不开。"

头上传来金属门"哐啷啷"的声响,一些灰尘落了下来。

"你来试试吧。你力气大一点。"

"可是,我在你下面啊。"

"咱俩换个位置。"

"这怎么换?"简耀左右活动了一下,感觉相当为难。

"你个子比我大,直接从我后面爬上来。我不动。"

脚下的地面传来声响。警察追上来了。要想逃走这可能是唯一的办法。简耀深吸一口气,双手握住女孩脚边的横杠,朝上爬去。

通道里的空间实在是太小了,以至于他不得不把后背紧贴着墙壁,艰难上行。他紧张极了,尽量让自己的前胸离女孩的后背远一点——虽然这人灵魂上是自己的父亲,身体却是一个年轻姑娘的啊,他可不想被当成好色之徒。

即便如此,两人的身体还是无法避免地接触到了一起。简耀顿时一阵难堪,要不是光线黑暗,他的脸就像个猴子屁股般通红燥热地展示在对方面前了。

"小兔崽子,你想什么呢?快点啊!"

简耀立刻回过神来,集中注意力,视线越过了女孩的头顶。那里有一个铁质井盖。简耀试着推了推,果然很重,但还能推动。他分别冲着两只手掌吐了吐口水,揉搓了几下,使出全身力量推去。

明亮的光线终于砸了进来。水花溅到了简耀的脸上,湿湿的,却很清新。雨还在下。他却觉得没那么讨厌了。

来到地面,从上方将女孩拉上来后,简耀赶紧盖上井盖,然后搬过来一块石头压在上面,拍拍手上的泥土,转身继续逃亡。

出了南园宾馆,两人来到十全街。这是一条东西向的两车道窄街,两旁立着年代久远的法国梧桐,树下是各类以服装、玉石为主的小店铺,在这样的雨季漫步其间,颇能感受南方城市的韵味。

跑了几步,女孩突然站住了。

"怎么了?"简耀焦急地问。

"饿了。"

"饿?"简耀有些不敢相信自己的耳朵,这都什么时候了,警察随时会追上来,居然还有心情说自己饿了。

"嗯,我要吃面。"

女孩用手一指,简耀这才看见路边一家小店门上的招牌:同德兴。

"我的硬性记忆告诉我,这家的面很好吃。"

不等简耀回应,她已兀自走进了面店。简耀迅速朝四周扫视了一下,发现还没有警察的身影,便赶忙跟了上去。

走进面店,两人找了个靠墙的位置坐下。这里靠近后门,只要有情况,能立即逃跑。

"我帮你点一碗枫镇大肉面吧,是这里的特色。"

"随便。"简耀眼睛死死盯着门口,生怕有警察从外面进来。

"一碗枫镇大肉面。对了,三虾面上市了吗?"女孩问服务员。

"上市了。"

"给我来一碗。就这些吧。"

"好的,请先结账。"服务员说。

"喂!"女孩敲敲八仙桌的台面,"付钱。"

"我付?"简耀指着自己的鼻子。

"废话,你请我做导游,难道还得让我自己负担吃喝不成?"

"好吧,多少钱?"

"一共是一百四十三元。"

"多少?"简耀以为自己听错了。

"一百四十三。"

"什么?两碗面要一百多块?我这碗什么大肉面多少钱?"

"十五元。"

"那不就对了?你是不是多算了一个零?"

"不会错的,我们的三虾面就是一百二十八元一份。"

"给钱吧。"女孩说。

"可是……"

"手机给我。"女孩见简耀还愣着,一把将手机抢过来,"能手机付款吗?"

"可以的。点付款,我扫你。"

女孩打开手机的付款码页面,服务员扫码,支付成功。

"好了,请稍等。"

说完,服务员就离开了。

"你是不是开玩笑?我这辈子都没吃过一百多块钱一碗的面。"

"不是给你吃,是给我吃。"

"可是,什么面值这么多钱呢?"

"一会儿你见到就知道了。"

面上来后,简耀才知道这碗三虾面的价值。面是干拌的,浇头是细小的河虾虾仁、虾子以及虾脑,所谓三虾,全部都是由人工一只只挑出来的,并且只有在河虾上市的季节才有的吃,能不贵吗?

"咱俩换着吃。"

"不换。你尝尝你的吧,保管不会失望。"

"可我的才十五块。"

虽然这样说,但简耀还是用筷子夹起那块白白的大肉,轻轻咬了一口。只一瞬间,他就被征服了。五花大肉入口即化,咸鲜适中,用酒酿腌制而成,配以白汤碱水面,清爽而有味道,好吃极了。简耀这时才终于感觉到了饿,一顿猛吃,很快碗便见了底。

"吃饱了吗?"女孩问。她面前的三虾面也吃完了。

"饱了。"

"接下来去哪儿?"

"你先听听我刚才在'竹外一枝轩'发现的诗句。"简耀念了一遍那首诗。

"雨打芭蕉叶带愁,心同新月向人羞。"女孩默念着,然后摇摇头,"这次我也不知道了。"

"那怎么办?"

"你问我,我问谁去?"

"现在几点了?"

"我看一下……一点四十了。"

"对了,你刚才不是说修手机的让你两点去取吗?"

"我已经取来了。"

女孩说着,从兜里拿出手机,放在桌上。

"可以啊,真够快的。打开过了吗?"

"嗯,你自己看吧。"

简耀用手指触碰手机屏幕,滑动解锁,主屏幕便呈现在了眼前。上面是苏琪与一个五岁大男孩的照片。紧接着,一条"提醒事项"跳了出来:

"下午三点,去幼儿园接孩子放学。"

第十三章　大盗

"你之前说来拙政园工作已经十多年了？"

这是方磊第二次询问门房刘老头了，他想无论如何也要取得突破。

"是的，整整十二年了。"门房刘老头答。

"那你对园子周围的环境应该非常熟悉吧？"

"闭着眼睛都能走。"

"嗯。依你看，会不会有人是从隔壁的忠王府翻墙过来的？"

"不可能。"

"为什么？"

"因为忠王府和拙政园以及研究院这块，以前其实是一个园子，共用同一个外围墙，如果有人可以从外面翻进忠王府，再从忠王府翻过来，为什么不直接翻到研究院，而要画蛇添足呢？"

方磊若有所思地点点头。

"你的分析逻辑缜密。看样子，你文化水平不低啊。"

"哪里，我就是看门的，大老粗一个。"

"别谦虚了。大老粗才不会用'画蛇添足'这样文绉绉的成语呢。"

"我那是听评书听来的……"

"咳，有文化又不是罪，是不？再说了，你要真是个大老粗，恐怕也不会和柳院长成为朋友，还一起下围棋。"

刘老头低头沉默不语。

"有没有可能是这样，"方磊迅速回到话题本身，"有人先藏在忠王府隔壁的苏州博物馆里，等闭馆了，先从博物馆翻到忠王府，再从忠王府翻到研究院，将柳院长杀害后原路返回，等到苏博开门后，再混入游客中逃走。"

"不知道。我只负责拙政园这边的巡视，起码在我巡逻的时候没有出现任何问题。"

"我不是在指责你的工作。"方磊感觉刘老头明显有了抵触情绪。

"方队长，我还有工作要做，该说的我都说了，破案是你们的工作，希望早点抓到凶手……"刘老头半个身子已经站起来了。

"先别着急走，我话还没问完。"

"那请快一点吧。"刘老头十分不情愿地又坐了下去。

"你和死者经常在一起下棋？"

"是的。"

"除此之外呢？"

"没有了。"刘老头坚定地说道。

"你们下棋时会聊些什么？"

"都是些家长里短。他聊他在美国的儿子，我聊我在老家的闺女，基本就是这些。"

"您见过他儿子吗？"

"没有。说实话，我在这里十二年了，老柳待的时间比我更长，但我一次也没见他儿子来过。"

"哦？"

"有句话不知道该不该说。"

"请讲。"

"我觉得他儿子挺不孝顺的。"刘老头停顿了一下，接着说，"老柳老伴儿去得早，就这么一个儿子，花了很多心血把他培养成人，送去美国，没想到这一去就再也没有回来过，甚至电话都很少打！真是不孝啊，这样的孩子生下来干啥，你说是不？"

"别人家的事儿我们也不好发表什么看法。除此之外呢，你们还聊什么？"

"没了。人家是高级知识分子，我一看门老头，还能聊啥。"

"你说昨天你们也下棋了？"

"下了。"

"感觉他和平时有什么不一样？"

刘老头沉吟了一下。

"倒是有一点。"

"哦？"方磊故作惊讶，"说说看。"

"我感觉他有点兴奋。"

"也许是酒喝多了？"

"不太一样。他说自己终于要解开一个心结了。"

"什么心结？"

"这他倒没说，我也没问。总之他很高兴，我俩连杀了三局，都他赢。"

"后来呢？"

"后来祝小芸就下楼了，我看他们好像有事要聊，就走了。"

"那大概是几点？"

"下午六点多吧。"

"六点多……"方磊想起祝小芸说过,她晚上九点才走。

"方警官,我真的要回去工作了,我们主任说下午还有贵宾要接待。"刘老头开始有些焦虑。

"最后一个问题,你为什么要撒谎?"

"啊?"刘老头猝不及防。

"街角的那家朱鸿兴我也经常去,他家每天的开门时间是早晨七点,要吃头汤面的话,你势必要七点十分之前赶到,而那时候你应该还在巡逻才对。"

"我——"

这时,门猛地被推开了,小蔡走了进来,手上拿着一样东西。

"找到了!这下看你还有什么话要说!"

小蔡把那东西往刘老头面前一放。

"认识这个吗?"

"这是什么?"刘老头莫名其妙,"印章?"

"准确地说,是一个奥特曼的印章。"

"奥特曼?跟我有什么关系?"

"怎么?还想狡辩?昨天那盗画的小偷,临走前在伪画上挑衅般地用印章印了一个奥特曼图案。而这个印章上的图案与画上的图案一模一样。"

"我还没听明白这个和我有什么关系?"

"看来你是不见棺材不掉泪。实话告诉你吧,这个印章就是从你房间衣柜的衣服口袋里找到的。"

说完,小蔡一脸得意地看着刘老头脸色越变越难看。最后,他的脸部因为愤怒而变得扭曲了。

"这不是我的!"

"那请你解释一下,为什么这印章会在你衣服兜里?"

"我不知道！警察同志，你们这样也太过分了吧，凭什么不经得我的同意就去搜查我的房间？"

"抱歉，情况特殊；再说了，我已经得到了李主任的许可。"

"李主任？又不是他住……"

"严格意义上说，这个园子里所有的一切都不属于私人，包括你住的那个房间，因此我们有权力进行搜查。"

刘老头哑口无言。方磊这时接过了话茬。

"找到画了吗？"

"暂时还没有。不过这就是铁证，接下来只要他交代藏画地点，苏博被盗案就破了，没准儿，柳铭也是他杀的。"

"没有！我没有！"刘老头一脸惊恐。

"还狡辩！我看你是……"

"小蔡！"方磊喝住小蔡，"谁让你去搜查他房间的？"

"是我让他去的。"

方磊循声朝小蔡身后看去，马局正好进来。

"马局，这……不合适吧？"

马局长不回方磊的话，径直走到了刘老头面前。刘老头微微低下了头。

"我已经调查过你的底细了。"

这句话就像一把大手把刘老头的脑袋用力往下压去。

"十五年前，你因为盗窃，被判了三年。出狱后，不知道怎么到了拙政园当门房，一直干到现在。作为一名有前科的盗窃犯，现在证据确凿，你还有什么话想说？"

刘老头嘴巴颤抖了几下，终究什么也没说出来。

"那么，"马局长冷冷地看着刘老头，"画到底在什么地方？还有，柳铭是不是你杀的？"

直到小蔡点的外卖送到了方磊面前，他才意识到自己饿了。自从早上在姚记吃了两根油条和一碗豆浆，他就再也没有吃过东西，茶水倒是灌了不少。而现在已经是下午一点了。

点的是生煎。一客八只生煎馒头外加一碗牛肉粉丝汤被放在了塑料包装盒里，还冒着热气。苏州的生煎包和其他地方的不太一样，不煎屁股只煎头，看起来像一个个染了黄毛的小胖子，因为刚出锅，汁水非常烫，咬起来要非常小心。坊间流传过外地人因为吃生煎包被烫伤的段子：一大口咬下去烫伤嘴，于是不由自主举起了夹包子的手，汁水顺着手背、手臂、胳肢窝，一路流到了后背，就这样全身都被烫伤了。

方磊吃着生煎包，喝着牛肉汤，脑子却高速运转着。刘老头被马局质问后，就再也没有开过口。不说话，就相当于默认，再加上那枚奥特曼的印章，他难逃被拘捕起诉的命运。然而，方磊觉得这事太不对劲了。首先，刘老头在拙政园里待了十二年，没有过任何偷盗行为，为何偏偏这次出手了？为什么偏偏偷的是这幅画？他从哪儿弄来的展柜的钥匙？他为什么偷了画还要在上面印奥特曼？为什么印了之后印章还不扔掉，而是放在衣服口袋里被警察发现？

还有，苏博的失窃案几乎是和拙政园谋杀案同时间发生的，又只有一墙之隔，如果柳铭也是他杀的，这又是为了什么？为什么杀了人还要费老大劲把尸体搬进水池、放在金幢上？为什么不逃跑，还帮着警察指认凶器？太多不合理了。而那个在现场抓住的浑身是血的中年男人又做何解释？他不明白，都到这一步了，刘老头为什么不为自己申辩一下？

更让方磊感到苦恼和意外的是，原本以为随着案件的推进，怀疑对象经过一一排除，会越来越少，没想到现在反而更多了。尤其是现在手上抓住的三个：凶案现场的中年未知男性，祝小芸的男友马涛，以及这位门房刘老头。另外，那个叫简耀的男孩以及神秘女孩，两个神龙见首不见尾的杀手，还有太多疑惑没有解开。

更复杂的是，如今又出了一件古画失窃案。种种迹象显示，这起失窃案与谋杀案有着千丝万缕的联系。那位胖胖的黄大宝到底是什么人？他为什么偏偏选择这个时候在苏博展出自己的家传宝贝，并且，为什么展出的第一天就被盗了呢？多年的侦破经验告诉方磊，在案件中，但凡两个以上的巧合凑在一块了，那就绝对不是巧合，其中必有隐情。他已经让小蔡去查黄大宝的底细了，也许很快就会有结果。

此前，方磊已经将中年嫌疑人的大头照让同事分发到各单位，包括宾馆、火车站、各大商场等公共场所，只要有人见过照片上的人，立即上报。这都过去好半天了，应该快有反馈了。

在他开始吃第一个生煎包时，好消息终于传来了。南园宾馆前台打来电话，说这个人昨晚曾入住过，当时只订了一天的房间，而到目前为止还未办理退房。前台还说，这人叫简京生，与他一起登记入住的，还有他的儿子简耀。

而在他快要吃完最后一个生煎的时候，宾馆又打来了电话。

简耀回来了。

方磊立即起身，招呼同事们出发。刚走到门口，他的手机响了，低头一看，竟是妻子发来的。

没有称谓。没有标点符号。只有五个字。

"我们离婚吧"。

方磊脑子一嗡，接下去同事说的话他都听不进去了。他和晓楠在一起这么多年，虽然也吵过闹过很多次，"离婚"的话也不是没说过，但这次的语气不一样。歇斯底里的争吵不过是情绪的爆发，倒容易修补，反而是平静、冷漠的表达会让人感觉重如泰山压顶，无法招架。就好像原本电影里的原子弹冲破了银幕，掉落到了现实中。婚姻战争法彻底被打破了。感情的战场一片废墟，硝烟弥漫，生灵涂炭，无人生还。

"头儿，头儿……"

方磊被小蔡的叫声拉回到了现实中。他莫名其妙地看着小蔡，仿佛看着一个陌生人。

"头儿……"小蔡看起来有点紧张，"该走了。"

"去哪儿？"

"抓简耀啊。"

"哦，对。走吧。"

"你没事吧？"

"没事。"

"要不你先休息，我们去……"

"闭嘴！"方磊突然大吼一声，"走！"

说完就带头冲了出去。小蔡等人面面相觑，不知道方磊到底怎么了。

即便如此，等方磊匆匆赶到南园宾馆时，简耀已经再次逃之夭夭。方磊站在景色如画的酒店花园里一阵恍惚，他一方面想着接下来要如何布局抓住简耀，另一方面又琢磨着怎么给晓楠回短信——那五个字的杀伤力太大，弄得他根本不知道回应点什么。他意识到，也许自己可以假装没看到，转身投入到办案中去。他很清楚自己这么做不过是想借强力的工作来逃避面对，但又能怎样呢？

"头儿，酒店前台资料显示，那个叫简京生的，是北京人，昨天刚到苏州。我们还在挖他的背景，很快就能知道他到底是干吗的了。"小蔡说道。

"嗯。另外，继续追踪，直到把那个叫简耀的小子抓到为止！那个黄大宝呢，有没有查到什么？"

"这个人有很多可疑的地方。最大的疑点是，唐寅作为举世闻名的大家，作品的存量和去向在业内基本上都能查到。而他展出的这幅所谓真迹是在去年才被媒体公布的，说是新发现的遗作，以前根本没有出现过。"

"是啊，所以他才来展出。"

"您再看看这个？"

小蔡递来一个文件，方磊看过之后，表情凝重。

"给画投巨额保险这事倒没错，但偏偏是在三个月前刚投的，而前几天刚进入赔偿期画就被盗了。这也太凑巧了。如果画在短时间内找不回来的话，保险公司得赔他黄大宝三个亿。"

"你的意思是，这可能是一起保险诈骗案？"

"不知道，但不排除这种可能性。"

"我们假定是这样，那问题就复杂了，"方磊喝了口热茶，彻底缓了过来，"画也可能是假的，而盗窃案是他自己找人做的。按照之前的描述，他倒是有可能偷办到钥匙这一点。"

"现在的问题是，画都被偷了，我们根本无从判断那幅失窃的画是真是假。"

"专家们不是鉴定过吗？"

"头儿，你还相信专家呢？现在只要塞钱，让专家说我是秦始皇兵马俑转世他们也敢盖章签字。"

"那你觉得这个黄大宝会跟杀人案有关系吗？"

"不知道。但有个细节你可能会很感兴趣。"

"什么?"

"昨天上午,他曾去园林研究院拜访过死者。"

第十四章　儿子

下午三点半。民治路幼儿园门口。

简耀和"父亲"站在一条长长的以老人为主的家长队伍中间，表情略显尴尬。之前，"父亲"本来不想管这摊子事儿，扬言要去寻找下一个目的地，但被简耀拉住了。

"你儿子都不去接了？"简耀问。

"我儿子？我儿子不是你吗？"

"苏琪的儿子。"

"关我什么事。"

"你是他妈。"

"我还是你爸呢。"

说着，"父亲"转身就走。

"五岁。"

"什么？"

"我是说那孩子才五岁，你就忍心把他一个人扔在幼儿园？"

"你脑子是不是有毛病啊？首先，他跟我没有任何关系，我一个杀人嫌疑犯，自己都顾不过来呢，还有闲心去管他？其次，幼儿园有老师，他的安全问题你就甭瞎操心了。最后，接孩子这事儿，就算妈妈不去，孩子他爸总会去吧？"

"他没有爸爸。"

"胡说！你怎么知道？"

简耀一脸平静。

"什么样的妈妈会把接孩子这种事情写在手机通讯录里，还设定闹钟？"

"那种忙起来容易忘事的妈妈。"

"你只说对了一半。应该是那种忙起来容易忘事，且，没有其他人帮她去接孩子的妈妈。那什么样的家庭只能是妈妈去接孩子？与孩子相依为命的单亲妈妈！"

"也有可能是她老公比她还忙走不开呢。"

"不会的。我看过她手机最近的通话记录，她最近一次电话是打给'洞庭山水站'的，而且已经是三天前了。"

"不管他有没有爸爸，反正不关我的事儿，""父亲"不耐烦地说，"要去你自己去！"

结果呢，一小时后，"父亲"一脸不高兴地站在了幼儿园门口。

"可是你说的啊，欠我一个人情，到时候别赖账！"

"知道啦。"简耀笑嘻嘻地望着这个气鼓鼓的"父亲"。

"待会儿接上孩子，咱们把他送回家，立马就走。"

"行。"

"对了，有一件事情我很好奇。"

"我怎么知道她儿子是在民治路幼儿园？"

"对啊。"

"因为这手机里有她儿子的照片，有一张是他穿幼儿园园服的。"

话音刚落，幼儿园的门打开了。队伍开始往前挪动。简耀突然感觉这个场景和今早经历过的很相似，长长的队伍，有序的人生，就这么意外地被打破了。那时候只有他独自在排队，而父亲却不在身边。他真的偷偷去园林里杀人了吗？简耀偷偷观察了一下身边的女孩，从她平静而洁净的脸上依然看不出端倪。

"请刷卡。"

很快就排到他们两了，门口的保安提示他们需要刷卡才能进园接孩子。

"卡……忘带了。"苏琪假装摸了摸口袋。

"你给老师打电话让他们送出来吧。孩子叫什么？哪个班的？"

"叫……"苏琪抓耳挠腮。

"你该不会连自己孩子叫什么都不知道吧？"

苏琪看看简耀，后者摊摊手，表示无可奈何。手机上只有接孩子的时间和地址，却没有姓名——确实，有哪个妈妈会不记得自己孩子的名字呢。

"葱花妈妈！"

一位年纪在三十岁上下的瘦女人拍了一下苏琪的肩膀，把她吓了一跳。

"啊？"苏琪立马反应过来，"你好啊。"

"怎么还不进去？"瘦女人问。

"我……忘记带卡了。"

"这样啊，"瘦女人转脸对保安说，"她是中二班戴聪的妈妈，跟我儿子一个班，这是我的卡。"

保安接过卡看了看。

"我们有规定，没卡是不让进的。"

"那我进去跟老师说一声，"瘦女人对苏琪说，"你稍等一下啊。"她边往里走边瞅着站在旁边的简耀。

过了一小会儿,之前那位瘦女人领着两个孩子出来了。

只见苏琪脸上用力一挤,便绽放出了花一般的笑容。然后夸张地张开双臂,冲过去,抱起其中一个长得很可爱的男孩:"乖儿子,怎么样?有没有想妈妈?"

简耀连忙拉拉她的衣服。

"怎么?"

"你搞错了。"

简耀把手机里的苏琪儿子照片放大,递给苏琪看。苏琪一拍脑门,恍然大悟,再低头一看,那个叫葱花的男孩正怒气冲冲地看着自己,而那个瘦女人更是一脸诧异。她立刻将手中的那个孩子塞到瘦女人怀里。

"我开玩笑呢。来,那什么……"

"葱花。"简耀轻声提示。

"对,葱花,到妈妈这儿来。"

那个被称为"葱花"的男孩"哼"了一声,撇下众人,独自朝前走去。苏琪跟瘦女人连说了几声抱歉,赶忙追了上去。简耀紧随其后。

"葱花,你走慢点。"

小男孩一言不发,飞快地朝前走去。苏琪在后面怎么劝说都没用,最后干脆拉住了他的胳膊。

"好啦,你再走,我……妈妈可要生气了。"

"你还生气?"葱花突然站住了。

"啊?"

"跟我道歉。"

"嘿,你这小子,欠揍了是吧。"

"他是谁?"男孩指着简耀质问道。

"他啊……"女孩一阵语塞,"他是妈妈的一个朋友。"

"男朋友?"

"不是!绝对不是!"简耀觉得自己再不出来解释一下这事儿可就没完了。

"那你是谁?"男孩把目标对准了简耀。

"我是游客。我是来苏州旅游的。"简耀一本正经地说。

"游客?"

"对啊,你妈妈是导游,我请了她带我游苏州。"

"是吗?"男孩露出不相信的表情。

"不信你看。"简耀从背包里父亲的皮夹翻出自己的身份证,"我今天才刚满十八岁,怎么可能是你妈的男朋友?"

男孩瞟了眼身份证。

"我不识字。"他想了想,接着说,"好吧,我先相信你。不过,我先说好,别打我妈的主意。"

"放心!绝对不会!"简耀心想,这五岁多的孩子怎么说话比自己还老练。

"我可不想要个后爸。"

最后这句话说得很轻,但简耀和苏琪都听见了。他们相互看了一眼,示意这个话题不要再继续下去了。

"那我们现在回家吧。"苏琪说。

"我饿了。"

"可是妈妈还有事情。"

"不,我饿。"

"你爱吃什么?"简耀讨好地问。

"肯德基。"

"我带你去吃好吗?"

"好啊。谢谢叔叔。"男孩终于兴奋起来。

"叫哥哥。"

"谢谢哥哥。"

"等一下,"苏琪有些憋不住了,"咱们不是说好,送他回去就走,现在已经四点……"

"吃肯德基咯!"

正说着,男孩欢呼着已经跑远了。

肯德基内。葱花边吃着炸鸡块,边一个劲儿地盯着简耀看。过了一会儿,简耀实在忍不住了。

"你老看我干吗?都说了,我和你妈只是合作关系。"

"你身上怎么这么脏?"

"啊?"简耀这才意识到自己刚才一屁股坐在泥里,还没来得及换衣服。

"他刚才走路不小心摔了一跤。"苏琪笑嘻嘻地帮着解释。

"哦。"葱花突然情绪低落下去,埋头吃鸡块。过了一会儿,他似乎想起了什么,又高兴起来。

"妈妈,我们今天学了一首童谣。"

"是吗?念给我听听。"

男孩把手中的鸡块放在一旁,手指在嘴巴里抿了抿,肥嘟嘟的嘴角上沾了一些褐色的蘸酱。

"笃笃笃,卖糖粥,三斤胡桃四斤壳,吃子侬格肉,还子侬格壳。张家老伯伯……"

念着念着,葱花突然"哇"的一声哭了起来。

"怎么了?不哭,不哭。"女孩赶忙俯下身,把他抱住,"妈妈在,不哭,是不是在幼儿园里受欺负了?"

葱花摇摇头。

"那是为什么呢?"

"我想爸爸了。我想把这首童谣念给爸爸听。"

"没事,没事。"

苏琪不知道如何安慰,只好看向简耀。

"你过来帮我抱一下,我去一下厕所。"

说完,苏琪就把葱花往简耀身上一推,连忙转身走向卫生间。简耀搂着葱花,看着苏琪的背影,发现她肩膀在微微颤动。

"番茄酱。"

"嗯?"

简耀低头一看,葱花已经不哭了,扭着身子重新坐回到座位。小孩子的情绪变化真是比这个季节的天气还要快,刚才还伤心着想爸爸,这会儿已经彻底恢复了常态。

"我要番茄酱。"葱花指了指桌子上的薯条。

"我帮你去拿。"

简耀连忙起身,去柜台要了几包番茄酱。

"撕开!"葱花像个小皇帝一样指挥着,简耀只好服从。

接着是一段沉默,葱花认真地吃着薯条蘸番茄酱,像是在思考什么。简耀在旁边看着,心里期盼着苏琪早点回来。他实在没有和孩子打交道的经验。

"你别以为请我吃肯德基就能收买我。"葱花突然说。

"什么?"简耀不明白。

"别装了,我可不想要一个大哥哥做爸爸。"

"哈哈,不会的,我说了,我和你妈妈是……"

"合作关系,是吧?你蒙谁呢?你说自己是游客,可你才十八岁,行李也没有,浑身是泥,而且,有哪个游客愿意陪导游的儿子来吃肯德基?"

简耀无言以对,没想到这个五岁多的小孩居然有如此的推理能力,并且语言组织能力这么好。他开始觉得葱花有意思了。

"所以,你一定是想追求我妈。至于有没有成功,不好说,可能还在初期试探阶段吧。"

"我发誓,我真没有追你妈,而且我们今天真的是第一次见面。"

"那也不能说明什么。没准你们是网友?"

"绝对不是。"

"不管怎么样,我都不会同意的,你就死了这条心吧。"

"你说了算。"

"你知道为什么吗?"

"什么为什么?"

"你难道不好奇我为什么不让你做我后爸吗?"

"这有什么好奇的,很多人都不喜欢有后爸后妈。"简耀突然想起了自己的童年,那时候,他的确很怕父亲给自己找一个后妈。虽然他一直没跟父亲表达过这层意思,但父亲好像看穿了他的心思,离婚后真就再也没有找过其他女人,一晃就是十几年。这也许是简耀唯一想感激父亲的地方。

"我是觉得你很像我爸。"

"啊?"这个答案让简耀很意外,"怎么?你爸也长我这样?"

"那倒不是。"男孩若无其事地往嘴巴里塞了一根薯条,"我爸死的时候也和你现在一样,浑身是泥。"

在回苏琪家的路上,葱花一直低着头走在前面,脚步飞快,苏琪和简耀则紧随其后。本来苏琪想拉住葱花,但被简耀制止了,因为他们根本不知道"家"在哪儿,这样正好有人带路。

三人走街串巷,来到一片居民区。这一带的房屋风格大多是仿苏式的,看得出是二十世纪九十年代中后期的建筑物,四层洋房,又旧又破,长期的雨水泥沙侵袭使之看起来像是发霉已久的蛋糕,似乎根本不会有人住,但底楼那贴满狗皮膏药似的小广告的铁门把手则锃光白亮,提示着里面仍有人不停进出。街边黑魆魆的杂货店,角落里不时散发出来的尿骚味,周遭电瓶车随意响起的喇叭声,以及突然出现的垃圾倾倒站……这一切很自然地令简耀想起了北京的胡同生活,进而加深了他对苏州的偏见。

居民区的中央是一条南北贯穿的小河。走到桥中间时,葱花突然停住了。后面的两位大人因为跟得太近,一时没刹住脚,不小心撞在了一起,简耀连忙往后退了几步。

"到了吗?"简耀极力掩饰自己的尴尬。

"妈妈,你是不是忘了什么事情?"葱花好奇地看着自己的"妈妈"。

"啊?什么事情……妈妈可没忘,不过,我想考考你。请问葱花小朋友,你记得妈妈现在要做什么吗?"

"当然记得,你要吃萝卜丝饼!"葱花兴奋地回答,"你每天接完我,都要在这里吃一个萝卜丝饼。"

"对啦!"苏琪一边跟葱花击掌,一边抬头四处找寻。果然,在桥头的露天小摊上,一位女摊主正在炸萝卜丝饼。苏琪看了看简耀,走到摊边。

"回来啦,"摊主热情地打招呼,"还是老样子?"

女孩连忙点点头。

不到三分钟，一只热气腾腾的萝卜丝饼用纸包好，递到了苏琪面前。她对着吹了吹气，咬了一口。

"哇，真好吃。给他也来一个吧。"

女孩指了指简耀。摊主看看简耀，又看看苏琪，埋头做起饼来。

"姑娘，找到了吗？"摊主突然没来由这么问一句。

"啊，找什么？"

"你不是一直在找那杀人犯吗？"

"杀人犯？"苏琪一脸茫然，但很快她就反应过来了，"哦，你说那个啊，没呢，还没找到。"

"唉，最可怜的是孩子。"摊主看了一眼葱花，然后露出善意的笑容，把炸好的萝卜丝饼递给苏琪，"幸好有你在。"

苏琪一时间不知道说什么好。因为有新的顾客来，摊主也不再搭理她了，转脸去忙活。她把萝卜丝饼递给简耀，后者张嘴就是一大口，结果瞬间就喷了出来。

"好烫！"

苏琪的家在一幢四层老楼房的顶楼。开门进了屋，简耀才算对葱花那敏锐的思考能力有了充分的理解。屋内除了简单的家具陈设，墙上到处贴着柯南的海报，书架上也都是侦探漫画。这个葱花简直就是小小侦探迷，难怪推理能力这么强。

很快，简耀就被客厅靠墙的一样东西吸引住了。那是一个死者的龛位。熄灭的红烛、青铜香炉、燃尽的香火以及一张黑白的男性遗像。想必他就是葱花的爸爸吧。出乎意料，苏琪一脸严肃地走到龛前，从桌上的一把线香里抽出三支，用旁边摆放的打火机点燃，举过头顶，微微拜了三拜，然后将香插进铜炉。

"你也过来。"苏琪朝简耀招招手。

"我？"

"对，过来。"

简耀不太情愿地走了过去。

"照我刚才的做一遍。"

"为什么？"

"咱俩陌生人跑到别人家里，你不怕吗？"苏琪压低声音，偷偷看了看正在摆弄玩具小汽车的葱花。

"怕什么？"

"鬼。"

"哈，你开什么玩笑。"简耀不屑地说道。不过很快，他就闭嘴了，因为苏琪的严肃模样一点儿也不像在开玩笑。

"这不可能吧。"

"我都他妈灵魂出窍了，还有什么不可能的！"

也许是声音太大，葱花停下手中的玩具，朝这边看过来。苏琪马上露出一位可爱妈妈的笑容。葱花低头继续玩玩具。

"好吧。"

简耀不仅是一个不信鬼怪的人，而且非常厌烦这套传统的祭奠仪式。人死了还要给活着的人添麻烦，他想。不过，今天发生的事情完全超出了他的认知。算了，还是拜一拜吧。

做完仪式，简耀抬起头，盯着那张黑白照片看起来。照片上的男人三十岁上下，浓眉大眼，短发，看起来十分普通、常。但仔细一看，会发现他长得和苏琪有些像，尤其是眉宇间，气质很吻合。也许这就是人们所说的夫妻相吧。

"不知道怎么死的……"简耀嘀咕道。

"被人杀害的。"

"啊？你又知道了？"

"你没听见刚才那个做萝卜丝饼的说吗？我，"苏琪指着自己的鼻子，"一直在找杀人犯！"

"你在找杀人犯？"简耀猛然想起第一次在便利店外看见苏琪时的情景，那时的她心不在焉，似乎被什么事情困住了，可转念一想，"不对啊，找杀人犯不应该是警察该干的事情吗？"

"你们说什么杀人犯？"葱花望着他俩。

两人面面相觑。光顾着聊天，忘记这里还有个小侦探了。

"噢，我们说啊……晚上弄点砂锅饭，怎么样？"苏琪朝简耀猛挤眼睛，简耀点头附和。

"我们不是刚吃的肯德基吗，怎么还要做晚饭？"

"那是下午茶！晚饭还是要吃的。我这就去做。你，陪孩子玩一下。"女孩低头悄悄对简耀说，"看样子得在这儿住一晚了。"

简耀不敢相信地看着她，之前还闹着要走，现在却说要住一晚。女人真善变……哦，不对，她不是女人。

"我看了一下，这应该是个单亲家庭，丈夫死了，妻子和五岁大的儿子相依为命，我们一走，这孩子就没人照顾了，太可怜。再说，现在都五点多了，园林也都关门了吧。"女孩解释道。

"我无所谓，"简耀往沙发上一坐，"来，葱花，哥哥陪你玩。去吧，做你的……砂锅饭。"

女孩撇撇嘴，转身朝厨房走去。没过过久，她又从厨房里走了出来。

"我们还是点外卖吧。家里什么菜都没有。"

苏州的夜静默如水。

简耀穿着"父亲"从衣柜里翻出来的苏琪丈夫的衣服,坐在顶楼的晒台上,遥望星空。这个晒台不大,但私密。为保护古城环境,城区里的楼房都限高,所以在雨后的晚上坐在这样一个视野极佳的小空间里,喝点清爽的啤酒,聊会儿天,也算一种人生惬意。

刚才哄葱花睡觉也许是简耀长这么大遇到过的最困难的事情之一。苏琪借口拉肚子,一直待在厕所里不愿意出来,给葱花讲睡前故事的重任就落在了简耀的肩上。书架上的柯南漫画一直讲到第五本,讲得简耀口干舌燥,小葱花才缓缓闭上了眼睛。可等他刚想关灯走开,手又被拉住了。

"哥哥,叫我妈妈来吧,不抱着她的手我睡不着。"

简耀无可奈何,刚想起身,门开了。苏琪已经站在卧室门外。

"我来吧。"

房门在简耀身后关上。他把耳朵贴在门上听了一小会儿,似乎听见了轻微的歌声。那旋律与简耀遥远的童年记忆慢慢紧密重合起来,他竟有些触动,赶忙撤身走开了。

"没想到啊。"

半小时后,当苏琪一脸疲惫地来到晒台上时,简耀略带讽刺地说道。的确没想到,"父亲"竟也有如此温柔的一面,这是他活在世界上十八年来从未感受到的,因此不免有些生气。

"我自己也没想到。不知道为什么,看着那孩子,心里总有一丝奇怪的怜爱。"

简耀这才想起,面前的这位年轻妈妈并不是"父亲",或者,不完全是。这样一想,他又有些释然了,接着挖苦道:"没准是你的母爱作祟呢。"

苏琪没有回话,递给简耀一罐啤酒。

"咱爷儿俩好久没喝一口了。"

"你从哪儿弄来的啤酒?"

"冰箱里,还有些剩菜,要不要端来?"

"别了。"

简耀说着,已经拉开了易拉罐。白色的泡沫从瓶口直往外冒,他赶紧凑上嘴去接住,一股沁凉的感觉直入口腔。

"来,祝你生日快乐。"

苏琪把啤酒罐举过来想和简耀碰杯,但后者无动于衷。苏琪只好冲着月亮举了举,自顾喝起来。

"差点忘了。"

苏琪似乎想起什么,把啤酒放在地上,转身又进了屋。过了一会儿,晒台上的灯突然灭了,简耀一回头,看见苏琪手捧着一块发糕,上面插着一根蜡烛,小心翼翼地走了过来。

"祝你生日快乐,祝你生日快乐,祝你……"

"你干吗!"

简耀恶狠狠地打断了苏琪的歌唱。

"来不及买蛋糕,只找到这个,将就一下吧……"

不等苏琪说完,简耀已经冲到了她面前,一巴掌把发糕打翻在地,蜡烛触地后瞬间熄灭了。

"用不着你在这儿装好爸爸!"简耀气鼓鼓地说。

苏琪先是发愣,但很快就露出了笑容。

"我这不是……"

"不是什么?别以为今天带了会儿孩子自己就变伟大了。你自己说,这么多年,你给我过过生日吗?买过一份生日礼物吗?哦,现在突然良心发现父爱泛滥了?早干吗去了?还唱生日歌呢,听着我就犯恶心。"

"好了,好了,不说了,咱们继续喝酒。"

"不喝了!"

简耀说完,就往房间里走。走到门口,停住,半转身。女孩脸上随即露出讨好的笑意,却撞上一张冷酷的脸。

"明天,最后一天。"

"什么最后一天?"

"不管找不找得到凶手,明天一结束,我都不管这事儿了,坐晚上的高铁回北京。大后天,我就直飞美国。行程是一早就定好的。"

"哦。"

"祝你好运吧。"

说完,简耀走进了屋内。

直到他的背影彻底消失,苏琪才缓缓收起了笑容,目露悲伤。她拿起啤酒,走到晒台边上,靠着栏杆,一口一口灌进嘴里,眺望远处。夜空下,一幢裤子形状的现代大楼高高耸立在天边,从上至下散发着蓝色的光芒,与脚下这片黑灰、静谧的中式传统建筑群形成鲜明对比。

屋内,简耀静静躺在沙发上,双手枕着后脑勺,望着天花板,想着心事。他始终不相信今天发生的一切都是巧合。苏州园林,灵魂附体,古诗词,导游,杀手,单亲妈妈……这里面究竟有什么关联呢?

他稍稍侧了下身,目光停留在沙发边桌柜的一摞杂志上。一张被压在杂志中间的报纸吸引了他的注意。他坐起身,搬开杂志,拿起报纸。

那是一份一个月前的苏州本地都市报,上面一则新闻的标题异常醒目:《小轿车失控闯红灯,打工人丧命古城区》。文章写道,交通监控画面显示,在前一天的中午时分,当时下着大雨,一名男子在过斑马线的时候,突然被侧方开过来的黑色轿车直接撞飞,血溅当场。而那辆轿车撞了人之后甚至都没做半秒停留,迅速驶离了现场。因为轿车前后车牌都贴上了"百年好合"和"白头偕老"的红色塑料纸,因此没有追踪到汽车的具体信息,但显然是当天去做了婚车。结尾部分,记者描述了该死者的情况:戴某,三十岁出头,在一家公司做文员,原籍安徽,大学毕业后一直在苏州工作,早已在本地买房结婚生子定居,属于新苏州人。当时他手里提着一盒蛋糕,正准备坐公交回家给儿子庆祝五岁的生日。

这是一个月前的报纸,简耀又找了找,并没有找到最新的消息,也不知道当时这个肇事者有没有被找到。突然,他想到葱花也姓戴,之前在肯德基曾说过他爸爸死的时候也是浑身都是泥,莫非苏琪一直在找的"杀人犯",就是这起车祸的肇事者?简耀缓缓回头看着墙上的照片。照片中那位长相普通的男人,仿佛正一脸惨淡地望着自己。

顿时,他感到毛骨悚然。

第十五章　匿名者

"我们是朋友。"

黄大宝坐在方磊的对面，手上点着烟斗，不住地往外喷着烟雾。方磊不由将身体朝后靠了靠，无奈房间太小，只好用手扇了扇。

"有一年柳先生到北京参加一场有关古代生活的文化活动，我当时也在现场，向他请教过一些问题，他热心又专业，让我大为感动。出于感谢，我请他吃了顿北京烤鸭。这次来苏州办展览，知道他就在旁边的园林里办公，我第一时间想到的就是去拜访他。"

"你当时见死者的时候，有没有发现什么异样？"

黄大宝仰着头想了想，然后摇摇头。

"应该没有。"

"应该？"

"我就觉得他状态挺好，心情不错，可能是遇到什么高兴的事儿了吧。这算异样吗？"

"你们都聊了些什么？"

"简单叙叙旧。"

"后来呢？"

"后来我就走了啊。"

"还记得时间吗?我是说你走的时间。"

"下午三四点吧,具体记不太清。"

"之后去了哪里?"

"饭店。晚上约了一帮人吃饭。"

"吃饭吃到几点?"

"晚上十点多吧,然后就回酒店睡觉了。"

"有人和你一起吗?"

"睡觉吗?哈哈,没有,我喝酒喝多了,累,不想被打扰。一觉醒来已经是天亮了。"

方磊沉吟了一下。这个黄大宝并没有被排除在作案时间之外。

"你知道他昨天被人杀害了吗?"

"听说了。"

"你怎么看?"

"我怎么看?不知道,那个凶手不是被抓住了吗?谁知道他们之间有什么深仇大恨呢,唉,可惜了,一代园林大师竟然这样死于非命,感慨啊。"

方磊见套不出什么东西来,决定换个话题。

"听说你给画买了保险?"

"对啊,这不很正常吗?唐寅的真迹,市场价少说也得上亿,拿出来展览,别说被偷,就是不小心被弄坏弄脏,也是巨大的损失,不买保险能行吗?不信你去问问看,有哪幅名画不上保险的?"

"然而保单刚到生效期,画就被偷了。"

"纯属巧合。"

"简直太巧了。"

"方队长,您这话我可不爱听,说得我好像故意骗保。我懂法,那可是大罪,如果没有证据可别乱说。"

"我只是说太巧了点。"

"说实话,我宁愿要画,也不要钱。这画对我的家族很有意义,真不是钱的事儿,否则我也不会把它捐出来了。所以,方队长,拜托你们一定要抓到那个该死的小偷。只要画能找回来,让我做牛做马都可以!"

黄大宝越说越激动,两眼竟隐约闪烁着泪花。

"那倒也不至于。这样吧,一有消息我就通知你。"

送走黄大宝,方磊给北京的同学打了电话,请他帮忙调查一下失窃的唐寅画作之前在北京的鉴定过程。挂了电话,方磊斜靠在办公椅上,顿时有种虚空感。

目前来看,现在的嫌疑人一共有四个:简京生、马涛、门房老头、黄大宝,这还不包括在逃的简耀和那个陌生女孩。这些嫌疑人要么有直接的作案证据,要么有作案动机,而且每个人都没有洗脱嫌疑。现在可以来做一次简单的排除法。

简京生。在杀人现场被发现,凶器上有他的指纹,现在最大的问题是动机。一个昨天才刚到苏州的人,一大清早出现在园林里,并且涉嫌杀人案,这无论如何都不能说是巧合。方磊已经吩咐人去查简京生的过往了,相信找到他和死者的联系只是时间问题。只是还有些问题值得怀疑,如果他真是杀人犯,那他为什么不跑?为什么至今一言不发?这种既不认罪也不反驳的态度太让人难受了。

马涛。有动机,但没有证据。如果是他杀的人,以他醉酒的程度,不大可能没有留下任何线索。换句话说,如果他真做得这么缜密，又为何会留下视频监控，并且让警察这么容易就抓到自己？当然，他的动机很充分，为爱杀人，因妒杀人，合情合理，虽然他自己表现出一副很豁达的样子。

门房刘老头。有前科，也有证据，但似乎太显眼了。他也许是在盗画时被死者撞破，下了杀手，这是可能的。只不过从他的表现看，不仅乐于协助，还对死者真情流露，虽然在自己身份的问题上有所隐瞒，倒也算是人之常情，而且主动提供了一些有效信息。疑点在于，他会是在表演吗？还有，他为什么不把那枚印章藏起来，而是那么轻易就被警方找到？

最后是黄大宝。说实话，方磊一点也不相信他找死者仅仅是为了叙旧——被盗的画作恰好就在隔壁展出，被盗之前恰好买了巨额保险，研究院里的柳铭恰好在那之后不久被杀……又是一堆反常到让人无法信服的巧合。

说到反常，方磊想起一个细节。死者生前见过的两个人（刘老头和黄大宝）描述的话中有一个共同点：死者当天看起来心情不错，似乎遇到了什么令他高兴的事情。到底是什么事呢？会不会和他被杀有关？

还有那个简耀，就差那么一点儿……至于他所说的杀手，光天化日之下开枪，非常恶劣，但目的依然是个谜。

方磊躺在沙发上，烟一根根地抽。这已经是今天的第四包了，而且根本停不下来。让他烦闷的除了案件本身，还有妻子。他细细回想了一下，虽然妻子要离婚的诉求让他感到震惊，但很快就有点接受了。老实说，结婚十年多来，他对婚姻已经逐渐麻木了，而这份麻木覆盖了他的整个生活，旅游、美食、衣物甚至性爱，都提不起劲儿。有时候陪妻子去超市，他宁愿站在门口吸烟也不进去。他常常想一个人待着，哪都不去，谁也不见,什么话也不想说。他假装自己仍热衷世俗事物,吃当季新鲜菜,喝养生茶,种花养草,偶尔还跑跑步。但他很清楚那些不过是一种掩饰:掩饰空虚的婚姻生活。

只有破案能让他稍稍振奋。这几年虽然重大案件不多,但只有在警察局待着才能让他感到踏实。他喜欢看涉案类的影视剧,读悬疑类的小说,甚至自私地想哪天发生个大案好让自己过一把瘾。

因此,这次大案发生后,他始终有一种久违的充实感,这给了他极大的精神满足,以至于觉得,现在和妻子离婚也许是一个不错的选择。至少并没有想象中那么痛苦。

他还爱妻子吗?当然,起码他自己这么认为。他很想仔细去回忆一下这么多年与妻子在一起的欢乐瞬间,但只要一动脑子,案件的各种线索就像马路上的暴雨,稀里哗啦地落满了思维的海洋。

他看了一下时间,已经是晚上八点半了。按照妻子之前的意思,今晚他最好不要回去。看来只能在这儿对付一下了。也好,让双方都冷静一下,自己也能更加集中精力来破案,毕竟,很可能真凶依然逍遥法外。

"头儿……"

听到声音,方磊把头转过来,才意识到小蔡不知道什么时候走进了办公室。

"说。"

"有人要见您。"

"谁?"

"方队长!"

话音刚落,一个人影从小蔡身后闪了出来。竟然是李元。

"哟，李主任，你怎么来了？快请坐。"

方磊礼貌性地站了起来，招呼李元落座，然后吩咐同事去泡茶。

"不必了。你吃饭了吗？咱们出去坐坐，吃点东西，聊聊。"

"这样啊。那行，我叫几个同事一起。"

"就咱俩。"

方磊看着李元严肃的表情，点了点头。

苏州并不是一个夜生活丰富的城市。当地人勤劳踏实，早睡早起，早些年，在外面下馆子的人都很少，基本上都是下班回家，小菜老酒，关起门来，过过小日子。随着这些年外来人口的增多，原本冷清的夜晚街道也逐渐热闹起来，不知不觉形成了几条所谓夜市一条街，以吃烧烤和小龙虾为主。

方磊和李元选择在葑门附近的一家露天排档就座。苏州从前一共有八大城门，葑门位于东南角，葑，指的就是茭白。因此地多水塘，故水生植物和鱼类比较丰富，就地贩卖，久而久之形成了一个农贸市场。到如今，葑门菜市场依然烟火气十足，也是苏州本地人最爱逛的菜市场之一。

"喝一点。"

李元要了两瓶啤酒，起开后要给方磊倒。后者没有拒绝。

"我平时很少喝酒。"方磊如实回答。

"就喝一点嘛，我也不怎么会喝。最近压力实在太大。来，碰一下。"

一杯啤酒下肚，李元很快就没有了白天那种领导气派，挽起袖子吃了起来。看着他吃得津津有味，方磊想起自己也还没吃晚饭，于是也拿起了筷子。

两人就这么无声无息地吃了一会儿。

终于，李元再次灌下一口啤酒，打了个饱嗝，从桌面的纸巾盒里抽出一张纸巾，往嘴巴上一抹。

"真痛快。"

方磊随手递过去一根香烟。

"李主任，有事请说吧。"

"首先呢，"李元吸了一口烟，"我要跟你道个歉。"

"哦？"

"上午那会儿是我不对，急着让你们清理凶案现场，影响了你们的工作，实在对不起。"

"没事，你有你的难处。"

"倒没什么难不难的，主要是下午接待的那批外宾很重要。"

"什么来头？"

"联合国教科文组织驻华代表处派来的。"

"哦？苏州园林还有什么好考察的，不是早就被评为世界文化遗产了吗？"

"是柳铭发邀请函叫他们来的。"

"啊？"

"有个老外给我看了信，说是柳铭准备召开一场新闻发布会，有一个什么重大的事情要宣布，希望他们到场。"

"是吗？你知道他要宣布什么吗？"

"我哪儿知道？我甚至都不知道他准备开新闻发布会，是老外来了我才知道有这一出。结果在这个节骨眼上，柳铭被人谋杀了。"

方磊眯着眼睛，思考着什么。李元继续说道：

"这个事情吧，暂时还不能让那帮老外知道，否则根本没法交代。"

"这你瞒不住吧,迟早会知道的。他们下午来了吗?"

"来了,还问我柳铭怎么没出现。"

"你怎么说?"

"我说柳铭家里临时有事,来不了了,反正就是一顿忽悠吧,好吃好喝地款待一番,好不容易把他们哄住,这会儿都回酒店了,我这才总算可以喘口气了。"

说完,李元喝了一口啤酒。

"所以,老兄,你真得体谅我,我也是没办法,这堆事儿全是老柳给整出来的,他自己倒好,拍拍屁股走人了。"说到这,李元可能觉得自己有点过了,连忙解释,"对不起,我不是那个意思,我当然也替老柳感到难过,真希望快点抓到凶手,告慰他的在天之灵。来,这杯敬老柳!"

说着,李元自顾自地干了一杯。

"你最近一次见他是什么时候?"

"昨天上午。"

"见他的原因方便说吗?"

"没什么不方便的。"李元停顿了一下,"我想让他搬出去。"

"搬出去?"方磊大感意外。

"那小院借给他已经二十年了,这属于国家的财产,何况他要退休了,不能老占着。"

"他不愿意搬?"

"他就是这点不太好,固执。不过……"

"不过什么?"

"昨天他突然爽快地答应了。"

"为什么?"

"不知道,我也觉得很奇怪。"

方磊突然想起了什么。

"他是不是看起来状态不错?"

"对啊,挺高兴的。"李元嘴一撇,"哎,你怎么知道?"

"不管怎么说,"方磊答非所问,"这对你来说是件好事。"

"什么意思?"

"别误会。我是说,他搬出去对你来说是件好事。"

李元的脸瞬间变得严肃起来。

"他不是搬出去,是死了!被人谋杀了!方队长,你这样的措辞我无法接受。"李元不知不觉恢复了官腔,跟之前的状态形成鲜明对比。

"对不起。我嘴笨,自罚一杯。"方磊仰头就是一口。

"唉……"过了一会儿,李元叹了口气,一脸悲伤的样子,"说实话,我宁愿他一直住下去,也不愿意发生这样的事儿。"

"当然,当然。"方磊在脑子里琢磨着他这句话的含义,"来,再喝一点儿。"

"不了。我要说的都说完了。"李元猛地站起身,"抱歉,我突然想起还有些事情要处理,得先走了。你慢慢喝。我把单买了。"

"别着急啊。"

李元已经离开了座位,走到摊主面前结了账,然后朝方磊挥手作别。接着,他拦了一辆出租车迅速离去。

方磊独自坐了一会儿,又要了两瓶啤酒。

当天晚上,方磊在办公室的沙发上将就了一夜。

在此之前,方磊往肚子里灌了五瓶啤酒,原以为自己会因为酒精的缘故呼呼大睡一觉,好暂时忘却眼前这一摊子烦心事儿。但事与愿违,他仅仅在沙发上小睡了两个小时,就突然醒了。一看表才半夜一点多。从那以后,他就再也没合过眼,直至黎明。

期间,他每隔一小时就上一次厕所,后来干脆不再躺着,打开电脑,查找一些资料。大概在三点半的时候,他的电脑桌面上突然跳出来一个信封图标。有新邮件。

邮件的主题叫《李元》,发件人是匿名。方磊充满疑惑地点击进去,里面有一段文章,他从头到尾仔细阅读了一遍,越读越清醒。

邮件的大致内容是:李元之所以急着让柳铭搬出去,是因为私下与他人达成了协议。近些年,因为园林维护成本逐年上升,李元感觉到了压力,他想出了办法,比如将园子里一些闲置的房子租出去商用,既能增加园子的收入,也能增加客流。经别人介绍,一家国内餐饮连锁巨头找上了他。对方想在园内承包一个小院子做高档餐饮会所,愿意出一个很高的租金价格。李元同意了。经过考察,他们看上了柳院长的园林研究院。柳铭对此自然表示反对,他觉得商业的进入势必会破坏古迹的氛围。李元动员了很多次都没有成功。而就在柳铭遇害的前一天上午,二人还发生了激烈争吵,李元下了"最后通牒"让柳铭搬出去,柳铭愤怒地当场摔碎了一个茶杯。

最后的这个细节与李元所说的有出入。李元说柳铭答应了搬走的要求,并且"当时还很高兴"。难道李元在撒谎?

方磊想了想,拟了几个相关问题打算回发给写匿名信的人,却发现对方设置了拒绝接收邮件,再一看,IP地址也隐藏了。他想了想,用自己的公号进入了公安内部系统,调出了李元的资料。

资料显示,他今年四十五岁,是两年前才到这里当主任的。也就是说,他和柳院长并不如他说的那么熟悉。更令方磊感到吃惊的是,这个李元在就任管理处主任之前,居然是体育局的干部。这种跨界的调任在国内的公务员体系里并不少见,但从体育局调到园林管理处,的确有些让人意外。方磊心里苦笑,一个管体育的来管园林,这显然不是什么值得称道的事情。

随即,方磊查到了那个餐饮连锁巨头的背后老板。蔡云,烤鸭大王,主打高端市场,曾在北京、上海、杭州等地方开设餐馆。他的烤鸭店有个特点,就是专挑历史文物单位承包,仿佛越有历史感的地方越能体现鸭子的高贵,而且环境私密,专门服务那些不大愿意抛头露面的富商、明星以及官员。前几年,国家曾明令禁止这种既破坏古迹又容易滋生腐败的餐饮会所,使得他在北京和杭州的几家店都关门了,这些年稍微缓和了一点,他又卷土重来,这次居然瞄准了园林,真是让人既愤怒又无奈。

天逐渐亮了起来。方磊睡意全无,只是感到饥饿。他看了眼手机,没有妻子的一个电话或短信,有些失落,但很快感到一阵轻松。这么多年,除了办案,他已经很久没有像今晚这样独处过了。感觉还不错。

下楼走出公安局,来到街上。昨夜的一场暴雨使整个城市如同一台刚使用过的大型浴缸,潮湿且凌乱。幸好是清晨,再过一两个小时,等温度升上来,那种梅雨季节专属的黏稠感又会像蜘蛛网一般笼罩下来。就目前天色的情况来看,今天又会是一个阴雨天。

走进姚记豆浆,方磊站在柜台前看着墙上的价目表犹豫了半天。他打算换些吃的。在老板娘的注视下,他点了一块粢饭糕、一个麻团以及一碗咸豆浆——咸味的豆浆,这在今天以前都是他从未吃过,也绝对不会去尝试的东西。

"原来这么好喝。"

十分钟后,当他把灰色的咸豆浆喝了个底朝天之后,不禁感慨道。他突然想起自己今年才四十岁,为什么之前会过得像个循规蹈矩的八十岁老头?

在回公安局的路上,他感觉自己状态好极了,不仅没有因为一夜未眠而感到困乏,反而神清气爽,嘴里不禁哼起了许久未唱的昆曲《牡丹亭》里的选段《皂罗袍·原来姹紫嫣红开遍》。

"良辰美景奈何天,赏心乐事谁家院……"

走进局里,他微笑着跟同事们打招呼,在各种错愕的眼光中回到自己的桌前,拉开靠椅,大大方方地一屁股坐下去。接着,他看见桌上放着还残留着隔夜茶水的玻璃茶杯。他伸过手去,想按照往常那样,去茶水间清洗杯具,注满热水,撒上碧螺春,喝上一整天。但他犹豫了一下,把手重新缩了回来。他低头打开左手边的抽屉,那里面放着一盒很久以前别人赠送的雀巢速溶咖啡。今天,他想换种心情。

五分钟后,当他将一杯热气腾腾的三合一咖啡放到嘴边的时候,小蔡推门进来了。方磊一看他的表情,就知道自己刚好起来的心情又要完蛋了。

"头儿,门房刘老头死了。"

第十六章　艺圃

在一顿尴尬的早餐之后,简耀和苏琪把葱花送进了幼儿园。在幼儿园门口,葱花特意把简耀拉到了一旁。因为身高的差距,简耀弯下腰,把耳朵凑上去,像个乖乖听话的随从。

"你被淘汰了。"

"为什么?"虽然简耀不介意被"淘汰",但他还是想知道原因。

"放学的时候我不想再看到你。除非……"葱花一脸严肃地说,"把我真的妈妈带回来。"

"啊?"简耀一脸错愕。

"葱花是我的外号。我妈妈从来不这样叫我,她只叫我宝宝。"

葱花说完,也不跟苏琪打招呼,扭头就跑进了幼儿园。简耀呆呆地望着男孩倔强的背影,觉得这孩子酷酷的样子挺像自己小的时候。

"接下来我们去哪儿?"苏琪问道。

"艺圃。"简耀若无其事地回答。

"艺圃?为什么?"

"跟那幅画有关。"见苏琪一脸迷茫,简耀解释说,"就是在网师园竹子上刻的那一幅画。"

"什么画？"

"一棵伫立在大雪中的芭蕉树。"

"不懂。"

"你有没有听过王维这个诗人？"

"就是那个宋代的边塞诗人吗？"

"不懂别瞎说好不好？第一，王维不是宋代而是唐代的；第二，他不是边塞诗人，虽然他写过《渭城曲》，'劝君更尽一杯酒，西出阳关无故人'。硬要归类的话，他应该属于山水田园诗人。"

"好吧。"

"而且据我所知，王维不仅是诗人，还是画家，甚至可以说，他是中国泼墨山水画的鼻祖。"

"还是不懂。"

"你不是倒腾古玩的吗，怎么什么都不知道？"简耀越说越得意，"泼墨山水画是中国独创的一种画法，就是用墨汁大片地洒在纸上或绢上，画出物体形象的一种画法。这种画法非常写意，只有文人才这样画，也就是所谓文人画。王维是开创者。"

"你觉得这古画，我倒腾得起吗？"苏琪嘟囔，"你扯这么多，到底跟艺圃有什么关系呢？"

"王维最有争议的一幅画叫《雪中芭蕉》——他在大雪中画了一株翠绿的芭蕉。真正的大雪是北方才会有的，而芭蕉则是南方热带的植物。所以这幅画历来都有争论，焦点是，一棵芭蕉为什么在大雪里还不死？"

"是啊，为什么呢？"女孩的口吻和表情像是相声里的捧哏。

"也许是一种艺术创作吧，绘画又不一定要写实，尤其是文人画，以写意为主，绿植傲雪这类象征生命不息、抗争不止的作品从古至今并不少见。"

"说重点，艺圃？"

"别着急啊。其实，中国有些地方，在冬天也会历经大雪，同时也有芭蕉种植。"

"哪里？"

"苏州。"

"噢。"苏琪恍然大悟，"你这么一说我倒想起来了，有些园林里的确种了芭蕉。"

"而我昨晚手机查了一下，有个园林里的芭蕉最著名。"

"艺圃？"

简耀点点头。

接下来，两人迅速拦下了一辆出租车。

经过苏州公园、五卅路，上了十梓街。一路往西，进入道前街。道前街是苏州最著名的银杏观赏之地。继续往西，到学士街右转，北去，经过几个十字路口，在一片绿树成荫的街边停下。下车过马路，进入一条名为宝林寺前的巷子里。

大概前进不到两百米，右转至文衙弄，可望见一片白色的高墙，以及一扇相比其他古典园林小了很多的门头，这里便是艺圃了——如果稍微粗心一点，即便给你张地图，也不见得能找到这座隐藏在巷子深处的世界文化遗产。

进了园子，女孩又开始像导游一样向简耀介绍起来。在苏州所有的园林里，艺圃是一个另类的存在。它始建于明代，不大，却精致，全园布局简练开朗，风格自然质朴，无烦琐堆砌矫揉造作之感，就像明式家具。

当然，艺圃最出名的还得数这里的植物。园林里植物的种植是很有讲究的。最初的药圃,里面的"药"指的是香草中的白芷,古人常以白芷一类的香草比喻德行,而后来易名"艺圃","艺"也是种植的意思。

"园林的植物通常有两种用途:一种是纯观赏用,譬如山茶花;另一种则是有象征意味,如梅兰竹菊'四君子',古代文人喜欢拿来自比清高。当然,也有寄予情思的,像红豆寄相思,而那边的枣树则是为了表示对故乡的思念之情,曾经的园主姜氏老家是山东的,枣子是山东特产嘛。"女孩介绍道。

"芭蕉呢?"简耀问道。

这时,雨下大了,两人躲到了屋檐下。

"你到这边来。"女孩拉着简耀来到一个小角落,花窗框景,另一侧,两株古老的芭蕉树靠墙而立。

"听。"

"听什么?"简耀竖起耳朵,什么也没听见。

"嘘,仔细听。"

于是,两人就这么并肩站着。世界仿佛进入了真空状态,在雨滴的衬托下宁静得令人窒息。过了一会儿,女孩开口了。

"听见了吗?"

"嗯。"简耀点点头。

"是不是感觉很奇妙?"

简耀没有再回答。的确,他从来没有过这样的感受。要不是这趟神奇而诡异的苏州园林之旅,他绝不可能像现在这样,站在古旧的中式屋檐下,不发一言,去倾听雨水落在芭蕉叶上的声音。此刻,一种充满巨大力量的平静深深震撼了他的心灵。

"我说过,王维不仅是画家,还是一位千古闻名的山水田园诗人。他的诗作中恰好就有一句有关芭蕉的名句——雨打芭蕉叶带愁,心同新月向人羞。"简耀停顿了一下,接着说道,"这就叫雨打芭蕉。你可能想象不到,古人在院子里种芭蕉树,仅仅是为了在这样的天气,听一听那些水珠滴落在叶面的美妙声响。这一切说明了什么?"

"说明古人挺无聊的。"

"不,说明线索就在芭蕉叶上。"

简耀往前走了几步,绕过院墙,来到花窗另一侧的芭蕉树下。他想了想,然后半蹲下,开始查看每片芭蕉叶的下面。

"怎么样?"女孩也跟了过来。

"找到了。"

简耀掀起一片最里侧的芭蕉叶,将眼睛凑近观瞧。果然,上面有人用工具竖着刻了两个字:二百。

"二百?这什么意思?该不会是在骂人二百五吧?"女孩说道。

"你还好意思说,谁让你设这种怪题?"

"我真不记得这是不是我设的题了。不过吧,这俩字倒挺像我风格的,二百,哈哈,之前又是诗又是画,根本就不可能是我弄的啊,我就一文盲……"

"行啦行啦,现在不是听你胡扯的时候。我再仔细找找看。"

简耀又在其他芭蕉叶上翻了个遍,再没有找到有价值的线索。无奈之下,他只好又回到了这片芭蕉叶旁,握起它的茎秆,将叶面离自己的视线远了一点,但依然看不出什么名堂。他感到很奇怪,为什么之前的线索都很"文",这次反而出现这么莫名其妙的两个字。

二百……等等,他突然意识到自己犯了个错误,不,这个错误是女孩犯的,她一开始就把他带沟里去了。

"我知道了。"

"什么?"

"这上面刻的不是什么'二百',而是'三白'。"

"三白?什么意思?哦,我知道了,是不是说的太湖三白,白虾、白鱼、银鱼?"

"不是。三白是一个人的字。而且这个人跟苏州有关。"

"别卖关子了,说吧,这人到底是谁?"

"沈复。"

女孩一怔,随即露出了笑容。

"我知道了。"

"是吧,你的硬性记忆又开始发挥作用了?"

"沈复沈三白嘛,他写的《浮生六记》谁人不知?而且我知道他住在苏州哪里……"

"先别说了。咱们得赶快离开这里。"

简耀将有字的芭蕉叶撕碎。

"怎么出去?"

"跟我来。"

女孩领着简耀朝前走,经过一个名为"延光阁"的景点。简耀朝里面一看,发现坐满了喝茶的老头老太。

"怎么这种世界文化遗产里还有人开茶馆?"

"这你就不知道了吧。来艺圃喝茶是本地人非常重要的休闲项目,一边喝着茶,一边透过窗户赏景,那感觉实在是……"

"快跑!"简耀突然低吼一句。

"啊?"

女孩还没来得及反应,就见两个大荸荠似的矮胖子从茶楼里冲了出来。半分钟后,他们被前后堵在了一条人迹稀少的小路上。

一开始，简耀还觉得不一定输。

他身高一米八几，体格健壮，从小到大就没被人欺负过（除了他爸），而对方虽然有两人，但个头比他矮了半截，再加上体形肥胖，看上去行动迟缓，要真动起手来不一定打不过他们——简耀觉得，上次在网师园，自己之所以被他们左右制住，不过是因为没提前做好防备罢了。

于是，简耀将女孩挡在身后，侧身拉开架势，死死盯着那两个大荸荠一般的杀手由远及近，朝他夹击过来。他攥紧拳头，看准时机，冲着其中一颗圆鼓鼓的脑袋就挥了过去。

他的拳头被对方牢牢抓住了，打不出，也收不回。接着，几乎就在一瞬间，一只肥硕的手掌朝他的颈部侧面劈了下来。他连哼都来不及哼一声，就瘫倒在地，不省人事。

等再次有了意识，他发现自己侧躺在汽车的后座，双手双脚都被尼龙扎带绑着，嘴巴上粘着一块大大的白色胶布。如此一来，他既无法动弹，也说不了话。接着，他看见女孩就坐在他旁边，正一脸轻松地吃着棒棒糖，浑身上下毫无束缚。

"醒啦。"女孩赶忙拍拍前座，"喂，他醒了。"

前排副驾驶的那位转过脸来，用手指钩了下墨镜，看了一眼简耀，便把镜架重新推上去。

"你确定是沧浪亭吗？"他问道。

"确定。他说的。"女孩指了指简耀。后者狠狠地瞪了她一眼。她满不在乎地吮了一口棒棒糖。

"简耀同学，请试着理解我一下，你这么大个儿都被他们一招制服，我一弱女子还能怎么样？当然是积极配合啦。真没想到啊，这二位大哥还挺友善，不但没给我绑手绑脚，还送了一根棒棒糖。"

"只要你们配合,棒棒糖要多少有多少。"副驾驶的那位说道。

"嗯。他好像有话要说,我能帮他把嘴上的胶布撕掉吗?"

"只要他不闹。"

"你会闹吗?"女孩朝简耀偷偷使了个眼色,后者无奈地摇了摇头,女孩见状,一把将简耀嘴上的胶布揭开了。

"哇呀!"简耀大叫一声,汽车一个急刹车,停了下来。

"给他贴回去!"

"不不不,我不闹,只是她撕得我好疼……"简耀咧着嘴解释。

"真的不闹?"

"绝对不闹。"

"那就好。这姑娘说你把东西藏在沧浪亭了,是真的吗?"

简耀只犹豫了半秒钟,就识相地说"是"。

"待会儿下车我把你手上脚上的绳索都解开,你带我们去拿东西。记住,要是敢耍一丁点儿的花招,我就掐断你们的脖子。"

简耀和女孩对视了一眼,小鸡啄米般疯狂点头。

"哥,沧浪亭到了。"

虽然手脚上的束缚都去掉了,但那对孪生兄弟又像之前那样,一左一右夹住了简耀的两只胳膊,挤紧,推着他往前走。看他们的意思,绝对不会在一件事情上犯同样的错误。不过这样的画面确实有些古怪。如果此刻你恰好从他们身边路过,会感觉这三人组像是一个举重运动员左右手分别拎了一只大哑铃，表情扭曲，肌肉紧绷，随时都有倒地休克的危险。

女孩倒是挺配合地走在前面带路，嘴里依然吃着棒棒糖，一副没心没肺的样子。

"放心，我不会耍花招的。"她笑嘻嘻地说。

"你要是有她一半配合，也用不着吃这么多苦头。"

简耀痛苦地点点头，示意他们手上的动作稍微轻点。

"丁零零……"手机响了。

大家四下寻找。

"我的。"简耀不好意思地说。

右边的荸荠从简耀口袋里掏出手机，刚想掐断。简耀连忙阻止。

"别，求你了，别。"

手机依然响个不停。

"我跟你说过很多次，别跟我耍……"

"我知道，我知道，但这个电话我必须得接……是我妈打来的。"

简耀用下巴指了指手机的来电显示。

"美国打来的？"

"嗯，我妈在美国。你们放心，我绝对不会乱说的。否则，否则你就拧断我的脖子。"

"给他。"左边的荸荠开口了，显然他是哥哥。

"可是，哥……"

"我说给他。"荸荠哥哥不容置疑地说完，然后将手掌张开，从前面掐住了简耀的脖子，微微用力，"我这人很好说话的，不是吗？"

简耀顿时感觉呼吸困难，眼泪都被挤出来了，连忙使劲点头。后者这才放松了手部力量。

远在大洋彼岸的母亲去美国之后,有了一个女儿。之前因为在陪女儿看电影,她关掉了手机,直到刚才开机后才看到他的短信留言。对于简父因杀人被抓的事,她自然感到万分震惊。

"不,绝不可能,你爸那么老实,怎么会杀人呢?一定是搞错了。"

"你知道爸爸以前来过苏州吗?"

"不知道啊,我在北京认识他的,从那时起他就没离开过北京,之前不清楚。"

"他大学呢?"

"大学?啊,等一等……"简耀听见另一头传来小声责备,"看,冰激凌又吃到衣服上去了!"

简耀开始焦躁起来。

"不好意思,耀耀,你妹妹把衣服弄脏了。"

"哦。"简耀本想说那不是我妹妹,但又觉得没必要。

"你刚才问什么?"

"我问爸爸的大学。"

"你爸没上过大学。"

"确定吗?"

"是啊,他跟我相亲的时候说自己没上过大学。"

简耀心想,果然自己的父母并不了解对方啊。

"当年我经人介绍认识你爸的,听说他没上过大学,我还有点不愿意呢。要不是……算了,都过去了。"

要不是他有北京户口,你还不愿意嫁给他吧。简耀心里这样想着,已经失去了继续交谈的兴趣。

"对了,耀耀,你过几天就要过来了,行李都准备好了吧?"

"嗯,准备得差不多了。只是我爸现在出了这种事……"

对面沉默了。

"耀耀,无论如何,你都得过来。为了你的未来。你爸的事情不用担心,他会没事的。要相信法律,如果他没做,谁也冤枉不了他,如果是他做的,那……"

"知道了。再见。"

简耀不等母亲把话说完就挂断电话,心里一阵难受。不远处,那个所谓的"父亲"正在售票处买票。刚才接电话之前,他特意让荸荠兄弟支开女孩,以为能从母亲这儿问出点儿什么有价值的信息,结果一无所获。不,也不完全是,至少知道了这两位离婚的真正原因:无爱。

"这下可以走了吗?"荸荠哥哥问道。

简耀点点头,仰面看向巷子里的监控摄像头。

顿时,他有了一个主意。

第十七章　简京生

死去的门房老头，衣着体面、整齐、干净，显然死前精心打扮过。现场还发现了一封字迹端正的遗书：

我随老柳去了。我没有偷画，更没有杀人。我不知道那个印章为什么会出现在我的衣服兜里，也不想解释，因为我发现自己说再多话都没用了。虽然以前做过错事，但自从出狱的那天起，我就发誓要重新做人。然而这么多年过去了，那个污点依然伴随着我，就像一块脸上的丑陋伤疤，永远遮不住、撕不掉，使所有人都以另类的眼光看我。我对人间很失望，也对自己很失望，谁叫我做过错事呢。这个世界我是没法待下去了，就去另一个世界看看吧，希望那里能干净些，没有怀疑和污蔑。兴许还能遇见老柳，我们会坐下再高高兴兴地下一盘棋。永别了。

　　　　　　　　　　　　　　　　　　　刘洋河

"怎么样，头儿？"小蔡问。

方磊一言不发地合上遗书。

"您觉得是自杀还是他杀？"小蔡见方磊不答话，以为对方没听见，又追问了一句。

"只能是自杀。"方磊轻声问。

"哦？为什么？这遗书看起来不像是没文化的门房老头写的啊。"

"你都说了，刘老头没文化，那如果是他杀的话，凶手伪装的遗书不应该顺着这个思路，写一篇充满错字病句、笔迹潦草的遗书吗？怎么还会故意用这么漂亮的毛笔字呢？"

"说的也是。可我还是不相信这老头字能写得比我还好！"

这时，一名警员拿着一沓写过字的宣纸过来。

"头儿，这些都是在床头的书桌上发现的，看起来很旧了，应该是死者平时练书法时写的。"

方磊拿过来一看，顺手塞到小蔡怀里。后者打开宣纸，放到遗书旁边做了一下简单对比，尴尬地让同事收起来交给证物科。

"那……那您觉得，他会不会是畏罪自杀？"

"人都死了，还怕说出真相吗？"

小蔡不再卖弄聪明，闭上嘴跟在方磊身后。方磊看着刘老头的尸体盖着白布被放上担架，运上了救护车，心里很难受。刘老头是死于怀疑，而对他产生怀疑的人正是自己。他感到十分自责和丧气，忙活了半天，凶手的毛都没摸到，还害死了一个无辜的人。

方磊回到办公室，走到写字板前拿起签字笔，在刘老头的名字上打了个叉，然后仰靠在椅子上默默地坐了很长时间。他意识到自己进入了一个前所未有的迷宫花园，左右两旁都是与他一般高的鲜花围墙，前方迷雾重重，只能看见脚下的青石板小路，他就在里面转个不停，已经彻底迷失了方向，以至于小蔡开门进来也没发觉。

"头儿……"小蔡轻轻地呼唤他。

"又怎么了？"话一出口，方磊就被自己急躁的情绪吓了一跳。他提醒自己，无论如何也不能自乱阵脚，于是换了种语气又问了一遍。

"祝小芸来了。"

"祝小芸？"方磊一下子没反应过来。

"就是死者柳铭的助手，嫌疑人马涛的女友……"

"哦。她来做什么？"方磊开始低头搜索自己的茶杯，再这样下去，自己没准就得废了。

"她想让我们放了马涛。"

方磊终于找到了自己的玻璃茶杯，之前冲过咖啡还没来得及洗，就被他随手放到了桌子上。

"你现在不忙吧？"他问小蔡。

"其实还挺忙的……"

"那就是不忙。麻烦你帮我把杯子洗一下，然后泡杯碧螺春，茶叶在抽屉里。"

方磊说完朝外面走去。

小蔡看着杯子里因为天气潮热已经开始发霉的咖啡，一脸嫌弃。

"方队长，你来得正好，我可以作证，我男朋友没有杀人。"

祝小芸见方磊出来，立即冲了上去，逮住就说。

"先别激动。请坐。"

方磊示意祝小芸坐下，回头看了一眼，碧螺春还没泡来。

"你说你能作证马涛没有杀人？"

"是的。"

"说说看。"

"他没有作案时间。"

"可是监控显示,马涛今天早上去过凶案现场附近,并且,在柳铭遇害的那个时间段里,他无法说清自己在什么地方。"

"我知道他在哪儿。"

"是吗?"这个回答让方磊有些猝不及防。他盯着女孩的左眼看了看,发现昨日还红肿的眼眶已经消下去了不少。

"你看这个。"

祝小芸从包里拿出一样东西递给方磊。方磊接过来,是一个深红色的方形首饰盒,打开一看,里面有一枚闪闪发亮的戒指。

"能不能解释一下?"

"这是我刚刚出门扔垃圾的时候,在楼道的地上发现的。"

方磊示意她继续说下去。

"你仔细看这里……"

祝小芸指了指戒指的内环部位。方磊眯着眼睛仔细观瞧,发现上面刻有几个字母,是"ZXY"。

"这是我名字拼音的首字母。他昨天夜里一直在楼梯那里。"祝小芸的眼睛红了,"也许当时他是准备向我求婚的,但还没来得及说出口,我们就吵架了。后来他喝了酒又回来了,可能一直拉不下面子,就在楼道里等着,结果睡着了,戒指也掉在了地上。也许清晨醒来后,他一时冲动去找老师,但根本进不去,应该就是摄像头拍到的那一段。估计那时他酒没醒,到处晃悠,后来就在街边睡着了,再后来就被你们找到了。"

"这些都是你的猜测。"

"你只要拿戒指去问一下他不就清楚了?"

方磊将戒指重新放回首饰盒。

"你先去休息室等一下吧。小蔡,小蔡……"

这时,小蔡才端着他的大玻璃茶杯缓缓走了进来。

"怎么泡杯茶这么久?"

"开水房的水刚才没开……"

方磊接过茶杯,喝了一口,嘴唇被狠狠烫了一下。

"八十度。"

"什么八十度?"

"下次泡碧螺春只要八十度水!"方磊走了几步,又回过头来,"带祝小姐去休息室,给她来杯咖啡。"

"哦……"小蔡一脸茫然,"那泡咖啡用多少度的水啊?"

果然,马涛见到戒指后一反之前的颓废,激动得像疯了似的。他质问方磊戒指从哪儿来的,得知是被祝小芸捡到,重重松了一口气,接着又哭又笑。他告诉方磊,戒指的丢失让他非常沮丧,因为它象征着他与祝小芸的"爱情丢了",现在失而复得,而且是被祝小芸亲手捡到,表示两人"情缘未了",他要"立刻见到祝小芸,要抱住她,亲吻她,爱她一辈子"。

在方磊看来,虽然马涛的话肉麻又矫情,但基于对方民谣歌手的身份,倒是可以理解。他看了下时间,已经过了二十四小时的拘留期,加上的确没什么直接证据能证明马涛就是凶手,留他在这里也没什么意义。并且,方磊不合时宜地想起了自缢的门房刘老头:宁可错放一千,也不能冤枉一个。但因为马涛终究是嫌疑人,因此方磊明确告之希望他最近哪儿都不要去,就待在苏州,随时协助调查。最后,他在释放文件上签了字。

砰!

苏琪家的门被一脚踹开,一队警察持枪冲了进来。

半小时前,在警局会议室里,方磊向众人分析案情。如今情况变得越发复杂起来,除去刘老头和马涛,剩下的嫌疑人有三位:简京生、黄大宝和李元。当然,还有简耀和那位神秘女子,以及两个毫无头绪的杀手。简京生和黄大宝两人的背景已经派人去查了,李元身上没有发现明显的证据。而简耀呢,自从昨天被他逃走之后,市区内的面部识别系统再也没有匹配到他的面孔,莫非他已经离开苏州了?不太可能,但他也许学乖了,在外形上做了一些伪装,以防止被追踪。

不过,值得庆幸的是,那女孩的来历有了一些眉目。同事根据方磊上次手画的肖像以及监控拍到的人像,综合对比分析,很快就找到了她的姓名、身份证号以及家庭住址。

苏琪?又是一个陌生的名字。他立即召集了一队人马,照着资料上的地址扑了过去。

很遗憾,屋内空荡荡的,没有任何人的踪影。方磊一进屋就发现了客厅靠墙的龛位以及上面的照片。他目不转睛地盯着照片上的人脸。

"头儿!"

方磊回头,看见一名警察拿着几件满是泥渍的衣物。方磊瞬间认出是之前简耀穿过的。

"在洗衣机里找到的。"

"看来他们昨晚住在这儿。"小蔡画蛇添足道。

方磊在沙发上坐下,看见胡乱堆在一旁的枕头和盖毯。

"这苏琪今年二十六岁,之前在一家外资企业做人力资源,一个月前,不知道什么原因,她突然辞职了,公司附近的高级公寓也退了租,搬到了这里。这家主人是一个名叫戴国强的男人,是一名面包师,他的妻子因病早逝,而他……"

"而他也死了。"方磊指着墙上男人的遗像说道。

"没错,就是他。"

"怎么死的?"

"车祸。就发生在一个月前,肇事司机现在还没找到。"

"哦?"方磊感到疑惑万分,"也就是说,这戴国强刚死,苏琪就搬进来了。她跟这家人到底什么关系?为什么会住在这里?"

"暂时还不清楚。"

"查!"接着,他看见面前的茶几上放着几本漫画,随手拿起一本,翻了翻,"他有孩子吗?"

"有的。"小蔡急忙翻开资料本,找了找,"叫戴聪,目前在民治路幼儿园上中班。"

方磊看了下手表。

"走。"

很快,方磊和小蔡出现在了幼儿园伍园长的办公室内。

"二位稍等,已经安排老师去叫了。"伍园长是位五十多岁的女人,客气、端庄。她正在橱柜里翻找着。

"我的茶叶放哪儿去了?"

"您别忙了,我自己带了茶。"

"实在不好意思,我平时不怎么喝茶,"伍园长终于停止了搜索,轻轻地关上柜门,来到警察身边坐下。

"警察同志,方便问你一个问题吗?"伍园长问道。

"如果是跟案件相关的,恕我们不方便透露。"

"哦。"伍园长停顿了一下,接着说,"因为我们这儿是省级幼儿园,之前从没有出现过警察来找学生的……"

"放心,跟孩子无关。我们就问他几个问题。"

"噢,那就好……唉,这孩子确实可怜……"

"你是说?"

"怎么?你们不知道吗?小葱花的妈妈在他一岁多的时候得了抑郁症,吃安眠药自杀了。他从小跟爸爸相依为命。可一个月前,他爸出车祸去世了。幸好他有个非常疼他的姑姑……"

"姑姑?"

"对,自从葱花他爸去世后,一直是他姑姑接送他上学。为了不让其他人说闲话,他姑姑一直以他妈妈的身份出现。这姑姑真了不起,为了照顾亡兄的孩子,牺牲自己的——"

"昨天放学他姑姑过来了吗?"方磊打断了伍园长的话。

"昨天啊,应该来了吧,"伍园长想了想,"反正他是被接走的,如果不是亲人来接,我们老师是不可能放人的……"

"园长!"一位老师在门口说道。

"啊?"

"戴聪领来了。"

"没有。"葱花一脸稚气但又语气坚定。

出乎方磊的意料,面前这位五岁大的小男孩表现得十分冷静。

"你确定昨天没有谁和你妈一起来接你?"

"确定没有。"

"哦。那……你妈妈跟平时一样吗?"

葱花迟疑了半秒钟。这一迟疑让方磊有了把握,心想,毕竟还是孩子啊。

"一样。"

"小孩可不能撒谎哦。"小蔡突然蹲了下来,用手捏了捏葱花的脸蛋,没想到竟被葱花生气地推开了。

"别碰我!"男孩大声喊了一句。

"哦,好吧。"方磊白了小蔡一眼,然后和蔼地对葱花说,"谢谢你的配合。"

葱花气鼓鼓地被老师带走了。

"头儿,你真的相信这孩子的话?"小蔡问。

方磊并不答话,转过头来面对伍园长。

"你们这里应该有戴聪姑姑的电话吧?"

"有的。"伍园长打开电脑,搜索着通讯录,找到之后,小蔡凑上前去立马拿笔记下。

"谢谢园长,我们还有事就不打搅了。"

"需要我们配合尽管说。"

"感谢。哦,对了,如果戴聪的姑姑联系幼儿园,请立即通知我们。"

"一定!"

出了幼儿园,方磊对小蔡布置任务。

"苏琪的线我来跟,你帮我做三件事。"

"什么?"

"第一,找伙计随时盯着幼儿园,她应该还会出现;第二,彻查苏琪的身份和经历,找出她和简耀之间的关系。"

"嗯,第三件呢?"

"联系交通部门。我要知道戴国强发生车祸的全部经过。"

半小时后,当方磊还在观前街的"陆稿荐"排队买酱牛肉时,手机响了。是北京的号码。电话那头说已经查到了简京生的档案,其中有一条信息让他感觉价值连城。

"喂,你买不买啊?"

后面一个老头不耐烦地叫了起来。方磊抬头一看,才发现自己已经排到了窗口。

"切半斤酱牛肉。"

橱窗内的师傅刀法高超,找准位置一刀下去,再扔上电子秤,重量几乎不差,随后迅速片成薄片,用刀身一铲,盛进透明的塑料包装盒内,皮筋扎好,递了出来。"陆稿荐"是苏州百年老字号,专卖卤菜酱菜。隔一两天来这儿买点新鲜卤菜几乎是苏州老城区百姓的生活习惯之一。他最喜欢的吃法是酱牛肉配碧螺春,一咸一淡,正好冲抵,也能解决一顿午饭。

现在,他坐在公安局的审讯室里,将一盒香气四溢的酱牛肉摆在简京生面前。虽然后者依然是那副失魂落魄的嘴脸,但方磊坚信,自己已经找到了打开他嘴巴的钥匙。

"来点儿?你已经一天一夜没吃东西了。"

见简京生没有任何反应,方磊只好自己用手指捏起一片牛肉,塞进嘴里,卖力咀嚼起来。嗯,今天的牛肉软硬适中,味道正好。

"其实你甭在这儿演戏了。我知道你是谁,简京生,对吗?"

不知道是错觉还是真的,方磊感觉简京生的肩膀微微动了一下。以为自己的话起作用了,方磊不免有些得意,继续说了下去。

"二十年前,你在苏州上大学,念的是土木工程系,本科毕业后又考上了本校的研究生,园林专业,可以说,你其实是中国古典园林方面的专家。"

因为嘴巴里嚼着牛肉,口齿难免有些含糊,方磊干脆把肉咽了下去,紧接着喝了一口茶水。

"可资料显示,你研究生只读了半年就辍学了,具体原因不得而知,你愿意告诉我吗?不想说也没关系。嗯,我只知道你辍学后,离开苏州去了北京,哦,不,应该是回到北京,你本身就是北京人嘛。这段不会错吧?

"让我搞不明白的是,你回到北京后,既没有从事与园林有关的工作,也没有进任何单位,而是继承了你爸的古玩店,一开就是二十年。其间经历了结婚、生子,对,就那个在逃的高中生简耀,我迟早会抓到他……再然后就是离婚,前妻去了美国……"

方磊决定暂停一下。一方面这是他的审人策略,时紧时松,打乱被审者的心理节奏;另一方面是他太饿了。他干脆把资料本扔在一旁,将牛肉搬到自己面前,一口一片大吃起来。在这个过程中,他暗暗提醒自己尽量不去看简京生。

吃完牛肉,喝了口茶,他装模作样地打了个饱嗝,然后伸了个懒腰,站起身,头也不回地走出了审讯室,并随手重重关上了门。他来到隔壁的监控室,示意同事将刚才那段录制的内容重放一遍。他坚信这个该死的嫌疑人已经露出了马脚。

意外的是,从他开始对简京生说的第一句话开始,后者的面部就没有产生过任何表情。那次轻微的抖肩动作应该是个误会——至少从视频上,看不出他有任何其他反应。

"这孙子,演技这么好怎么不代表中国去竞争奥斯卡影帝?"

负责视频监控的同事骂骂咧咧,方磊按住他的肩膀,示意对方消消气。他想,是时候使出撒手锏了。

审讯室的门再次被狠狠地推开了。一本杂志扔在了简京生面前。方磊俯下身，一手撑着桌面，一手指着封面上的人物，怒斥简京生：

"你认识这个人吗？你当然认识！他叫柳铭，是园林研究院的院长，二十年前，他是你的研究生导师。我猜测你们之间一定发生了什么，才会让你宁愿放弃研究生的学业也要离开他，离开苏州，二十年再也没有回来过。这次，你突然出现在苏州，与柳铭见面，也许还是因为那件事，它重新点燃了你心里的怒火，于是你找了个机会，随手操起几案上的太湖石，照准死者的后脑勺用力敲了下去……"

方磊感觉自己有点说不下去了，因为简京生自始至终都没有看他一眼。他真的愤怒了。从来没有一个嫌疑人敢这么藐视他以及他所代表的警方。他绕过桌子，走到简京生身旁，找准他的后脑勺，抬手就是一巴掌。

啪！

简京生只是低了一下头，甚至连哼都没哼一声。方磊瞬间失控了。他一把抓起简京生的衣领，用力将他提了起来，重重压到了墙面上。他握紧拳头，大叫一声，将这两天遭受的委屈、愤怒、痛苦通通捶在了简京生的肚子上。一拳，两拳，三拳……奇怪的是，方磊感觉自己的拳头就像打在一团软塌塌的棉花上，毫无弹力。接着，他听到身后的大门被撞开了，整个身体被人朝后拽去。

"头儿，别冲动……"

方磊被压制在座位上，内心痛苦不堪。他承认自己几乎失败了，那是一种无能为力的失败，这种失败几乎让他失去了理智，让他自我笃定眼前的这个人就是真正的杀人凶手。一个可怕得深不见底的凶手。

所以，他还打算做最后一搏。

他叫上几个伙计，带上这个"该死的凶手"，去犯罪现场走一遭。他学过犯罪心理学，心理素质再强大的杀人凶手在重回犯罪现场时，都会或多或少露出马脚。

唯一的麻烦是，现在正值游览高峰期，带着一名犯罪嫌疑人走进园林实在不是一个好主意。虽然简京生现在看上去像个没有任何危险的躯壳，但谁也不敢保证他不是装的。方磊将简京生的双手反剪在背后，用手铐锁死，然后给他套上一件长款的黑色雨衣，戴上雨帽和口罩，以掩饰身份。为了防止意外，他和小蔡分别死死夹住简京生的左右胳膊。在他们周围还跟着三五个穿便服的警察。

他们先去了第一凶案现场，园林研究院。然而简京生并无任何反应。接着，跟随人流，他们来到发现尸体的那汪水池边。方磊死死地盯着简京生的眼睛，试图捕捉后者最细微的眼神变化。很可惜，那里始终死水一潭。

周围的环境突然嘈杂起来。有两支旅游团闯进了小院，为首的导游声情并茂，游客们嘻嘻哈哈，将四周的声音逐步推高。

雨。该死的雨水再次倾盆而下。

哗啦啦，哗啦啦。

在这能把人逼疯的噪声当中，方磊感觉压抑极了。这压抑令他心慌、气短、呼吸困难。他强忍住自己想要叫喊的冲动，手上的力量也越来越重，额头上的汗混合着雨水沿着脸颊急速滑下。突然，一个画面浮现在眼前：门房刘老头吊在屋子中央，双目圆睁，死相凄惨。

他再也无法控制住自己，一只手伸到了简京生的背后，用力推了出去。

扑通!

在所有人一脸惊恐的表情中,简京生直挺挺地落入了水中。

"有人落水啦!"

岸上的人慌作一团,叫的叫,喊的喊,逃的逃,跑的跑,仿佛落水的不是人,而是一颗威力巨大的炸弹。小蔡已经脱下外套和鞋子,准备跳水救人。他不断懊悔自己才走神那么几秒钟,就发生了这种事情。

方磊拦住他。小蔡狐疑地看着这个以冷静著称的头儿,不知道他葫芦里卖的什么药。

"谁也不要救!"

方磊命令他的下属,眼睛始终没有离开水面——自从简京生落水过去的十多秒内,那里没有发生任何扑腾的自救动作。他不相信一个人为了装死连命都不要了。他在等待。

时间一秒一秒地过去了。

也许是刚才方磊那声"不要救"起了作用,岸上所有人都不敢动了。他们和方磊一样,张大眼睛望着水面,就像等待一场大戏的帷幕拉开。

又过了大约半分钟。

空气凝滞得让所有人感到绝望。多数人确认,那个落水者已经淹死了。有的心理素质差的游客几乎哭出声来。

就在某个令人崩溃的临界点,事情迎来了转机。

方磊的脸上露出了得意与恐惧交融的怪异笑容。

他终于赢了。

水里的人扑腾起来了。

第十八章　沧浪亭

沧浪亭始建于宋代，是著名文人苏舜钦的园子，也是苏州现存历史最古老的园林。沧浪，指的是古代的一条河流。春秋战国时代的汉水以北曾流传一首叫《孺子歌》的民歌，里面有这么一句："沧浪之水清兮，可以濯我缨；沧浪之水浊兮，可以濯我足。"翻译过来就是，沧浪的水很清澈哟，可以洗我的帽子；沧浪的水很浑浊哟，可以洗我的脚。古代文人则以此借喻，如果现在政治清明，那我就出来当官（在古代，男人帽子是地位的象征）；如果现在时局混乱，那我就管好自己，一身清白度余生。因此，沧浪通常有豁达、归隐、随遇而安的含义。

"总是被抢头条的汪峰还写过一首《沧浪之歌》呢。"苏琪说着，竟自顾自地唱了起来，"如果有一天，我老无所依……"

"这首叫《沧浪之歌》？"荸荠弟弟狐疑地问道。

"不是，这首叫《存在》。"苏琪继续大声唱着，朝前走去，"我要飞得更高，飞得更高……"

三位男士面面相觑，一脸尴尬。

在苏琪的带领下，四人沿着临水的一条长廊前行。

既然与水有关，沧浪亭自然离不开水。此园林三面环水，如同建在一座半岛之上。走着走着，荸荠哥哥终于忍不住了。

"到底要走多久？赶紧把我要的东西拿出来！"

"别急。"简耀手一抬，然后开始自言自语，"沈三白……浮生六记……沧浪亭……线索到底在哪儿呢？"

"你看过《浮生六记》吗？"苏琪问道。

简耀摇摇头。

"那你们呢？"

两个荸荠杀手也同时呆呆地摇摇头。

"我靠，都没看过，你们找个鸡毛啊？来来，我给你们讲两个沈三白与他妻子芸娘的爱情故事。"

苏琪一招手，那三个男人便围了上来，蹲在她面前，一脸期待地摆出了听故事的架势。荸荠弟弟甚至用手托起了他那肥嘟嘟的下巴。

"这《浮生六记》啊听名字就知道，一共分为六卷，其中第一卷叫《闺房记乐》，第二卷叫……"

"等会儿！"荸荠弟弟喊了起来，"后来不用说了，就说这一卷，听听看这两夫妻在闺房里是怎么行乐的……"

"低俗！下流！"荸荠哥哥怒斥道，"我平时怎么教你的？要做一个品格高尚的、脱离低级趣味的人，无论如何，都要有礼貌，知道吗？谁让你打断人说话的？没出息！"说着，他逐渐收起了板着的面孔，朝苏琪露出了讨好的笑，"那个，我弟弟不懂事，你别介意，既然大家都想听第一卷，那我们就从第一卷讲起吧，这是群众的呼声。对吧？"

"我不想听第一卷。"简耀说道。

"你说什么？再说一遍？"荸荠哥哥双目一瞪，简耀立刻不说话了。

"那我就讲第一卷吧。"

半小时后。

"这就完了?"

"完了吧。怎么样?才子配佳人,是不是挺浪漫的?"苏琪说。

"床戏呢?"荸荠弟弟问道。

"低俗,下流,低级趣味……谁告诉你有床戏的?"

"不是叫闺房记乐吗?怎么会没有床戏呢?"

"你在康师傅红烧牛肉面里吃到过红烧牛肉吗?"

"我……"

"闭嘴!"

大家回过头来,看见荸荠哥哥一张愤怒的脸。

"我最后说一遍,现在就带我去找我要的东西,不然老子干掉你们,全部干掉!"

"哥……"

"再跟他们掺和,连你一起干掉!"荸荠哥哥狠狠地瞪了荸荠弟弟一眼,后者瞬间矮下去一截。

"走!"

上了一道小山坡,他们来到了立在高处的某座亭子。亭子的两侧印有一副对联,上句是"清风明月本无价",下句则是"近水远山皆有情"。简耀突然眼前一亮。

"这个应该就是沧浪亭了。"

简耀不由分说,壮胆挣脱身上的束缚,开始在亭子里找了起来。另外三人见状,也跟着寻找。但找了半天,除了找到一个吃剩的薯片塑料袋和一团不知道擦了什么的餐巾纸外,什么也没找到。荸荠哥哥停了下来,然后转身,突然一把掐住了简耀的脖子。

"我再问一遍,你在找什么?"

"线索,我在找线索……"

"不,你在找死。"

"没有,你误会了,我真的在找……啊!"

简耀的喉咙只发出了半秒钟的惨叫,就瞬间收住了。荸荠哥哥的大手就像一个消音器,卡住了简耀的声带。因为两人身高悬殊,简耀不得不像只鸭子一样,弯下腰,伸长脖子,撅起屁股,看起来非常痛苦且滑稽。他不断用自己的双手试图去拉开,但一点用也没有,于是高举双手表示求饶。但荸荠哥哥无动于衷。过了一会儿,眼看他开始翻白眼了,荸荠哥哥才松开手。刚松开,简耀便朝后退了几步,坐在了亭内的围椅上,捂着脖子大口咳嗽。

"我最后给你一次机会。"荸荠哥哥走到简耀身边,蹲下,"说,东西到底放哪儿了?"

简耀依然在咳个不停。等到他稍微缓和一点了。

"能不能……告诉我,咳咳,你们……到底……在找什么?"

荸荠兄弟面面相觑,然后痛苦地抓着头发,缓缓蹲了下去。他们的动作如此一致,就像被严格训练过一般。很快,他们同时站了起来,脸上带着极为凶残的表情。

"他在耍我们。"荸荠弟弟说道。

"你还敢耍我们。"荸荠哥哥咬牙切齿,"我快受不了了,让我现在就干掉他吧,钱咱不要了。"

"或者先干掉那女的……人呢?"

他们刚才光顾着抓头发,没发现女孩已经悄悄溜走了。两人的视线四处搜寻,最终在不远处的假山上看见了那女孩。只见她神秘地一笑,然后嘴巴张大,夸张地说了两个字——只有口型没有声音,接着跳下石头,消失在假山背面。荸荠弟弟正要去追,简耀突然说话了。

"差不多了。"

"什么差不多了?"荸荠兄弟莫名其妙地反问道。随后,他们马上意识到简耀在说什么了。亭子的东西两个方向均出现了手持武器的警察。

"操你妈!"

荸荠哥哥再次掐住简耀的脖子,并躲在他的身后,以他为挡箭牌,后退着试图逃离。荸荠弟弟突然显得有些犹豫。

"你在干吗!快撤啊。"

"哥,我有两个问题想问……"

"这个时候还问什么问题啊?还两个问题?脑子有毛病吧!"

"可我真的很想问。"

警察已经近在咫尺,再不撤退就完蛋了。

"快问啊!"荸荠哥哥吼道。

"第一个问题,我现在可以把枪拿出来了吗?"之前在网师园因为随意开枪,他遭到了哥哥的训斥,并发誓非到绝境尽量不把枪拿出来。

"废话!当然可以!"

"哦,好的。"

荸荠弟弟迅速掏出枪,朝两个警察上来的方向就射了两发子弹。

砰!砰!

警方先是一片慌乱,接着都缩在石头后面,停滞不前。

"快闪啊，老弟。"

的确，现在是逃跑的最好机会。但荠荠弟弟并没有挪脚。

"哥，把他给我。"

"你想干吗？"

"给我啊。"

荠荠哥哥不解地看着弟弟，将简耀推给了他。老实说，荠荠哥哥有点被震住了，长这么大，他从未见过这个跟自己一模一样的弟弟变成现在这副样子。荠荠弟弟拉过简耀，挡在身前，然后用枪指着简耀的头。

"你走吧。"

哥哥终于弄明白弟弟想干什么了。

"你疯啦？要走一起走！现在不是逞英雄的时候！"

"我……"

砰！

一声枪响阻止了他们的对话。荠荠哥哥赶紧闪到一根柱子后面。荠荠弟弟却毫无惧色，依然挟持着简耀。警察开始高度警戒起来。

"你们不要过来，否则我打死他！"荠荠弟弟大喊了一句，然后回头对哥哥说，"哥，你快走吧，不然来不及了。"

"我不走！哪有哥哥逃跑，弟弟殿后的……"

"哥，我还有一个问题。"

"别问了……"

"哥，我求你了。"

荠荠哥哥冷静下来，望着表情严峻的荠荠弟弟。时间在这一刻仿佛静止了。两兄弟感觉从未如此亲近过。

"松鼠鳜鱼到底是不是用松鼠肉做的？"

"啊?"荠荠哥哥完全没想到会是这样一个问题,就连被挟持着的简耀也目瞪口呆。

"是不是啊?"

"不知道。我们可以待会儿去吃……"

"你一定要去吃,然后告诉我答案。"

"什么意思?我们要一起!咱们不是说好了,要一边接活儿杀人,一边吃遍祖国的大江南北吗?"

"吃遍'舌尖上的中国'?"

"对,吃遍'舌尖上的中国'!"

"来不及了。"荠荠弟弟神情忧伤地舔了舔舌头,然后脸色一变,"快走!"

"弟弟……"

"走啊!"荠荠弟弟终于咆哮起来,眼眶里噙满了泪水。荠荠哥哥明白了弟弟的心意,握紧拳头。

"兄弟,保重!"

说完,荠荠哥哥转身朝身后的小路跑去。警察见状想追,荠荠弟弟抬手又是一枪。

"人质现在在我手上,你们冲我来!"

"哥们儿,我能说句话吗?"简耀无奈地对身后的荠荠弟弟说。

"什么?"

"你们俩兄弟实在是太作了。一起跑不就完了?玩什么警匪片的烂桥段啊!"

"少啰唆,你还是管好自己吧,"荠荠弟弟停顿了一下,"其实事情发展到现在,我们这次的任务基本上已经宣告失败了。完不成任务,甲方一定不会放过我们。你不知道,我们哥俩儿常年在外打拼，早就做好了置之死地而后生的准备，我们通常在接活儿的时候，都是以一个人的面目出现的，因为我们是双胞胎，长得一样，一旦出现问题，其中一个人要为另一个人做出牺牲，两个只能活一个，这样甲方知道'我'死了，就不会再追杀下去，而剩下的一人就能隐姓埋名，逃过一劫，为对方报仇雪恨。我相信哥哥也愿意做出同样的选择。这里面的逻辑比较复杂，跟你说了你也听不明白吧。"

"这有啥复杂的，不就舍己救人呗……等等，你的意思是，你准备……死？"

"没错，而且，我打算拉你做垫背的。"他举着枪，挟持着简耀，一步步往荸荠哥哥逃走的方向退去。

警察也在一步步悄悄靠近，双方就这样僵持着，谁也不肯让一步。

"哥们儿，我觉得你应该再好好考虑一下。这里不是金三角，也不是越南缅甸泰国的三不管地带，这里是中国苏州，咱们中国是法治国家，你可以选择让人民警察来保护你……"

"算了吧，杀手的世界你不会懂的。不过，看来这些警察并不把你这个人质当回事。"荸荠弟弟算了算时间，确信哥哥已经彻底安全了，这才放松了不少。

"你搞错了，"简耀说，"他们一直以为我们是一伙的。"

"什么？"

"别冲动，咱们一起举起手来，投降吧。"

"我不能投降。"

"为什么？"

"我过去杀了太多人，投降也是死刑。也不能被警察打死，那样我哥哥今后出去就没法混了。所以……"

"你想干什么?"

"哥,咱们来生还做兄弟。"孳荠弟弟回过头,对着哥哥逃走的方向喃喃自语。

"喂,等一下!"

简耀顿时发觉气氛有些异样,一种难以言喻的恐惧感袭上心头。紧接着,他的耳畔响起了一声剧烈的爆炸声响,瞬间脑子一片空白,什么也听不见了。他清晰地感到一颗燃烧的子弹头冲破太阳穴,进入自己的脑袋,在意识深处激烈绽放。鲜血像被踩碎的果酱四下喷溅。他脚下一软,瘫倒在地。

我死了。

简耀想着,什么也听不见。只看到一些警察的面孔出现在了眼前。有人摇晃着他的身体,拍打着他的脸庞。嗯?为什么会有痛感?我不是已经死了吗?

啊,我没死。这样一想,他猛然清醒过来了,但听力仍然不行。他被人拉起来,铐上了手铐,立在一旁。这时,他才看见地上躺着的人。那个长得像大孳荠的人仰面朝天,肉包似的头颅压在一片暗色的血液上,手指上无力地钩着一把枪。

他死了。自杀。子弹射穿了他的太阳穴。

简耀望着这一切,没有任何庆幸之感,只觉得恶心难受。他想蹲下来,好好呕吐一下,但身旁的警察死死夹住了他的胳膊,就像之前那两兄弟所做的一样,让他根本无法动弹。简耀将头别过一旁,大口吸气、呼气,逐渐感觉好了一点。

一个警察走过来对他说了句话,可惜他什么也听不见。接着,在两名警察的押解下,他被带离了现场。在飞驰的警车内,轰鸣的警报声一点一点地唤醒了他的听力,同时也调动起了他的情绪情感。此时此刻,一种活着的真实感令他突然后怕起来。

这两天下来，虽然目睹过尸体，见过魂魄上身之类的诡异事，但都没有刚才那一幕来得真切。那份与死神擦肩而过的心情令他浑身发抖。没错，所有都是真实存在的，不是游戏，更非梦境。他进而想到，自己不过刚满十八岁，还有大把的青春年华，为什么要冒着生命危险去拯救一个自己并不爱，甚至还很厌恶的所谓"父亲"呢？他决定了，待会儿到了警察局，他就把所有的事情都说出来。他退出了。Game over！一切就此打住吧！现在时间还早，也许还能赶上傍晚最后一班开往北京的高铁。两天之后，他将从首都机场坐上飞往美国洛杉矶的航班，开始新的人生。

这样想着，他心里顿时踏实了不少，于是闭上眼睛想休息一会儿。意外的是，没多久，他竟真的睡着了。

第十九章　合作

"喵呜。"

以上是简京生从水池里被捞上来，押回审讯室后，发出的唯一声音。起初，方磊以为自己听错了，又提高问话音量，直到简京生再次发出同样的猫叫时，他才意识到自己可能随时会疯掉。在他十几年的警察生涯中，遇到过很多狡猾无赖的犯罪嫌疑人，但从来没有一个人会像简京生这样，胆敢用如此这般近乎逗弄傻子的方式来应付审讯。这已经不单单是在侮辱自己了，而且是在侮辱整个司法体系，在恬不知耻地往庄重而威严的警徽上吐痰。方磊感觉自己的底线被突破了，身体里的血液不断往脑门上冲，拳头握得咔咔作响，他暗暗发誓，只要简京生再敢"喵呜"一声，一定把他揍得满地找牙。

一旁的小蔡早已看出端倪，适时地拉住了方磊。

"头儿，都看着呢。"

小蔡瞟了一眼审讯室上方的摄像头。自从上次方磊动手之后，局里已经派人全程监督这场审讯，而且用马局长的话说，这是方磊最后的机会。

"我有更重要的任务派给你。"开始审问之前，马局长特意把方磊叫到办公室。

"现在还有比抓住杀人凶手更重要的任务？"

"当然，你也知道，现在联合国教科文组织的人在苏州，他们这几天可能会经常外出，领导说需要给他们提供保护……"

"开什么玩笑？我一个刑警队队长放着杀人案不去查，去给人家当保安？"

"你先不要有情绪。现在苏州园林里发生了命案，那帮老外不知道从哪儿听说了这事儿，现在一个个焦虑得不行……你能力强，英语又好，所以我向领导推荐了你。"

"我不去。"

"你这人怎么这么死脑筋？这是政治任务，要是出了事不单是你我，就连市里的领导也负不起这个责任！"

"可是杀人案怎么办？就这样放着不管了？我好不容易有机会让嫌疑人开口说话。"

"你还好意思说？我问你，是谁把嫌疑人推进池塘的？"

"谁说的？"

"谁说的？方磊，你别以为整个刑警队都是你的人！我他妈还是局长呢！我还听说你差点跟嫌疑人动手呢！这要是捅出去，被媒体知道，咱们还能在这里说话？"

"我那也是逼不得已……"

"行了！我最后给你一次机会，要再审不出来，这个案子就交给别人做了。"

"可是还有苏博的失窃案呢？我觉得这两起案件……"

"最后一次机会！听见了吗？这是命令！"

这时，小蔡急匆匆跑了过来。

"头儿，抓到简耀了！"

隔着审讯室的透明玻璃,方磊仔细观察着简耀的脸——这显然还是一张稚气未脱的孩子脸:脸形略长,大眼,浓眉,皮肤细嫩白皙,整体看上去还有些女孩子的柔美和秀气,与他一米八几的高大身躯略微不符。当然,简耀最有特色的还是他那不由自主微微上扬的长下巴,像极了他的父亲简京生。

"你爸全招了。"

小蔡得意地对简耀说。这是方磊的策略,让小蔡先诈他一下,如果不行自己再出马。

"招什么了?"简耀冷静地问。

至少他没有装哑巴。这样一想,方磊开始有了一点信心。

"杀人啊。"

"不可能。"

"你是说他不可能招供,还是不可能杀人?"

方磊心里咯噔一下,知道小蔡要失败了。

"他不可能杀人。"

"可是我们在现场人赃并获,凶器上也有他的指纹,凭这些证据,就算他什么都不说,我们照样可以移交检察部门,以故意杀人罪起诉他。"

"那就是说他还没招吧?"简耀露出一丝不易察觉的笑意。

"当然招了!"小蔡有些着急了,"我现在是给你机会,你最好也主动交代,否则……"

"否则什么?"

"你别打岔!"小蔡完全乱了阵脚,看到窗户另一边的方磊直摇头,"说,你为什么跑?"

"我哪儿跑了?"

"你没跑吗?"

"没有。"

"那你这两天在干什么?"

"逛园林。"

"撒谎!"

小蔡再也忍不住了,一拍桌子,站了起来。审讯室的门开了,方磊进来。

"头儿,他……"

"我来吧。"

方磊反锁了门,然后拿钥匙把简耀手腕上的手铐打开,再在小蔡的旁边坐下。

"不好意思,要喝点什么吗?"

简耀摇摇头。

"这是我们第二次见面了。你叫简耀,对吗?"方磊说。

"不对。"简耀揉着自己的手腕,上面被手铐已经卡出了红色的印痕,"我是叫简耀。但这应该是我们第三次见面。"

"哦?"

"第一次是在拙政园后面的小路上。"

"噢,对对对,"方磊恍然大悟,"你记性真好。"

"其实刚才在来的路上我就想好了。"

"什么?"

"跟警方合作啊。"简耀见方磊一脸困惑,连忙解释道,"我只是不喜欢刚才这位警官的问话方式。他把我当罪犯了。"

小蔡刚想发作,但被方磊抬手制止了。

"你不是?"

"我当然不是。而且我也不喜欢被人使诈,"简耀停顿了一下,"我选择信任你们,你们也要信任我。你们现在的做法让我很失望。"

"所以呢?"

"我有权利不配合。我又没干违法的事,你们凭什么抓我?"

"那你跑什么?"

"没有哪条法律规定人不能跑吧?"

方磊深吸一口气。这样的对话继续下去不会有好结果,他打算换一种方式。

"现在你爸是杀人案的重大嫌疑人,就像你前面说的,如果你真认为他不可能杀人,最好是和我们合作,咱们一起抓住真正的凶手,不要在这里耍脾气,意气用事。"

"你们行吗?"简耀扬起下巴,挑衅地问。

这模样令方磊瞬间想起了简京生。说心里话,连续被这对父子羞辱,他恨不得现在就给这个毛头小子一个大嘴巴子,把之前在简京生身上受的气都撒在他儿子身上。但理智告诉他,那样会把事情弄得更糟。冷静,冷静,他在心里对自己说。

"那要怎么做才能让你重新信任我们?"

"第一,向我道歉。"

方磊一听,二话不说,站起来冲着简耀深深鞠了一躬,把坐在一旁的小蔡看傻了。

"我向你道歉。对不起。"

他现在算是明白了,这小子远不像他想象中那般稚嫩,再说了,使诈这事儿确实也是自己的主意。

"第二呢?"

"我要见我爸。"

"现在咱们能认真合作了吗?"

简耀突然严肃起来:"我爸现在怎么样了?"

简耀在拘留室里见到了父亲简京生。仅仅一天半时间不见，父亲完全像变了一个人似的，憔悴，苍老，诡异。他半蹲在角落，手脚都戴着手铐，浑身上下异常邋遢，下身因为大小便失禁，不断散发恶臭。与这些比起来，更让简耀难以理解的是，自己的父亲，这个五十几岁的老男人，居然双臂垂直撑在身前的地上，双目圆睁，像只巨大的猫。

"爸！"简耀想靠近，但被小蔡拉住了，"他怎么会弄成这样？"

"我还想问你呢。作为他儿子，你觉得他是装的吗？"

"装的？不可能！"

简耀突然想起了那个这两天一直在自己左右的女孩苏琪。父亲的灵魂附在了她的身上，那她的灵魂去哪儿了？看样子不像是附在父亲的身体上。那现在父亲体内的灵魂是……猫？天哪，这他妈都是些什么破事儿啊！

"看来得找医生来给他看看了。也许他真是被吓傻了。"方磊意味深长地看着简耀说。

简耀点点头。他没有把灵魂附体这事儿告诉方磊，一来是他不认为对方会相信这些鬼话，反而容易加深误会；二来，这对破案不会有什么帮助。除此之外，他把自己遇到的和知道的一切都说了。

先是在犯罪现场发现了父亲与死者的合照，其中有一条线索一直指引着他去找某样东西，他隐约觉得和证明父亲的清白有关。这条充满各种提示的线索带着他走访了好些苏州园林，一直到他刚才被抓住。至于那对双胞胎杀手兄弟，简耀明确表示不知道他们为什么会盯上自己，也不知道他们想从自己身上得到什么。

与此同时,方磊也告诉了简耀他父亲和死者柳铭的师生关系。这个信息令简耀十分震惊,但同时细细回想,又觉得很有可能。他只是不明白,父亲一直隐瞒自己是园林专家的身份到底是为了什么。

"那个女孩呢,苏琪,她是干什么的?"方磊最后问。

"她就是我请的导游,与此事无关。"

"你没有说实话。"

"真的,随便你信不信。"简耀有些心虚。

"她人呢?"

"不知道。对了,你们不是能面部识别追踪吗,查一下不就知道了。"

"你怎么知道的?"

"猜的。"简耀得意地说,"我当时想啊,既然你们之前能在网师园找到我们,也能在沧浪亭找到,对吧?"

方磊微微一笑,心想这小子真够可以的。他听同事说了,正是因为在沧浪亭门口的监控里匹配到了简耀的脸,才出动抓人的。

"我们之前都戴着口罩,结果被那两个笨蛋在车里给我们扯掉了。这么笨,活该被抓住。"

"可惜你也没逃掉。"

方磊终于找到机会怼一下这个自以为聪明的小孩儿了。

"因为我想明白了,凶手又不是我,为什么要逃?"

"为了救你父亲吧。"

"无论如何,今天晚上我要坐高铁回北京。"简耀并不回答他的问题。

"哦?为什么这么着急走?"

"后天我就要飞美国了,行程很早就定好的。"

"可是你爸还被关着。"

"那是他自己的事儿。"

"你走不了。这起案件你是重要证人,有责任和义务协助我们调查。"

"可是……"

"别可是了。说说看,根据你那些所谓的线索,下一站是哪里?"

"也许又是什么园吧。"

"什么园?"

"不知道。"

"沧浪亭没找到线索吗?"

"没有,我也觉得奇怪,既然线索把我引到那里,应该有线索的,可我却没找到。"

"是吗?"

"对。到了沧浪亭,我除了听了一些沈三白和他妻子芸娘的爱情故事,什么也没发现。"

"爱情故事?"方磊眯缝起眼睛,开始思考起来。

"是啊,之前的线索都是什么诗词啊,图画啊,这次却只有故事,而且还是爱情故事,你说,这爱情能说明什么问题呢?"

"也许还真能说明问题。"

"啊?"简耀看着方磊,一脸不解。

"在苏州,有一座园林,比沈复和芸娘的故事更能代表爱情。"

"是吗?哪里?"

"耦园。"

三公里外的某五星级酒店。黄大宝穿着睡衣，躺在床上看电视。电视里正在播放一部国产喜剧电影，黄大宝不时被逗得哈哈大笑。这时，门铃响了。他侧着身走到门口，眼睛还盯着电视。

"谁啊？"

"服务员，您点的餐送来了。"

黄大宝把门打开一条缝，便转身进去。

"端进来吧。"

突然，一把大手从背后绕过来，卡住了他的喉咙。他挣扎了几下试图逃脱，但一点用也没有，对方的力量实在是太大了。他想喊，却喊不出来，只是感觉喉咙越发收紧，十分难受，呼吸变得越来越困难。他看到电视里的喜剧演员那夸张的傻笑模样逐渐变得模糊起来，光滑的电视屏幕上映照出了身后人的样子——他终于知道是谁要干掉自己了。

也就是短短几秒钟的事，他清晰地看见自己脑袋一歪，眼球暴突，鲜血顺着嘴巴和鼻孔流了出来，然后像一头死猪般倒在了地上。

荸荠哥哥在屋子里站了差不多有半分钟，才逐渐平复自己心中的愤怒。都是因为脚下这个人，搞出来这么一单倒霉的活儿，结果连弟弟的命都搭上了。

下一个该死的就是简耀了。对，还有那女孩。

他发誓，要以最残忍的方式杀死他们，为弟弟报仇。

第二十章 耦园

沿东北街一直往东，走到底，会看见老的苏州动物园。动物园的前身是东园，已于二〇一六年搬迁至上方山，如今经过市政部门大力改造，它已变成一座环境优美、专供市民休闲健身的免费公园。再退回来五十米，右手边有一条小街，名"仓街"，走进去，穿过一片老旧低矮的典型苏式民居，会遇见一座小石桥。不过桥，左转，沿着河走，很快就会看见一座宅院的大门，这便是耦园了。

耦园三面环水，最外侧临苏州护城河，两边则是支流，使得这座园子像一座半弧形的孤岛。但它实际上一点也不"孤"。耦园的"耦"字在古代指的是两人耕种的意思，同时也通"偶"，寓夫妇偕隐双栖、啸吟终老之意。耦园之前的主人沈秉成和夫人严永华的确是一对有名的伉俪。两人均喜爱诗文昆曲，搬入此园后，终日赋词作画，恩爱情长，是当时苏州文人圈的佳话。

不仅如此，耦园整体格局和建筑命名也充满了对偶和爱情的元素。在已故著名建筑大师、园林专家童寯的论园著作里，曾详细阐述了中国园林与欧洲园林最大的不同点就在于不对称。欧洲园林一切都讲究对称，无论是建筑风格、花园还是室内陈设,都左右对称,看上去非常规整;而中国园林尤其是苏州园林整体布局则更加写意,就像山水画,看似随意、杂乱,却是文人精心布置而成。

但耦园却是对称的。耦园由一道三进的堂屋从中轴劈开,东西各一个园子,有点像我们戴的眼镜,形成对偶。而内部一些题名也刻意往同一个概念上凑,如"双照楼""枕波双隐",各种示爱撒狗粮的,如"吾爱亭",东西对望的两条"夫廊"与"妻廊"(筠廊与樨廊)。总而言之,这是一座充满爱情主题的园林。

之前在沧浪亭,并没有什么具体的小线索,真正的线索其实就是沈三白和芸娘的爱情故事。沧浪亭最被世人传颂的,不是造园的苏舜钦,而是《浮生六记》,而《浮生六记》的主题便是爱情。这"爱情"二字便是下一条线索。

想到这里,刚满十八岁的简耀不禁一阵脸红。此时此刻,他的脑海被苏琪深深占据了。他发现自己注意力完全无法集中,思绪神游,而苏琪的声音和面孔,不时会在眼前晃来晃去。偶尔他也会跳出来想,哦,这段时间跟自己在一起的并不是苏琪,而是自己的父亲,但很快,父亲的形象在那女孩的身上消失了,而那种玩世不恭的性格竟与苏琪的身体合二为一,使他越发觉得,苏琪本人就是这样的。

我要成为她的男朋友!

这样的声音在简耀心里回荡,令他害羞不已,脸红得厉害。但同时,另一个声音又在警醒他,苏琪刚刚死了丈夫,还有一个五岁大的孩子,他这么想是不是有点太不合适了?他矛盾极了,思绪混乱不堪,什么都顾不上,忘记自己正身处杀局之中,而身边站着一群身穿制服的警察。

"你在想什么?"方磊发现了端倪,拍了拍简耀的肩膀。

"没什么。"简耀极力掩饰自己的情绪变化。

"这就是耦园了,说说看,你认为下一条线索会藏在什么地方?"

"我也不知道。"

"可别跟我玩花招。"

"真不知道。耦园还是你提示我的呢。"

"那以你的经验,大概觉得会在哪儿?"方磊耐着性子问。

"一般是从诗句的出现位置去找。"

"请讲解员过来一下,"方磊招呼一直在旁边跟随的讲解员到跟前,"耦园最出名的诗是什么?"

"应该是'耦园住佳耦,城曲筑诗城'。这副楹联以砖刻的形式被刻在园西的廊亭里。"

"走,去看看。"

一干人等来到廊亭。让他们惊讶的是,这次的线索就刻在廊亭里的金砖桌上。

"你确定这是线索?"

方磊狐疑地指着金砖上被人用金属钥匙划下的歪歪扭扭的两句话。

> 醉翁之意不在酒,在乎山水之间也。

"我非常确定!"简耀答道。

"理由是什么?"

"不需要理由,"简耀走上前,指着这两句诗顶上的位置"这不写着吗?"

方磊眯着眼一看，果然，简耀手指的地方写着两个字：线索。瞬间，在场的警察脸上都滑下了尴尬的冷汗。

"那这两句诗到底什么意思呢？"

"这我就真不知道了。"简耀双手一摊。

方磊正欲发作，旁边的讲解员说话了。

"会不会指的是'山水间'？"

"哦？什么是'山水间'？"

"'山水间'是一座凌水歇山的建筑，外墙塑有松鹤延年、柏鹿富贵的浮雕，内置有大型杞梓木'岁寒三友'落地罩，与醉翁之豪情、寄山水之逸趣融为一体，是耦园的镇园之宝。"

"这样啊，那去看看吧。带路！"

方磊说着，下意识地掏出手机，想看一下时间和信息，却发现是黑屏，这才想起之前刚把手机关机——他实在害怕接到马局长催他去开会、给那些老外做安保的电话。他把手机重新塞回了口袋。

"千年等一回，等一回啊啊……"

"头儿……"小蔡手机响了，一脸苦相，"局长打我这儿了，我是接还是不接啊？"

"接。就说我在办案，不方便接电话，等回头我再跟他解释。"

"好吧。喂，局长啊……"

小蔡去一旁接电话了。过了一会儿，小蔡愁眉苦脸地回来了，把手机递给方磊。

"头儿，还是你接吧……"

方磊狠狠瞪了小蔡一眼，接过手机。

"领导，啥事……"

方磊话还没说完，电话那头就传来一阵怒斥。他只好将手机放到旁边的一张石凳上，离得远远的。

"头儿……"

"嘘！"

过了几分钟，方磊估计对方骂够了，重新拿起手机。

"是，领导，我都听着呢……什么？！"

方磊脸色一变，似乎听到了什么惊人消息。

"好，我马上过去。"

挂了电话，方磊把手机还给小蔡，然后将他拉到一边。

"我有急事得离开一会儿。你跟这小子去'山水间'找线索，给我盯死喽，这小子鬼主意多。"

"明白。"

"简耀，"方磊转脸认真看着简耀的眼睛，"现在已经是下午一点多了，别忘了我们之前的协议，如果你想不出来，别说回家，哪儿也去不了。"

说完，方磊干脆利落地转身离开了。简耀还想说什么，却见身旁有两名警察围了上来，只好无可奈何地摆摆手。

很快，简耀跟着以小蔡为首的一群人来到"山水间"。小蔡一声令下，几名警察们鱼贯而入，进入"山水间"，开始搜索起来。而简耀则在门口找了块大石头，坐了下来。小蔡在旁边看着他。过了几分钟，简耀开始跟一脸愁云惨雾的小蔡套近乎。

"警察叔叔，你看起来不太开心？"

"还不都怪你！"小蔡抱怨道，"这下什么都泡汤了！"

"什么事？"

"少打听！等找到了线索，我呢就可以早点下班，你也可以回你的北京。"

沉默了一会儿。

"是不是你女儿今天生日？"简耀突然说。

"啊？"小蔡吃惊不已，"你怎么知道？"

"看来我猜对了。"简耀得意地说，"其实也没什么难的，从进园子到现在，你已经看过十几次手机了。瞧，又看了一次。"

"看手机怎么了？我是看时间。"

"也许吧。不过看时间通常只是匆匆一瞥，你的视线却每次都要在手机屏幕上停留三秒钟以上，所以我怀疑你是在看屏保。刚才我瞄了一眼，上面那个小女孩就是你女儿吧。"

"那也不能说明我女儿今天生日啊。"

简耀微微一笑。

"刚才在车上，你接了个电话。我听见你说'订生日蛋糕'。"

"你小子不当警察可惜了。"小蔡感叹道。

"可惜的是你，不能参加女儿的生日会了。"简耀说道。

"那也没办法。工作第一。"

接下来又是一阵沉默。雨又淅淅沥沥地下了起来。警察还在"山水间"里搜索着，没有结果。简耀叹了口气，找了个回廊避雨，小蔡紧跟着他。一个戴口罩的大婶在不远处扫地，扬起一些纸屑。

"我想上厕所。"简耀突然说。

"又想玩这套？得了吧，我可不是那种没经验的保安队长。"

"真的，我快憋不住了。"

"那就尿身上。"

"你们不能这样对我，我又不是犯人，再说，就算是犯人也有人权啊。"

也许是"人权"这个词儿太大了，把小蔡弄得有些紧张。

"这样吧,我和你一起去,反正都是男的。再说我也有点想尿了。"

"那走吧。"简耀站起来,冲着那个清洁员喊道,"阿姨,卫生间在哪儿啊?"

清洁员用手指了指一个方向,继续扫地。

"谢谢。"简耀刚起步,低头一看,"呀,我鞋带松了,等一下。"

只见他半蹲下身,用身体挡住小蔡的视线,一边系鞋带,一边偷偷将地上的一张纸片捏在手上。

"好啦。走吧。"

走进卫生间,简耀直接走进了最里侧的隔间,然后伸手去关门。

"你干什么?"小蔡道。

"我拉屎啊。放心,你就站在这里,我总不能钻进茅坑里逃走吧。"

简耀说完,不等小蔡回应,就关上了门。接着,他迅速打开手中的纸团,瞄了一眼上面的内容,赶紧扔进了蹲坑的黑洞里。纸团刚掉进去,门就被推开了。

"不行。你还是把门开着吧。"

"那好吧。但,你能不能把脸转过去?"

"为什么?"

"因为我要脱裤子……"

"好吧。"

小蔡刚把身体转过去,就听见身后隔间的门发出"砰"的一声响,一个身影从自己的侧边蹿了出去。小蔡先是一愣,接着立即意识到自己被耍了,瞬间怒不可遏。

"站住！"

简耀不顾小蔡的喝令，拼了命地冲出了厕所。他现在脑子里只有一个念头——逃！

刚才那张纸条上，也只写了这么一个字：逃！

没有诗词，没有图画，没有线索，没有目的地，就只有一个字。

逃！

往哪逃？不知道。

怎么逃？更不知道。

但只能逃！不逃就没有希望。不逃，永远不能知道真相。

于是，他就逃。

用尽一切办法，逃！

东园的中央是一座假山，为造园名家张南阳所作，与之前见到的不同，这座假山用的不是太湖石，而是由黄石堆叠而成的。太湖石颜色灰白，以瘦漏皱透为美，而黄石则呈黄褐色，看上去坚固、古拙、朴实，有一种苍劲之美。

因为小蔡追得太紧，简耀迅速爬上了假山。有了之前在狮子林的那次经历，他开始对爬山不那么发怵了。上山的路也许只有一条，而下山的路却千千万。父亲曾煞有介事地拿这句话来比喻人生，教育自己，不知道被他在心里鄙视了多少回，没想到在这里又用上了。

果然，他趁着小蔡用对讲机呼叫同事包围自己的时候，发现了一条古道并钻了进去。这小路两侧是峭壁，被称为"邃谷"。过了邃谷，再往下走，竟然就到了山脚下。回首望山，这黄石山虽小，却壮丽沧桑，宛如一个石怪屹立在身前，令人惊叹。而石怪的肩膀上，小蔡还在拿着对讲机四处找寻简耀。

"在那儿呢!"

来不及多想,简耀拔腿就跑。他沿着长廊,穿过中部建筑,来到西花园。后面警察紧追不舍。他灵机一动,绕了一大圈,又跑回了东花园。

接着他发现,前方没有路了。

身后,警察的脚步声清晰起来。

无奈之下,他朝路的尽头跑去。无论如何,逃。

面前是一条河,河的对岸才是园林的外面,才是生机,但他过不去了。这是一条死路。难道又要像之前在网师园一样跳水吗?不,他一想到那窒息的差点淹死他的河水,无论如何再也提不起入水的勇气了。

警察就在身后了。

他完蛋了。白逃了。他又将被抓住,而且这次因为戏弄警方,将可能会面临被拘禁的惩罚。他赶不上晚上离开的高铁了。他去不了美国了。最重要的是,他救不了自己的父亲了。

"快上船!"

一个声音从河面上传来。紧接着,他看见一艘乌篷船从隐藏的角落里冒了出来。船头上站着刚才那个穿环卫工人衣服、戴帽子和口罩的女人。简耀犹豫了一下。

那女人顿时大喊起来:"跳啊!"

简耀心里一喜,终于听出了那个让自己魂萦梦绕的声音,朝后退了几步,冲刺,一个飞跃,帅气十足地跳上了乌篷船。

但因为发力过猛,他跳过了,直接落到了河里。在水里扑腾几下后,一根长长的撑杆伸了过来。简耀满心欢喜地抓住撑杆,就像抓住了爱情。他游到船边,抓住边缘,翻了上去。刚想开口,警察已经追到了。

"简耀,我命令你赶紧靠岸。"

"蔡叔叔,我的任务还没完成。麻烦你跟方队长说一声,只要完成,我一定会去警察局报到。"

"你给我回来!"小蔡转身对身边的工作人员说,"还有船吗?我要上去。怎么没看见船夫?"

"今天船夫都放假。"工作人员尴尬地说。

"蔡哥,生日快乐!"

简耀站在船头,得意地朝小蔡挥手。

"蔡,你今天生日?"旁边的一个同事纳闷地问。

"别听他胡说!"

小蔡恼怒地拿出手机开始拨打电话。

接完小蔡的电话,方磊望着地上黄大宝的尸体,心情跌落到了谷底。两天之内三个死者,这样的事情对于他而言,以前从未有过,以后也许都不会再发生。最糟糕的是,凶手现在仍逍遥法外,危险依然存在,而那个小屁孩儿简耀又逃走了。这案子到现在简直是一塌糊涂。

根据现场法医的说法,黄大宝的死法与柳铭不同,后者是被重物击打头部致死,而黄大宝则完完全全是被掐断了喉咙。拥有这么大手劲的人并不多见,更何况黄大宝本身人高马大,能这么杀人的,要么是受过专业训练的军人或运动员,要么就是天生神力的怪胎。他突然想到简耀提起的那两个双胞胎杀手,其中一个已经饮弹自尽了,他去看过尸体,虽然长得确实有些异类,但那么矮胖的身材能掐死黄大宝,实在让他难以相信。

就算真是他,方磊在心里假设,那么他杀死黄大宝的目的是什么?灭口,还是报仇,抑或是有利益关系?他和黄大宝有没有参与柳铭被杀的事情？他想从简耀那里得到的东西是什么呢？

"等一下。"方磊突然看见鉴证人员拿着一只塑料袋从旁边经过。

"哦，这是在死者枕头边发现的手机。"

"给我看看。"

方磊拿着被塑料袋包着的手机，按了按键。没电了。

"你们谁有手机充电器？"

很快，手机便被打开了。主屏幕上是一个丰满暴露的金发女郎，接着他逐一点开手机的短信和通话记录。

短信的往来很丰富，大多都是比较无聊的内容，但其中有个好友的名字引起了他的注意。这个人名字叫 C，头像是一只油光焕发的烤鸭。点开对话列表，却连一个字、一条语音通话都没有。看样子通话内容被删除了。而这位 C 的朋友圈倒是更新得比较频繁，大多是跟中国传统文化有关的内容——就在十几分钟前，他还转发了一篇有关儒学的文章。有意思的是，除了这一篇，几乎所有 C 发的朋友圈，黄大宝都点了赞。

"帮我联系一下信息后台部门，看看能不能调取他们被删除的通话内容。"

"是，头儿。"

"另外，准备车，我要去一个地方。"

"哪里？"

"蔡记烤鸭店。"

简耀和苏琪在护城河边上了岸，又换了一只中型游船，沿着护城河往西行去。已经是下午两点了。他有些焦急，不知道能不能赶上晚上的高铁。但同时,他又很开心,因为苏琪就站在自己的身边。

在马达声中,游船就这么优哉游哉地前行。在苏州,环护城河游船也是一项不错的旅游项目。如果是夜晚的话,在点缀彩灯的游船上吃着点心,欣赏苏州沿河夜景,感觉会很不错。

雨已经停了。

两人站在船边,倚着护栏,沐浴着河风,心有灵犀地一言不发,感觉很舒服。简耀真希望就这么一直下去,不去管杀人案,不去管杀手和警察,两个人心无杂念地就这么待着,让时间凝固,进入永恒。

这次的目的地是位于城西的留园。

其实简耀一早就知道,关于"山水间"那句诗词,不过是苏琪留下的一个障眼法,目的是引开警察罢了。真正的线索只有一个字:逃!

逃才有生机,逃才有可能。

一直逃到无路可逃,才能在险境中看到希望。

  山重水复疑无路,柳暗花明又一村。

这是"逃"的行为所带来的线索。诗词密码隐藏在看不见的行为背后,而"又一村",是城西留园中的一处景点。毫无疑问,面前这个女孩就是自己的父亲,他设计了这一系列的线索迷局,虽然他现在仍然什么也不愿透露。不说就不说吧,很多事情一旦说破,就失去了所有的意义。一旦说破,眼前的"苏琪"就不存在了,只剩下父亲。这是他不希望看到的事情。

现在还不是把一切坦白的时候。他想看看,真相到底会走向何方。

"想什么呢?"女孩突然开口说话了。

"哦,没什么。你之前去哪儿了?"

"从沧浪亭出来我就直接到了耦园。看来咱俩还挺有默契的。"

"你之前为什么用口型告诉我'耦园'?"

"你听我说,这两天跟你一路找下来,我算是总结出了一个心得。"

"哦?是什么?"

"所有的线索都在园林里。"

"嗯,是这样的。"其实简耀早想到了。

"所以啊,在沧浪亭时,我脑子里一下就涌现了《浮生六记》,以及沈三白与芸娘这对佳偶的故事,自然而然,我联想到了苏州另外一对人间伉俪,他们建立了苏州最具爱情意味的园林,耦园。"

"可是你当时只是对了口型,并没有发出声音。难道就不怕我看不明白?"

"不会的。你是我儿子,我对你有信心。"

"你是不是依然没想起自己为什么会来苏州?不知道自己为什么会去拙政园、遭遇谋杀案?不认识那个被人谋杀的柳铭是谁?不清楚这些所谓线索到底是不是你埋设的?"

"真不记得了。你要相信我,耀耀,事情发展到这一步,我比你还想知道真相是什么。"

简耀沉默了。他突然觉得"父亲"城府太深了,有点捉摸不透。但任何时候猜忌都解决不了问题,与其加深误会,不如赶紧先把任务完成。

"那身衣服也是借来的吧?"简耀指着被女孩脱下来放在一旁的环卫工人服装。

"既然校服能搞定,这当然也没问题。对了,我还想问你,你是怎么一下就认出来是我的?"

"有哪个环卫工人有你这么……"简耀用手朝自己的胸口比画了一下。随即,他暗暗吃惊,没想到自己竟敢开这种玩笑。

"哈哈,小子不错啊,有进步!"

两人傻笑了一会儿。

"你就不担心我死在那俩杀手手里?"

"不是警察都来了吗?"

"万一呢?"简耀回想起被挟持时枪口指着脑袋的感觉,依然不寒而栗。

"没有万一。还是那句话,我对你有信心。"

简耀望着女孩信誓旦旦的样子,不知道是该高兴还是难过。这时,有位老太太提着竹篮走了过来。

"白兰花,给女朋友买一串吧。"

"啊,不,她不是我女朋友。"简耀连忙摆手。

"不是女朋友也可以买啊,这花香得不得了。"

"可是……"

"给我一串吧。"女孩笑着,从花篮里挑出一小串白兰花——那是用细铁丝串成的手链,上面有大小十余朵白花。女孩把它戴在手上,把鼻子凑上去细细闻了闻。

"好香啊。"

"我就说香吧,"老太太得意地说,"到苏州来就要买点花戴着,尤其是女孩,戴点鲜花,香喷喷的,男孩看了都要神魂颠倒!"

说完，老太太看了简耀一眼，接过钱，笑嘻嘻地走开了。
"你说你一个大老爷们儿，戴什么花啊？"
简耀虽然嘴上这么说，心里还是挺高兴的。两人再次陷入了沉默。游船继续往西而去。没过多久，就听见船上有人喊道："快看，山塘街到了！"

第二十一章　留园

在去烤鸭店的路上，方磊的脑子一直在飞速运转。没错，刚才那个手机上的C，就是蔡记烤鸭店的老板蔡云。他之所以会第一时间认出他的身份，是因为马局长的朋友圈里也有他。马局曾把这个人的名片推送给了自己，说有空加一下，这人了不起，但方磊一直没加。他不知道自己作为刑警，加一个烤鸭店的老板意义何在，又有什么可聊的。

不过，说起蔡云这个名字，整个苏州可以说是无人不晓，不仅因为蔡记烤鸭出名，还因为他是本地著名的慈善家，而且是那种经常出现在电视和报端的慈善家。按理说去调查这样的人物，事先应该跟马局长打个招呼，但局长刚刚在电话里把他骂了个狗血淋头，还在气头上，所以只能先斩后奏了。

至于为什么要调查他？方磊有自己的想法。之前在那封揭发李元的匿名邮件中，蔡云这个名字就出现过，现在又莫名其妙与黄大宝产生了联系，以一个刑警的直觉来看，这绝不仅仅是巧合。他坚持认为，柳铭和黄大宝的遇害以及苏博被盗案之间，一定存在着某种千丝万缕的关联。因此，他想去会会这个神龙见首不见尾的人物，没准能找到突破口。

电话铃声猛然响起吓了他一跳，原来是小蔡打来的电话。

户籍资料证实了苏琪与戴国强的兄妹关系,苏随母姓,只不过暂时没查到她与简耀之间的关系——那他们为什么会在一起,逃避警方的追捕呢?

此外,有关戴国强的车祸调查报告已经出来了,结果让方磊大为不解:戴国强是被人驾车当街撞死的,事后监控拍到肇事车辆为一辆黑色奥迪A6,前后车牌都被"百年好合""永结同心"的红纸给贴住了,但即便如此,这也并不是一件多么难破的案子。只要查一下那天中午附近有哪家酒楼在办婚宴,嘉宾中有谁开奥迪A6,应该很快就能锁定肇事司机,可为什么一个多月过去了,至今也没破案?

方磊的脑海中突然产生了一个大胆的假设:苏琪在哥哥被撞死后就辞职了,而且一直以导游的身份在案发地周围转悠(包括拙政园在内),有没有可能是在寻找肇事车辆?既然交警这边一直没有突破,作为死者的妹妹,她想凭自己的力量去找出杀人凶手(肇事者),这个动机也是可以理解的。紧接着,他眼前一亮,眼前浮现出了一个人的名字。

"你去找一下负责这起案子的交警了解详细情况。完了立刻来一趟山塘街这块。"方磊嘱咐小蔡道。

蔡记烤鸭的总店设在山塘街中部,整个店铺上下两层,中式古典装修,招牌上的字用楷书写就,看上去像是一家百年老字号——实际上蔡云做烤鸭生意也不过十年时间。短短十年,蔡记烤鸭从一家普通的饭店,做成了全国拥有数十家连锁店的大型餐饮企业,光这一点就不得不说,蔡云是个非常成功的商人。

年逾半百的蔡云并不满足于仅仅做一名商人,从他近几年的各种事迹来看,企图戴上"有文化"的帽子是其最乐意干的事情。出书、办讲座、做慈善、搞书法大赛……每一件与蔡云相关的文化活动，基本上都跟儒学有关。有媒体管蔡云叫"烤鸭大王"，也有人称呼他为"美食家"，但他本人最喜欢的称呼却是"儒商"，这点从他接受电视台采访时以此自居就能看出。

即便如此，当蔡云身穿灰色长衫、头发梳得一丝不苟地坐在方磊面前，正儿八经地操弄茶几上的工夫茶具时，后者还是感觉太别扭了。来此之前，他特意通过关系找到了蔡云的私人电话，说明自己的身份后，借故说有事想见面找他帮忙，否则后者有一千种理由可以选择避而不见。

"我一直想请你吃饭，认识认识，但总找不到合适的时机。来，喝茶。"

说着，蔡云将一小杯冲泡好的普洱放在了方磊的面前。方磊没有动。

"公务在身，还请谅解。"

"公务？你刚才在电话里可不是这么说的。"

"就几个小问题，问完我就走。"

蔡云独自拿起茶杯一口饮尽，接着又给自己倒了一杯。

"这么说吧，配合警察办案是我蔡某人作为一名普通公民的义务和责任，但同时我也是合法纳税人，有自己的生意要照顾，平时也挺忙的。如果是公务，请您走正规程序，等我秘书安排好时间，咱们再坐下来聊。"

"既然您都愿意见我了，说明现在就有时间。"

"我刚想起来这会儿还有人等着我开会呢。"

方磊欠了欠身，坐直了身子。

"那您就当帮我个忙。"

"这就对了。"蔡云突然兴奋起来，将之前那杯摆在方磊面前的茶倒进茶盘，重新满上一杯，推给方磊，"方队长，来，喝茶。"

"谢谢。"

方磊把茶杯端到嘴边，吹了吹，然后抿了一口，放下。蔡云见状将长衫的下摆往后一撩，靠在了独属于自己的那张红木交椅上，双手做了一个抱拳的动作，露出一副高兴的表情。

"咱们就算是朋友了。方队长，以后还请多多关照。"

"哪里。既然这样，我也就不拐弯抹角了。您认识黄大宝这个人吗？"

"黄大宝……"蔡云煞有介事地半仰着头思考了一下，"不认识。"

"确定？再想想。"

"这个名字如此特别，如果有印象我一定记得，但是，真抱歉，我没听说过。为什么会问这个问题？"

"他刚被人谋杀了。"

蔡云倒吸一口气，把手上的茶杯放在茶几上。

"方队长，你不是开玩笑吧？"

"没有。"

"那你特意跑来问我，一定是有原因的。"

"在死者黄大宝的手机里，发现了您的信息在他的好友栏里，请问您是否能就此解释一下？"

"我不喜欢你提问的语气。解释什么？我每天在外面跑，认识那么多人，动不动就有人要给我发消息，现在微信好友栏上千人，难道每个人我都要认识吗？"

说着，蔡云按下安装在墙壁上的呼叫器按钮。

"孙秘书，你进来一下！"

很快,一个戴眼镜、西装革履的中年男人走了进来。

"送客!"

这时,蔡云的手机响了。方磊起身,斜眼瞟到了手机屏幕上的来电显示。

"那蔡先生,多有打扰,请多原谅。"

"哪里,方队长,我还有个会议,得休息一下,就不送了。下次来店里,我请你吃烤鸭——等你没公务在身的时候吧。"说完,蔡云微微一笑。

方磊微微一笑,点点头,转身走了出去。

山塘街上熙熙攘攘。

作为苏州古城区除观前街以外最著名的一条商业古街,山塘街早已名声在外。整条街因临山塘河而得名,唐朝的时候,诗人白居易任苏州刺史,为了疏浚城内水系,便挖了一条东起阊门、西至"吴中第一名胜"虎丘的河道,挖出来的淤泥在河道边堆了一条长堤,便是现在的山塘街了。因为这条堤坝全长七华里,因此也被称为"七里山塘"。

现在,方磊就站在山塘街中段的小河边,开始打电话。在他身后是一座古戏台,天气好的时候,这里偶尔会举办活动,演出老百姓喜闻乐见的苏州评弹。戏台正对的是一个游客码头,左手边则有一家旧书店,名为琴川书店。琴川,是常熟的别称。

"李主任,有个问题想请教一下,打算在园林里开饭店的,是不是就是蔡记烤鸭?"刚才蔡云手机的来电显示正是李元。其实之前的那封匿名信已经说得很清楚了,但现在等于坐实了。

"你是怎么知道的?"李元对此有些意外。

"我刚见过蔡云。"方磊耍了个心眼,让李云以为自己和蔡云对此问题已经交流过了。

李元沉默了一会儿。

"是的。不过这事儿最终没谈成。"

"是因为柳铭吧。"

"不是。"

突然,方磊的眼前闪过两个熟悉的身影。

"咱们能见一面吗?稍微晚一点,等我办完事,去管理处找你。"

"好,我等你。"

挂了电话,他立即在手机上调出了警队的电话号码,打算叫增援。一滴屋檐上的水珠滴在了手机屏幕上。他用衣袖抹掉了水珠。随即,他改变了主意,将手机锁屏,继而塞回了口袋。

方磊保持着大约五十米的距离跟在简耀和苏琪身后。他想弄清楚他们到底在找什么,而不暴露自己无疑是目前最好的办法。再说,以他的跟踪经验,那两个小孩不可能发现他。

他看见他们进了一家小店,没过五分钟,又出来了,只是面部多了口罩。接着,令他意外的事情发生了:苏琪竟然像情人一般挽着简耀的胳膊,甚至把头也甜蜜地靠了过去。简耀则看起来有些犹豫,但挣扎了两下也顺从了。

这是怎么回事儿?根据自己掌握的情况,简耀是前天才来到苏州的,他跟苏琪到底是什么关系,两天时间不到,就发展到如此亲密的程度了?更何况,简耀昨天才刚满十八岁,他的父亲还以嫌疑人的身份在拘留所里关着呢,谋杀案的调查还没结束,他们居然还有闲心在这里卿卿我我?正想着,目标已经上了桥,离开了山塘街。

方磊掏出手机。

"小蔡,你到了吗?"

从山塘街往南数十米,再往西,便进入了留园路。留园始建于明代,与拙政园、北京颐和园、承德避暑山庄并称"中国四大名园"。然而站在门口,简耀发现一个很特别的现象,就是如此大的一个园林,门却很小。

入口很小,进去后多少有些压抑和黑暗,然而再走一段,景色豁然开朗,仿佛来到另一个世界。这样的设计让简耀不禁想起了陶渊明的《桃花源记》,可见园子的主人恐怕也有归隐之意。

经过一番找寻,他们来到了一个圆形的拱门处,上面写的正是"又一村"。

"山重水复疑无路,柳暗花明又一村。"简耀念道。

"应该就是这里了吧。"

两人先后走了进去。走过此门,生机盎然的花圃和盆景园便呈现在眼前。园内种植了杏树、桃树等,碎石路上还搭建了紫藤架,一派自给自足的田园气息扑面而来。据说,以前"又一村"里有一畦菜园,还有茅屋,鸡、鸭、鹅、羊叫声不断,是园主人将此营造成一种"农家田园"的风光。

两人迅速走了一圈,发现南北花房都没有开门。

"这里花房都没开啊。"苏琪抱怨道。

简耀突然微微一笑。

"你笑什么?"

"还是那个意思,山重水复疑无路,我们以为没有路了,其实呢,柳暗花明又一村。"

"所以呢?"

"跟我来。"

简耀重新回到了南花房门口。

"有没有可以挖土的工具?"

"废话,当然没有。"

简耀不再说话,四处找寻,终于找了一根比较粗的树枝,开始在花房门口的土地上挖了起来。

"你快点,保安就要过来了。"苏琪紧张地四处查看。

简耀埋头猛挖,突然,像是挖到了什么东西,于是更加卖力起来。

"找到了。"

他从土里刨出一个小玻璃瓶,里面放着一张小型海报,拿出来,打开一看,上面是一个帅哥的艺术照片。

"这什么意思?这谁啊?"

"你问我,我问谁去?"

"不是你留的吗?"

"不是。"

"又想忽悠我是吧?不过有一点可以肯定,这不是你年轻时候的照片。"

"废话,我当年有这么帅,早当明星去了,你妈会舍得离开我?"

"真不是你留的?"

"不是。要不,你再找找?"

"我有办法。"

简耀抬起头,开始在视线范围内搜索起来。很快,他看到一群打扮得花枝招展的中年妇女,正热热闹闹地摆出各种造型拍照。他拿着那张海报,走了过来。

"阿姨们好。"简耀露出了灿烂的笑容,"能不能问你们一个问题?"

"可以啊,小帅哥。"

"你们知道这人是谁吗?"

简耀说着,在她们面前展开了那张海报。女人们凑上前一看,瞬间便爆发出开心的大笑来。

"怎么了?"简耀感到非常不解。

"这人啊,你们年轻人可能不认识了,但是在我们年轻时,他可是所有女孩的梦中情人哪。"

"他叫?"

"毛宁!"

"毛宁?"

"对,就是毛宁!"

话音刚落,其中一个穿着彩色披肩、盘着头、戴着蛤蟆墨镜的女人从人群中站了起来,造型一摆,开始唱了起来:

"带走一盏渔火,让它温暖我的双眼,留下一段真情,让它停泊在枫桥边……"

独唱很快演变成了大合唱,声浪越来越大。女人们边唱边跳,是如此投入和充满情感,仿佛回到了她们的青春年代,简耀感觉自己手臂上的鸡皮疙瘩都起来了。他朝后退了几步,默默回到了苏琪的身旁。

"怎么样?"

"还挺感动的。"

"不是问你这个,我是问线索怎么样?"

"这不明摆着吗?这首歌唱的是唐朝张继的《枫桥夜泊》,

线索肯定是在寒山寺了。你说你，干吗留这么一个线索，亏你想得出，明星海报，毛宁……"

"不是我留的。"

"你还想否认？"

"真不是我留的。"苏琪一脸哭笑不得，"下一站的确是寒山寺，可我明明埋的是'姑苏城外寒山寺，夜半钟声到客船'这两句诗，可能时间有点久了，找不到了。"

"那这毛宁的海报……"

"也许是当年哪个思春少女埋的吧。这毛宁当年的确是全民偶像。"

"居然这么巧。"简耀一脸汗颜，"不过，既然你已经承认了，那是时候说出真相了吧？你到底还想让我跑多久？爸爸？"

简耀盯着苏琪的脸，后者一怔，仿佛被什么事情所触动了。

"最后一站。"

"什么？什么最后一站？"

"寒山寺是最后一站了。"女孩惨淡一笑。

简耀把脸转向一旁，一言不发。他突然有一种非常失落的感受。是的，他早预料到"父亲"会有揭晓真相的那一刻，但当这一刻真的来临时，他却感觉不到任何满足和快乐。

"你是从什么时候恢复记忆的？"

"其实昨天晚上在苏琪家，你把西瓜打翻在地时，我就什么都想起来了。我想起了自己是谁，为什么会来苏州，柳铭和我什么关系，以及这一路的线索到底是为了什么。"

"你承认这些线索都是你埋的？"

"嗯。"

"柳铭是你曾经的老师？"

"你怎么知道?"

"警察告诉我的。"

"警察还告诉你什么了?"

"还告诉我,你不是一个没读过大学的北京胡同串子,恰恰相反,你曾经是一名园林专业的硕士研究生。"

"是啊,曾经的我是那么深爱园林……""父亲"抬起头扫视了一圈面前的园林风景,眼神中流露着哀伤。

"我能问一个问题吗?"简耀犹豫了一下,还是说了出来,"柳铭到底是不是你杀的?"

"不是。我昨天早上到拙政园的时候,他已经死了,我看见他被顶在水池中的金幢上,身下全是鲜血,我喊他的名字,然后跳下了水……""父亲"说着突然停住了。

"然后呢?"

"然后我就什么也想不起了。再次醒来,就看见了你。我也很想知道他到底发生了什么!"

简耀盯着女孩的眼睛看了好一会儿。

"好吧,我相信你的话。那么,这下你可以告诉我,你到底为什么要去见柳铭?"

"最后一站了,""父亲"答非所问,"我想,你还是把这趟旅程走完吧。答案就在寒山寺。"

在不远处,那群女人们依然陶醉在往昔的歌声中。

"月落乌啼总是千年的风霜,涛声依旧不见当初的夜晚……"

一辆崭新的红色国产品牌SUV停在了方磊的面前。小蔡从驾驶座车窗里探出头来。

"头儿!"

"哟，不错嘛，新买的？"

"今天刚提的车。上来吧。"

方磊拉开副驾驶车门上车。

"这座位上的膜还没拆掉呢。"

"是啊，我本来打算晚上早点回去陪女儿过生日……"

"放心，一会儿我就早点放你回去。对了，戴国强的案子调查得怎么样了？"

"我刚去了一趟交警队，负责这案子的交警刚好不在。我着急过来，就留下了电话，把咱们的诉求说了一下，让他一回来就联系我——"

话没说完，小蔡的电话就响了。刚"喂"了一声，小蔡就把电话递给了方磊。

"是交警队的老郭。"

小蔡一脸为难，方磊立即就反应过来了。这老郭是出了名的难对付，而且跟方磊交情一般。很快，电话那头一个沙哑、冷冰冰的声音传了过来。

"谁告诉你们我没调查过？我都查了！那天中午市区所有办婚宴的酒楼我们都去查了，所有的奥迪A6也都一一核实过，没有可疑对象。"

"老郭你先别急。车牌被红纸贴住，属于违规遮挡号牌，而且是在古城区，我猜测酒席应该就在肇事地点附近，有没有查过……"

"废话，这还用你教！"老郭极度不耐烦，"当时肇事地点附近，只有得月楼在办婚宴，我问主办方要了宾客名单，查出一共有十一个人开奥迪车，其中黑色奥迪A6五辆。每个车主我都去见了，每个人都有完美的不在场证明，所以就都排除了。"

"那能不能给我发一份那五个人的名单？"

"怎么？你这是在质疑我的能力吗？我告诉你，这是交通肇事，不是刑事案件，用不着你方磊来指导我工作……"

"老郭啊，我没那个意思。因为现在牵涉一桩谋杀案，事情很严重，所以有些线索一定要搞清楚。就当帮我个忙，好不？改天我请你吃饭。"

也许是对方从方磊的口吻里听到了微微的哀求以及一丝不容糊弄的庄重，电话那头的声音也变得柔和起来。

"行吧，不过我要告诉你，这些人我的的确确一个个核实过了……"

"知道，知道。拜托了！"

"我这就给你发过去。"

说完，老郭就挂了。方磊和小蔡面面相觑。小蔡刚想开口，方磊就抬手制止了他，然后指指前方。简耀和苏琪从留园里出来，随即上了一辆出租车。

"跟上。"

大概跟了五六分钟，一张拍摄的调查名单照片就发到了小蔡手机上。点开，放大，一个个查看……突然，他停住了，视线盯在其中一个人名上。果然，与他猜想的一样。他迅速回拨了老郭的电话。

"又怎么了？"老郭彻底失去了耐心。

"我看到名单上有柳铭的名字，这个人你查过吗？"

"我亲自去查的！案发时他早就回单位了，这点有人给他作证！"

"谁？谁做的证？"

"园林管理处的主任李元！"见方磊不说话了，老郭继续吼道,"没事了吧？没事下次过来请我喝酒道歉！挂了！"

一阵忙音中，方磊坐在副驾驶座上待了半晌，望着前面正在被跟踪的出租车，突然有了一个主意。他掏出手机，给简耀发了一条消息。

嘟嘟。

坐在后排的简耀悄悄掏出手机。

"我是方磊。现在就在你后面的车上。"

简耀看坐在身旁的苏琪正在闭目养神，于是轻轻半转身，透过后车窗望去，视线瞬间与后车前排方磊对上了。他赶忙把手机调成了震动，开始编写短信。

"我现在有事，等办完了，我会跟你回警局的。"

很快，短信又来了。屏幕上出现的信息解释了他一直以来的疑惑。

"苏琪的哥哥戴国强是被柳铭的车撞死的。"

苏琪的哥哥？她不是葱花的妈妈吗？他把自己的疑问发了过去。

"你居然不知道？葱花妈妈因病早逝，他爸爸死后，一直是他姑姑也就是苏琪照顾他。为了避嫌，所以在外面都叫妈妈。"

简耀脑海中浮现出了一个画面：苏琪蹲在葱花面前，双目含泪地说，葱花，以后我就是你的妈妈了。

他内心顿时万分感动，同时又觉得那块一直堵在自己胸口的石头终于落下来了——以前是刚死了丈夫的单亲妈妈，他对自己的单向爱恋还有些迟疑，现在变成坚强、独立、有爱的单身姑姑就完全不一样了。简耀一阵兴奋，虽然他知道这时候想这些的确不太合适。

接下来，方磊的短信又给他泼了盆冷水。

"苏琪可能是杀人凶手。她动机充分,而且曾出现在凶案现场附近。"方磊的信息又来了。

"你想怎样?"简耀回复。

"你配合,我要把她带回去审讯。"

简耀茫然了。从情感上讲,他实在不愿意相信这两天陪在自己身边的女孩与这起案子有什么关系,但又不得不承认方磊说得有道理——她有动机!

有没有这样一种可能,苏琪为了给哥哥报仇,杀死了柳铭,却被父亲附身了,她无法逃离,只能被动地被卷回凶杀案中。可是,她被父亲灵魂附体这件事儿,是真的吗?如果,只是如果,这两天她的一切表现都是伪装的……

他又看了一眼苏琪的侧脸。

不,绝不可能。毫无疑问,她就是父亲。如果不是,那太多事情根本无法解释。

简耀想起昨天早上第一次看见苏琪时的样子。那时的她就站在全家便利店落地玻璃外的围墙下,一副被什么事情困扰的神情,怎么看也不像是一个刚杀了人企图要逃离的凶手啊。而且,一个下午三点半还要去幼儿园接孩子的母亲——不,姑姑,是不太可能会去杀人的。

唉,真是一团乱麻。

"你要我怎么配合?"

"把你接下来要去的地方告诉我。"

"然后呢?"

"我提前派人埋伏,抓到她后,我自然有办法让她说出实话。"

简耀在对话框里打了个"好"字,又犹豫起来,按下了删除键。

"你在干吗呢!"

身旁女孩突然的问话把简耀吓了一跳。他假装随意地把手机塞回了口袋。

"没干吗,看看时间。"

"哦。"女孩把脸转过去,打算接着休息一会儿。

"戴国强!"

简耀突然喊了一句。女孩瞬间睁大了眼睛。

"谁?"

"没什么。"

"不对,你刚才喊了一个人的名字,是戴国强吗?"

"你听错了。"

"戴国强……姓戴,是不是'她'丈夫的名字?"女孩指了指自己。

"我都说了,你听错了。"

女孩顿时沉默了。

窗外的风景不断后移。雨水淅淅沥沥地落在了车窗上,模糊了窗外的景色。车厢内非常安静,仿佛进入了真空状态。雨怎么就下个没完呢,简耀感觉与世隔绝了。

"你在怀疑我。"

女孩轻轻说了一句,眼里的光便黯淡下去。

在一个路口,方磊的电话再次响了。他看了看,手机又快没电了,顿时莫名其妙地怀念起了曾经没有智能手机的生活。

"局长……"

"方磊,你是不是疯了?谁让你去找蔡云的?"

"怎么?不能去找吗?"方磊心里憋着一口气,心想这个蔡云也真是个"人物"啊,自己刚出门就打电话给马局长告状。

"你蠢啊。我问你啊,你为什么去找他?"

"我在黄大宝的手机上……"

"黄大宝是我的案子!苏州博物馆失窃案也是我的案子!你拙政园的案子破了吗?还有这闲工夫瞎掺和!"

"局长,你到底想说什么?"

"你就是太着急!"马局长在电话那头叹了口气,语气缓和下来了,"实话告诉你吧,蔡云这边我们其实一直在调查,我们查到,那个黄大宝根本就是个傀儡,是,他家祖上是有钱,父亲也确实给苏博捐献过文物,但到了他手上,财产早败光了,不可能手上有唐寅画作还捐献出来,恨不得拿去拍卖套现呢。"

"所以?"

"所以我们调查了那幅画的来历,既然是唐寅真作,这么大的宝贝不可能毫无来头。我们查到,几年前在欧洲某个地下拍卖会上,确实有一名来自中国的收藏家拍走了一幅唐寅遗作。不过,这个人肯定不是黄大宝。"

"蔡云?"

"依据目前掌握的证据,只能说可能性很大。我们这正在偷偷调查他呢,你倒好,跑去打草惊蛇,你说你蠢不蠢?"

"局长,这些信息你应该早告诉我啊。"

"我说了,这是我负责的案子,我哪知道你会没事跑到蔡云那儿去的?"

"那现在怎么办?"

"我们从昨天开始,监听了蔡云的手机。就在刚才,有一个人和蔡云通了电话,提到了一些有意思的内容。"

"哦?"

"那人对蔡云说了一句,画怎么处理。我猜,指的就是那幅唐寅遗作。"

"我明白了,偷画这事蔡云是幕后主使,他找了黄大宝这个与苏博有渊源的傀儡,假意展览捐献,实际上是为了骗取保险金。"

"很可能是这样。不过,我们没证据。"

"这录音不是证据吗?"

"不,我话还没说完。那人虽然对蔡云提到了画的事,但蔡云什么话也没说,直接挂断了电话。"

"这个老狐狸,肯定猜到他的电话被监听了。"

"还不是因为你打草惊蛇!"

"别再指责我了。当务之急是把那个打电话的人逮回来,也许一审,他就什么都招了。"

"我正有此意。这个任务就交给你了。有问题吗?"

"没问题。我马上就去。挂了。"

"哎哎,等一下,我还没说要去逮谁呢?"

"我知道。"方磊停顿了一下,"李元。"

挂了电话,方磊转脸对小蔡。

"掉头,去园林管理处。"

"那这两位怎么办?"

"他们跑不掉。"

小蔡的新款SUV在路中间直接来了个大转弯。就在这时,一辆黑色轿车擦身而过。突然,方磊看到了一个奇怪的身影。

"等一下!"

开车的人衣着很怪异,穿着黑色雨衣,戴着墨镜,胖胖的……像是简耀所说的荸荠杀手?

轿车很快就消失在了雨幕中。

"走吗?"小蔡问道。

方磊犹豫了一下,接着像是下了大决心地回答道:"走吧。"

第二十二章　寒山寺

寒山寺其实一开始并不叫寒山寺。它最早建于公元五〇二年，一百多年后的唐太宗时期，因为一位名为寒山的僧人在此居住过，故后世将之称为寒山寺。这位寒山大师非常了不起，他不仅是一位与李白、杜甫齐名的白话诗人，而且本身充满了神话色彩。

"你肯定听说过'和合二仙'吧，我们经常在吉祥画中看到，他们蓬头、笑面、赤脚，像两个孩子，一个手持盛开的荷花，一个手捧有盖的盒子——据说他们就是寒山、拾得两位高僧的菩萨化身，是掌管婚姻的喜神，有婚姻美满、家庭和合的美好寓意。"

因为之前的怀疑，女孩到了寒山寺后一直气鼓鼓地不说话。简耀不停解释也无济于事，最后又被逼着喊了几声"爸爸"，她才露出了笑容。

"你就这么喜欢我叫你爸啊？"

"废话，平时你叫得少，今后你去了美国，可能就更难听到了，所以趁机一次听个够。"

"那么，爸爸，你现在可以告诉我答案了吧？"

"还是得你自己找。"

"这寒山寺这么大，我去哪找啊！"

"那是你的事儿。我再给你说一个寒山的故事吧。你有没有听说过'寒山问拾得'？"

"没。"

"传说中，寒山和另一位大师拾得原是文殊菩萨和普贤菩萨，在凡间化作两位苦行僧。一日，寒山受人侮辱，气愤至极，便有了与拾得的一段经典对话。

"寒山问拾得曰：世间有人谤我、欺我、辱我、笑我、轻我、贱我、恶我、骗我，如何处治乎？

"拾得曰：只要忍他、让他、由他、避他、耐他、敬他、不要理他，再待几年你且看他。"

"这不是典型的阿Q精神吗？"

"你啊，还是太年轻，一看就知道没有慧根。"

"我又不当和尚，要什么慧根？关键是，你现在跟我说这些到底什么意思？"

"待会儿你就知道了。走吧。"

进了寺门，简耀这才发现，寒山寺虽然是古寺庙，但其实也是一座小型的古典园林。除了一进接一进的庙堂以及包括佛教寺庙里通常供奉的弥勒佛、观音、十八罗汉、释迦牟尼等佛像之外，还有一些古往今来的文人、名人留下的碑刻墨宝。当然，其中最著名的就是张继的《枫桥夜泊》了，几乎每一个名人来到这里，都要手写一份诗稿，然后碑刻保留，这让简耀觉得既沧桑又虚无——他们跑到这儿来，用不同的书法方式写同一首诗，然后离去，这一切的意义何在？

"你可能不知道，寒山寺不仅在中国，就连在日本也是家喻户晓。很多日本游客来到苏州，第一选择要看的，并不是拙政园等古典园林,而是寒山寺。"

"为什么?"

"记得我刚才说的寒山和拾得两位高僧吗?据说当时拾得离开苏州后,远渡东洋,在日本建立了拾得寺,与寒山寺隔海相望,并带去了佛法以及敲撞一百〇八下的规矩。"

"原来是这样……"简耀若有所思。

"另外,《枫桥夜泊》这首诗也是唯一入选日本小学教科书的唐诗。"

"等等,你刚才说什么一百〇八下?"

"哦,这里主要有两种含义:第一种含义是因为一年有十二个月二十四个节气七十二个候,把十二、二十四、七十二相加正好是一百〇八,即代表一年,表示回顾旧岁、迎接新春的意思;第二种含义是说一年中有一百〇八个烦恼,所以敲一百〇八下钟声,就可除尽所有烦恼。"

"不是问你这个,我是问敲什么一百〇八下?"

"你是真傻还是假傻?当然是钟啊。"

"我知道了!"简耀兴奋地喊道。

"知道什么?"

没有回答,简耀已经跑远了。

崭新的暗红色国产SUV停在路边,方磊和小蔡检查了一下随身携带的手铐和配枪,随后下了车。苏州古城区路窄人多,停车不太方便,他们在周围转悠了半天才找到这么一个空位。因为天气闷热,再加上又是新车,座位上的保护膜散发出一股令人窒息的味道。方磊犹豫了几次,最终还是忍住了撕掉它们的冲动。

十几分钟前,他们已经去过一趟园林管理处了。李元不在。办公室的人说他下午接了个电话之后就离开了。手机也关机了。一种不祥的预感油然而生,他们问清了李元的家庭住址,一脚油门就直接过来了。

李元的家完全出乎方磊的想象。按道理,堂堂园林管理处的主任,处级干部,不说条件多么好,至少也比一般老百姓强。可面前的这个楼如此破败、老旧,以至方磊怀疑它属于随时可能被拆除的危房。走进没有任何防盗措施的单元门,沿着又黑又脏、贴满小广告、堆满杂物的楼道向上爬行,终于到达了位于六楼的李元家门口。

同样没有防盗门,只有外层一扇蓝色的纱窗门以及里层黑红色的木门。方磊拉开没有锁的纱窗门。只见木门上贴着一个倒过来的福字,从新旧程度看,时间不长,应该是过年时的遗留物。门锁是那种旧式的弹子锁,插孔的部位有经常使用的痕迹。他侧耳听了听,屋内很安静。

笃笃笃。

没人回应。再敲,还是一样。小蔡手上稍微用力一推,门竟然开了。

"李主任?"

不祥之感急剧上升。方磊掏出手枪,侧身走了进去。

屋内一片混乱,显然刚被人翻箱倒柜搜过。客厅狭小,窗户朝东,屋内光线很暗。他们适应了一会儿,然后开始分头搜索。客厅没人。两间卧室没人。卫生间和厨房都没人。方磊悬着的一颗心放下了一半。至少没有再次碰到凶案现场。

到底是什么人、在李元家搜什么呢?

方磊在屋内来回踱步。不知道为什么,这个家里虽然混乱,他却总感觉好像少点什么。到底是什么呢？他的视线停留在墙上的一张全家福上。那是一张经过电脑软件处理过的所谓艺术照，身穿西服的李元站在左侧，一名女性站在右侧，在他们中间，站着一名十几岁的男孩。一家人幸福地微笑着，身后是PS上去的阳光沙滩背景。

照片上的李元显得太过年轻了，起码是五年前的样子……对了！方磊终于知道什么地方不对劲了。这个屋子里什么都不缺，就缺人气。他再次查看厨房和卫生间，证实了自己的判断：米缸里没有一粒米；橱柜里摆放着几个桶装方便面；冰箱里除了一些易拉罐装啤酒和饮料，什么也没有，甚至都没有通电；卫生间里连沐浴露和洗发水都找不到……一切都在说明，这个所谓的李元家，平时并没有人住。

既然如此，那他住在哪里？他的妻子和儿子又去哪儿了呢？刚才在李元办公室，方磊听见同事说"李主任是个顾家的好男人，平时基本不参加大家的业余活动，下班后就第一时间回家"。

"你们见过李主任的妻子吗？"方磊问。

"以前见过，但这几年很少看到了。听李主任说夫人身体不太好，平时不太方便见人。我们也提出过想来探望，但每次都被李主任找理由拒绝了。后来我们也不好再提了。"

方磊现在知道原因了，他们根本就不住这儿，同事只要一上门，谎言就会被拆穿。这么说来，门上的新年福字也是为了掩饰故意贴上去的。可门锁钥匙孔的程度又显示这里经常有人出没。一个伪造的家却经常有人来，而且不是为了居住，是为了什么呢？

方磊心中有了一个答案。他翻查床铺的下方、书柜的背面以及地板和墙壁的另一侧。

什么都没有。

难道自己的判断错了？

他再次看向那张全家福。照片中的李元似乎在嘲笑他的愚蠢。他搬过一张凳子，放在照片的下方，踩上去，取下了那张一米见宽的相框。

他猜对了。

那后面有一个暗格，里面是嵌入式保险箱。保险箱的门开着，里面的空间比想象的要大很多。很奇怪，里面的钱并没有被全部拿走，还零零散散留了几堆，全是面值百元的美钞，估算下来至少有好几万美金。

毫无疑问了，这个李元存在重大的经济问题。可究竟是什么让李元舍弃这么多钱，连门都来不及锁，就匆忙逃走了？

答案只有一个：比这些钱更有价值的东西。

他现在终于知道之前那些人在这屋里翻箱倒柜到底在找什么了。

"小蔡！"

"头儿？"

"抱歉，我答应放你回去陪孩子过生日的许诺可能要泡汤了。"

"没事，头儿，我只要跟女儿说爸爸去抓坏人了，她就会很高兴的。"

"嗯。立刻联系监控部门，天网搜查，无论如何帮我把李元找出来！"

"收到！那你呢？"

"把车钥匙给我。"

"啊？可是……为什么不用局里的车？"

"来不及了。对了,你车上能充电吧,我手机马上没电了。"

"头儿,我这车里面保护膜还没拆呢,要是被我媳妇知道了……"

"大家兄弟一场,一句话,给还是不给?"

"大家兄弟一场,别这样,好吗?"

望着方磊伸出的手掌,小蔡哭丧着脸哀求道。

钟楼位于藏经楼南侧,有一座六角形重檐亭阁。唐朝张继听过的那口古钟早已不在了,而明代嘉靖年间补铸的大钟也已不知下落。现在大家看到的是二〇〇八年苏州市政府斥资八千万打造的一口仿唐式的古铜钟,据说是目前世界上最大的佛钟。

简耀找了个机会,翻过栏杆,钻到了大钟的下面。没过多久,他又钻了出来,一脸懊丧。

"没有。"

"哈。"

"你笑什么?"

"我还以为你有多大本事呢,原来脑子也不好使。"

"怎么说?"

"这口钟是二〇〇八年才放在这里的,而且几乎每年都要使用,如果里面真藏了什么线索,怎么可能不被发现呢?"

"有道理。那你说在哪儿?"

"自己找。"

"喂!"

女孩双手一摊,表示帮不上忙。

"现在回想起来,每次都是你引导我去找线索的。在狮子林门口,你故意站在假山前,在网师园,你暗示我水道是连通的,我水性这么好,也是你教的,更别提你逼我记的那些诗词了,我这两天看过的这些线索诗词,里面很多都相当冷门,但很奇怪,我竟然全都知道,显然就是你之前故意让我背的。当然,这样的例子还有很多,比如那张写有诗句的锡纸,与你抽的香烟品牌一模一样……前天中午,我们刚到苏州,入住酒店,你就出去了,应该就是埋这些线索去了,我说得没错吧?你故意在引导我,一步一步走到这里。说吧,园林专家简京生先生,你葫芦里到底卖的什么药?"

"你只要找到答案,自然就知道了。"

"说话算话?"

"当然。"

"来吧。"

两人一路出了寒山寺,来到枫桥边。

"如果我没猜错的话,最终的线索就在桥下面。"

"哦?理由呢?"

"还是那两句诗:姑苏城外寒山寺,夜半钟声到客船。"

"难道不是在钟里吗?"

"当然不是。这首诗叫《枫桥夜泊》,说明什么?说明张继当时并不住在寒山寺里,而是在枫桥边的客船上。只有在这个地方,当钟声响起的时候,才会听到那种悠扬的孤寂感。"简耀停顿了一下,"你把秘密藏在这里,想必当时也是体会到了张继那种孤寂吧。"

女孩的眼神里突然悲伤泛滥。

"恰恰相反。应该说,是寒山寺的钟声拯救了我。"

她走到桥边,指了指桥下。简耀顺着她指的位置爬了下去,四处摸索,直到发现一块活动的砖块。取下砖头,他从里面掏出来一个用白布包好的东西。

"看完你就知道一切了。"

说完,女孩转身就走。

"你去哪儿?"

"我去寺里面待会儿。已经二十年没来了。"

面部识别系统如此强大,不到半小时,小蔡就锁定了李元的位置。此时此刻,李元正在距离苏州五十公里外的上海虹桥机场,等候安检,准备出境。接到电话后,机场安保已经找了个理由将其暂时控制住。随即,方磊驾车赶到。看到方磊的那一刻,几分钟前还暴躁不已的李元脚下一软,跌坐在地。在行李箱的夹层里,方磊找到了那幅被盗的唐伯虎遗作。

回苏州的路上,李元双手被铐在后排车门上方的固定把手上。只见他一脸颓丧,始终低着头,一句话也不说。

暗红色的SUV在高速上像射出的炮弹般飞速前行。

不知道为什么,方磊总感觉不踏实。他本想在车上审问李元,无奈后者并不配合,于是想想算了,决定先回到局里再说。一种迫不及待要知道真相的心情迫使他把小蔡的新车开得飞快。幸好这路途并不遥远,用不了一个小时,便能回到审讯室,让这个畏罪潜逃的人说出一切真相。

他在心里拟好了几个问题:

第一,为什么要逃跑?

第二,唐伯虎的画为什么会在他的箱子里?

第三,柳院长是不是他杀的?为什么?

第四,杀了柳院长之后,他是怎么制造不在场证明的?

方磊看了一下导航,还有半小时路程。他有些累了,自从案件发生以来,他就没好好睡过。但显而易见的是,此时此刻无论如何也要挺住。

他试着换一换脑子来分散注意力。他想到了执意要和自己离婚的晓楠,不由一阵心痛。他十分懊悔为什么没有试图挽留一下,而是任其恶性发展。不,他不能就此放弃,放弃晓楠和孩子,放弃经营了这么多年的婚姻。他确信自己和晓楠之间还是有感情的。他想好了,这个案子结束之后,不,等回到苏州,审完李元,他要去找晓楠。他希望对方再给自己最后一次机会。真的一次就够了。

他一手扶着方向盘,一手伸向手机。

他想先给妻子发一条短信,就三个字:我爱你。他这辈子只对晓楠说过两次,一次是确立关系时,一次是在婚礼上,每次都如催泪弹一般效果显著。他希望这次也不例外。

高速上的车不多。方磊的脚一直踩在油门上。他拼写完了那三个字,正准备点发送。

一个蓝色的路牌一闪而过,上面写着"吴淞江大桥"。

突然,后排传来剧烈的震动,方磊刚想回头看,已经来不及了。李元猛地抬起一只脚,朝方磊的脸踢了过来。因为太突然,方磊根本来不及反应,再加上车速太快,车头一偏,朝一旁的护栏猛烈撞去。

砰!

车头先是撞上了护栏,挡风玻璃瞬间震碎,白色的气囊猛地冲了出来,给了方磊猛烈一击。

紧接着,车身因为惯性掀了起来,然后像一个位于十米跳台上的跳水健将一般,在空中转体三百六十度后,倒栽向桥下的江面。

在入水的那一瞬间，方磊按下了短信发送键。

咚！

又是一声巨响。汽车干脆利落地钻入江中，溅起水花无数。要是上帝是个合格的跳水评委的话，这个入水动作没准会得个高分。

在水中，头昏脑涨的方磊忍着剧痛，奋力踹开了车门。出门前，他扫了一眼后排的李元，那倒霉的家伙双手被锁住，正在做死前无谓的挣扎。方磊试图去解救，却找不到手铐钥匙。他有些绝望，死死憋住气，转身向头顶上方游去。游了几米远，他突然想起一件相当重要的事情：他，方磊，根本就不会游泳。

这要命的念头一闪而过。

随即，他失去了知觉。

第二十三章　遗书

这是一封遗书。

经过几天的痛苦挣扎，我终于下了决心。去死。去结束自己的生命。去给自己二十四年的生命画上一个休止符。

我没有脸再活在这个世上了。

在这里，我要对养育过我的父母说一句，对不起，我辜负了你们的期望，如果有来世，我愿意重新投胎到你们家里，再做一次你们的孩子，弥补我这一世对你们带去的痛苦和伤害。

作为一个将死之人，我就没什么好顾忌的了。我将把我所遭遇的一切都写下来，把我赴死的真相告知天下，希望能对那个伤害过我的坏人有所惩戒，否则我就白死了。但基于他现在的地位，很可能我就会白死。

听天由命吧。

苏州，这个我曾经最爱的城市，如今却成了我的伤心地，在这里，我遭遇了人生中面临的一场最恐怖的梦魇。但即便如此，我还是热爱这座城市，热爱这座城市里每一座古典园林。这两天，我又把园林大致重新逛了一遍，那里的美景依然让我心醉不已。只不过一想到那个人，那次恶心的境遇，我就无法快乐起来。我知道这种感觉已经刺入了我的骨髓，将会伴随我终身，我只有一死了之，才能彻底摆脱它。

我已经被毁了。被自己敬爱的老师毁了。

那天接到老师的电话，要我立即去一趟他的宿舍。虽然已是晚上九点半了，但老师的话就像圣旨，不能违抗。

在路上，我始终有种不太好的预感。自从研二开始，老师对我的态度已大不如以前了。作为学校曾经的本科优等生，最初选研究生导师的时候，有好几个老师都希望我去他们那里。但我最后却选择了柳铭。理由很简单，他强大的专业能力和正派的为人吸引了我。据传闻，他是校内唯一不在乎职称评选的教授。

一开始，老师也确实如传闻的那样，既专业又和蔼，加上他风趣幽默的教学风格，我真觉得获益匪浅，庆幸自己跟对了导师，打心底尊重他、崇拜他，逢年过节，也会买些礼物去拜访，师生关系一直很融洽。

然而到了研二，事情逐渐起了变化。我们做的是有关园林研究方面的工作，所以经常会外出，到园林里去实地考察。如此一来，我和老师两人在一起的时间也越来越多。我有一辆自行车，而老师不会骑车，所以每次都要去接他。久而久之，做他的专职司机就成了理所当然的事情。有时候即便是私事，他也会让我载他。

老师妻子早逝，孩子都在国外，长期独自住在教工宿舍里，吃住都一个人。有一次，我带着饭菜去看望他，在宿舍吃过饭后，随手洗了碗。因为看见水桶里积压了好几天的衣物，觉得老师挺不容易的，便也顺便洗了。

自那以后，我就经常去帮老师干活。一开始，老师还跟我客气几句，到了后来也就什么都不说了，偶尔还会主动打电话来让我过去，帮他打饭洗碗洗衣打扫卫生。我觉得自己被当成了仆人。虽然有点不太舒服，但老师就是老师，一日为师，终身为父，忍一忍也就过去了。

真正让我觉得不爽的一次，是老师干涉了我的生活。记得有一天，在老师宿舍吃饭，过程中，老师突然问我，你觉得王颖怎么样？王颖是隔壁班的一个女孩。

我被问蒙了，说，什么怎么样？怎么突然说起她了？

老师说，你有没有觉得她对你有意思？

我直言，没有。

老师又问，那你喜欢她吗？

我表示目前还没什么想法。

我说的是实话，我和王颖交流过几次，感觉不是自己喜欢的类型。然而，接下来老师的一句话却令我很吃惊。

他说，你们不能在一起。

我不解地问，为什么啊？

他说，我觉得她不适合你。

我说，老师，这事儿您就别操心了。

老师突然把碗一放，非常严肃地看着我，说，京生，你听好了，你现在是我的学生，我就有责任和义务去教导你、指引你、保护你。我让你做什么，你就得做什么，我不许你做什么，你就不许做什么。听明白了吗？

我一时无言以对，只能呆呆地点点头。

老师接着说，你现在还小，不要被一些不必要的人和事所干扰。再说了，你的命运其实掌握在我手里，等你研究生读完，我会利用我的资源推荐你去美国读博，或者你愿意找份安定的工作，我也有办法帮助你，前提是你得听我的。

见我不说话，他又说，当然，如果你不愿意听我的，现在就可以走，不要我管也行，我还懒得管咧，到时候毕不了业是你自找的。

我说，老师，我不是这个意思。

他说不是就好。过了一会儿，他的态度缓和了一点，京生啊，我是真的把你当作我儿子看待，希望你好，有出息。

我说我知道。

他说，要不这样，择日不如撞日，从今天起，你就做我干儿子吧。说着从柜子里取出一瓶白酒，还说，这样对你只有好处没有坏处。

我还能说什么，只能同意。

他让我跪下，我就跪下，让我敬酒，我就敬酒，让我叫爸，我就叫爸。那一晚，我喝得大醉。

从那以后，我就真的成了老师的儿子。在外面我还是叫他老师，但私下里，我就叫他爸。他不仅操控着我的学业，还操控着我的生活。我简直成了他的奴隶，呼来喝去，说一不二。我真的很累，可一想到，也就一两年的时间，熬一熬也就过去了。当时我甚至还天真地以为他真的会推荐我去美国读博呢。

接着，就是那噩梦般时刻的到来。

记得那天晚上到达老师宿舍的时候，桌上已经摆好了酒和菜。他告诉我，我交给他的有关苏州园林的论文他已经看过了,觉得非常好,他递给了某国际刊物的编辑朋友,下期就发表。

当时我非常高兴,觉得自己的研究终于得到了认可,但同时也有隐隐的担忧,因为老师并没有提署名的问题。不管怎样,我还是陪老师喝了很多酒,当天晚上连宿舍都没回,直接在沙发上过了一夜。

然而一星期后,我的担忧变成了现实。我在同学那里看到了柳铭(从那以后,我就不想再叫他老师了)口中所说的新一期国际刊物,我的论文,我耗尽所有心血所撰写的园林专著发表了,署名却只有两个字:柳铭。

我一下子蒙了,过了很久才反应过来。我跑到柳铭宿舍,找到他,问为什么要这么做。他竟然无耻地对我说,我是他的学生,孩子,我的一切都是他给予的,他有权利处理有关我的任何东西,我没有资格去质问他。接着,他又说,这一切都是为了我好,不要成长得太快,他这么做完全是出于保护我,他甚至希望,我能一直留在他身边。

听到这,我终于明白了他的狡猾用心。是的,他把我当孩子,不是真的爱护我,而是企图控制我,让我永远为他服务,成为他的奴隶。这个人简直自私到了极点!我当场气得一句话也说不出来,扭头就跑了。

事情就是这样。我已经偷偷离开学校一星期了,跟所有人都断绝了联系。这段时间以来,我感觉特别压抑,什么后果都设想过了,还是无法面对。我就像一个经历过一场残酷战役的伤员,四肢残缺,脑袋空空,一无是处,形同废物,而造成这一切的原因是,我被自己最崇敬的人出卖了。

这个恶魔不仅玷污了我最深爱的园林，而且吞噬了我的灵魂！

我要杀了他！

杀了他！

杀了他！！！

然而，我再一次胆怯了。这一刻，我深刻认识到，懦弱是我与生俱来的本性，除了逃避，什么也做不了。

但真相总有被揭露的一天。

现在，我把这些肮脏的秘密写了下来，然后去死。也许我的死能撼动他的权威，能引起某些关注，去揭发他，打败他，既为自己的清白，也为让他不再伤害别人。我不知道这一切是否奏效，也许我太过天真了，但我实在想不出其他的办法。

但，死有那么容易吗？

我如果能克服对死的恐惧，为什么不能克服对他的懦弱？不知道，我真的不知道。我感觉脑子好乱，就这样吧。

为什么死的是我这样的人，而那些坏人却继续在人间逍遥？

为什么？

为什么……

简京生　绝笔

简耀读完信，感到既震惊又难过。之前，他得知那个在他眼里没出息、玩世不恭、吊儿郎当的父亲是个园林专家的时候，已经倍感震惊，没想到，父亲还遭遇过如此毁灭性的打击和伤害。与那份信件在一起的，还有一份论文手稿，上面详细记载了苏州古典园林的研究报告，奇妙的是，每一章节的园林以及主题，竟然都与这两天来简耀走过的园林顺序一模一样。

  第一章　拙政园的前世今生
  第二章　《园冶》：中国第一本园林艺术专著
  第三章　狮子林的假山叠石
  第四章　瑞云峰的传说
  第五章　网师园的水
  ……

  也就是说，这两天的园林探秘之旅，分明是按照父亲当年所写的苏州园林专著内容一步一个脚印地走了一遍！简耀这下终于明白父亲布下这些线索的良苦用心了——这是一条父亲专门为他设计的路线，这么多年，他逼自己学诗词，了解古文，只是为了这一天的到来！他忽然觉得，即便遭受了如此可怕的伤害，父亲在内心深处也没有彻底抛弃心爱的园林。他选择让自己的孩子重走他当年发现园林之美的足迹，以此完成自我救赎，完成某种特别的传承。

  顿时，一种强烈而真实的感动让简耀热泪盈眶。

  但很快，愤怒开始占据他的头脑。柳铭，那个恶魔般的伪君子真是死不足惜！他真希望自己就是那个杀人凶手，高高举起太湖石，照着柳铭那恶心的笑脸砸下去！

  不，不会的。

  冷静下来的简耀终于想到了一个可怕的真相：杀人凶手也许正是父亲！

  虽然在那份告白信中，他表示自己没有那个胆量，但二十年过去了,如果他依然没放下,难保不会做出过激的行为。也许,父亲这次来苏州就是为了解决旧恨的,毕竟他有充足的杀人动机啊!

等等……这既然是一封遗书,为什么当初父亲没死,而是活到了现在?也许,父亲在临死前又走了一遍心爱的园林,准备在最后一站——枫桥边投河自尽的。但这时,他听到了寒山寺的钟声。那悠扬而笃定的钟声仿佛具有魔力一般,瞬间敲散了他的烦恼,荡涤了他苦恼的心灵。他突然醒悟了,死的应该是那个伤害自己的人,而不是自己。他再次把视线集中在那封信的最后几句话。

……为什么死的是我这样的人,而那些坏人却继续在人间逍遥?

父亲不再寻死,而是选择了逃避。他离开了苏州,逃回了北京,继承家业,成了一个窝囊的古玩店主。他隐藏了自己所学,隐藏了对园林的热爱,心甘情愿当一个懦夫,哪怕妻子离开他也无动于衷。但他依然悄悄在儿子身上埋下了种子,教他古诗词、园林知识,既是一种寄托,也是一种隐秘的传承。他原本以为这辈子就这样过去了,没想到,他接到了老师的道歉邀请。他意识到有些东西是需要放下了,只要对方的道歉是真诚的。他带着孩子来到苏州,本想在见过老师之后,跟儿子玩一个游戏,故意在前一天埋下线索,让儿子在游戏中感受园林之美,然后告诉儿子真相,没想到的是,昨天早上,他刚见到柳铭,后者就被人杀死了,而自己的灵魂也附在了女孩身上,他也跟着失忆了。一直走到现在,可以说是一场阴差阳错的冒险。

不过，既然父亲并没有得到老师的道歉，他的心结依然没有解开。他会不会被激发痛苦记忆之后，依然要寻死？一些画面毫无征兆地闯进了简耀的脑海中：在狮子林的商店门口，"父亲"看到镜子中的自己时露出的恐惧表情；在紫藤架下，"他"那苍老而充满死亡气息的背影；在苏琪家的露台上，在留园，以及刚才在枫桥边，那一闪而过的悲伤神情，这分明是……

简耀突然间明白了，这趟园林之旅对于他而言是为了寻找真相，但对于父亲来说则是通往死亡之路——越接近真相，父亲就离自己曾经不愿面对的过往越近，换句话说，也就是离他战胜懦弱、用死亡了结一切的决心越近。

这时，远处突然传来一声喊叫。简耀猛地抬头，发现那女孩竟站在了塔上阁楼的护栏边，摇摇晃晃，一副要往下跳的样子。

糟糕！简耀把信封和手稿塞进背包，迅速朝寒山寺里跑去。

不要！千万不要！

简耀在心里不停地祈祷。无论父亲是不是真的杀人凶手，他都不愿意看到这样的结局。

一定要阻止他！

永远不要用别人的错误惩罚自己。

他冲进了塔内。塔内的楼梯为木质结构，且呈螺旋式上升。他不顾一切地往上攀爬，心也随之越提越高。

一层又一层。

体力的透支让他满头大汗，双腿发软，呼吸困难，两眼昏花。

他几乎瘫倒在楼梯上。

有那么一瞬间，他感觉自己仿佛跌回了八岁那年的夏天，在那条冰凉的北京护城河内，整个身体彻底溺在了水里，紧张、窒息、绝望。

他快要被淹死了。

父亲的声音在耳边回荡着："你放弃继续游，我就放弃你。"

不，不能放弃！

相信自己。

他大吼一声，再次挺了起来。他意识到自己身体里有一层极限被冲破了。

终于，他爬到了塔顶。

然而眼前却没有女孩的身影。

一张纸条被一根牙签钉在了木柱上。

"你女朋友在我手里，想救她的话，下午五点到虎丘塔来。报警死全家。"

简耀站在围栏边，向下望去。

不远处，一辆黑色的轿车逐渐消失在风雨中。

他一屁股坐在了地上，绝望不已。他的能量已经彻底耗尽，根本无法再追下楼去。不过，唯一让他欣慰的是，父亲还活着。

手机铃声适时地响起。

"简耀，快来公安局，你父亲现在可以走了。"

第二十四章　虎丘

"在这上面签字，就可以走了。"小蔡递过来一张纸，然后指指简京生，"带你爸去医院看看吧，估计是老年痴呆了。"

"可是……"

"你是想问凶手是吧？已经抓到了。"

"谁？"

"跟你没关系。"小蔡还在为之前两次被简耀捉弄而耿耿于怀，"赶紧走吧。"

简耀木然地签了字。他放弃了让警察帮忙的想法。

搀扶着父亲——不，确切地说是父亲的肉身——走出公安局，简耀立马叫了一辆出租车，前往虎丘。还有四十分钟就到五点了，他已经没有时间了。

在出租车上，简耀抱着侥幸的心理试着跟父亲交谈，可后者只是蹲在座位上，时不时发出一声猫叫。

"他这是怎么了？"出租司机好奇地问。

"这里出了点问题。"简耀指了指脑袋。

"那能不能让他坐着？踩脏了座位不好洗。"

"噢，抱歉。"

简耀试图把父亲的脚放下来，但后者一点也不配合，怎么掰腿都没用。无奈之下,他只好把父亲脚上的运动鞋脱掉。这一脱不要紧,车厢内顿时弥漫着一股臭不可闻的味道。

"你还是帮他把鞋穿上吧。"司机哭丧着脸说,"算我倒霉。"

"实在不好意思。"

这时,父亲已经像只真正的猫咪那样蜷成一团,可怜巴巴地窝在了座位上一动不动,昏昏欲睡。

沿着北环一路往西,远远就能看见虎丘塔了。虎丘据说已经存在两千五百年了,历史和苏州古城一样悠久,被称为"吴中第一名胜",大文豪苏轼曾有名言"到苏州不游虎丘,乃憾事也"。之所以叫虎丘,据说是因为当年吴王阖闾葬于此,葬后三日有"白虎蹲其上",故名虎丘。另外一种说法是"丘如蹲虎",以形为名。无独有偶,苏州还有个地方叫狮山,位于现在的高新区中心位置。虎丘狮山相对而望,就像两只镇守苏州的神兽,令人望而生畏。

简耀本想将父亲安置在山下的某个地方,但想来想去还是不放心,一来父亲现在并不像之前见到的那般呆滞,而是活泼好动,没准一转眼就给弄丢了;二来时间实在是不够了,他必须立刻赶到山顶,否则苏琪(父亲)就会有危险。

于是,他只能"牵"着父亲往上走——父亲就像只不安分、不配合、体形巨大的猫咪,要领着他往前走实在是太费劲了,便找来了一根绳子,做成圈套,拴在了父亲的腰上,虽然有些吃力,但毕竟能控制住,只是这样的走法太引人注目了。

"你这是在干吗?"有几位大学生模样的人上前询问,其中一个还拿手机在录视频。

"我们在玩游戏。"

"玩游戏？怎么感觉你在虐待老人？"

"怎么会呢？这是我爸。对吧，爸？"

"喵呜……"

"他怎么学猫叫？"

"跟你说了在玩游戏。他演猫咪，我演猎人。"简耀故意做了一个射击的动作。

"能发到网上去吗？"那个录视频的男孩说。

"随便吧。"

简耀实在没时间跟他们废话。他们路过了剑池和试剑石。据传说，剑池的下方正是吴王阖闾的墓葬所在，里面掩埋了不少金银宝贝，还有殉葬的扁诸、鱼肠等宝剑三千把，价值连城。不过，至今也没有人去开启它，很大原因是因为虎丘，那只镇守墓穴的神兽。最惊悚的说法是，一旦墓穴被打开，它将为整个世界带去毁灭性的灾难。

终于，两人来到虎丘塔下。虎丘塔又叫云岩寺塔，七层八面，塔高四十七点七米，因为它的塔顶偏离中心二点三四米，最大倾角是三度五十九分，故也被称为"中国的比萨斜塔"。

此时已临近闭园，行人稀少。简耀在塔下焦急万分，读着秒数好不容易到了五点，才见大荸荠从塔后绕了出来。

"你是不是早到了？"简耀不悦地问。

"是啊。"

"那为什么早不出来？"

"我们杀手最讲究原则了，而有一项最基本的原则就是准时。"

"少装模作样了。人呢？"

"你还不知道我让你来的目的吗？"

"知道啊，不就是问我要什么东西吗？"

"不要了。甲方都被我干掉了。"

"那你……"

"报仇。你害死我弟弟，现在就拿命来吧。"

说着，荸荠哥哥就朝简耀扑了过来。

简耀见状立刻闪到一边。他吃过一次亏，知道自己和荸荠杀手力量悬殊，绝不能硬碰硬。他把父亲推倒在旁，然后像个溜溜球一样，以虎丘塔为中轴，开始疯狂转圈跑起来。

要论打架，在荸荠哥哥面前简耀可能不堪一击，但要论赛跑，简耀还真没怵过谁。就这样，简耀像遛狗似的跑在荸荠哥哥前面，总保持三五步的距离，后者就是拼了老命也追不上。也不知道跑了多少圈，最终，累得气喘吁吁的荸荠哥哥停了下来。

"你小子有种别跑啊。"

"废话，我不跑等你杀我啊。不对啊，你弟弟是警察打死的，为什么找我报仇？"

"要不是你，警察会找到我们吗？警察不找到我们，我弟弟会死吗？你还说我弟弟不是你害死的？"

"行，你非要这样想我也没办法。不过我还是搞不懂，既然你要杀我，为什么要绑架我女朋友呢？在寒山寺直接杀我不就得了？搞这一出是为什么？"简耀说出"女朋友"三个字的时候，自己差点笑出声来。

"我我我……"大荸荠一时间被绕得脑子转不过弯来了，"我们杀手都是这么办事情的。废话那么多干什么，反正我现在就要杀了你！"

"那我就跑，以你的体形不可能追上我的。"

"那我就杀你女朋友。"

"她人呢?"

"你往上看。"

简耀抬起头,朝虎丘塔的上方望去。有雨滴从天而降,恰好落在他的眼睛上,一时间,他看不见了。等他用手背擦去水珠,彻底看清上面的情况时,顿时心里咯噔一下,知道自己上当了。

塔上什么也没有。

一只巨大而有力的手掌掐住了他的脖子。荸荠哥哥已经移到了简耀面前,仰着头,一脸得意地看着他。

"弟弟,弟弟,我终于能为你报仇了!"

简耀绝望地闭上了眼睛,仔细感受脖子上那铁钳一般的手掌慢慢收紧。他知道也许要不了三秒钟,自己的喉管就会被掐断了,此刻甚至都懒得去反抗。

然而,三秒钟过去了,什么也没发生。

简耀莫名其妙地睁开了眼睛。眼前的一幕让他哭笑不得。

荸荠哥哥一手掐着他的脖子,一手高高拿着手机,正准备与他自拍。简耀突然想起,这对宝贝杀手曾经说过,每到一个地方,在杀人前后都得与本地最标志性的建筑物合影留念。

咔嚓。咔嚓。

简耀觉得机会来了。他握紧自己沙包大的拳头,深吸一口气,使出全身的力气朝荸荠哥哥的肚子砸去。

咚!

他确信自己打中了,而且打得非常有力,不由一阵狂喜。他固执地认为,荸荠哥哥马上就会松开掐住自己咽喉的手,痛苦不堪地捂着肚子蹲下去了。然后,他将会抬起腿,用膝盖狠狠地顶向对方的下巴，给他致命一击。

和之前一样，三秒钟过去了，什么也没发生。

钳子般的手还在自己的脖子上，一点放松的意思也没有。杀手只是哼了一下，随即露出怪异的笑容。

"好啦，轮到我了。"

简耀再一次陷入恐慌。不过，很快，他也笑了起来，而且表情和声音比荸荠哥哥还夸张。

"你笑什么？"荸荠哥哥一脸困惑。

简耀指指他的后面，继续笑个不停。

"我是不会上你的当的。"

简耀也不回应，继续笑着。

终于，荸荠哥哥被他搞糊涂了。只见他缓缓转过头，朝身后望去。而这一看，他才知道简耀并没有糊弄他。

那个男人，刚才简耀带来的、一直蹲在地上、他根本没有在意过的男人，双手握爪，目露凶光，哇呜一声，朝荸荠哥哥扑了过来。

荸荠哥哥不得不松开简耀，回头来对付这个……猫男？

变成"猫男"的父亲几乎跳到了荸荠哥哥的身上，抬起双爪，照着他的胖脸就是一顿狂抓。荸荠哥哥瞬间被抓得满脸花。他气得快爆炸了，抬起手就是一掌，正打在猫男的腰上，后者"喵呜"一声，顿时蔫下去一半。

荸荠哥哥转过身来再次找简耀，发现他已经逃到十米开外了。他抬腿想追，没想到那只猫男从后面又扑了上来，死死抠住了自己的颈部。

荸荠哥哥左右甩动，眼看就要把猫男抛开了。突然，他感觉什么东西插进了他的右眼里——是指甲。

几乎是零点零一秒的时间,一股钻心的痛感袭击了他。他惨叫一声,捂住眼睛,霎时什么也看不见了。

什么东西顺着指缝间流了下来。

是血。一定是血。

他欲哭无泪,开始后悔昨天为什么要接这么一个倒霉透顶的订单。

但很快,杀手的职业素养与本能重新刺激了他。

什么都不要了。他想,生活、美食、工作、名誉、报仇,通通都不要了。

他现在脑子里只有一个想法,要把他们每个人的眼睛都活生生挖出来。双倍奉还。

这样想着,他蹲下去,忍着剧痛,抓起一把烂泥糊在那只血流不止的眼睛上。半分钟后,他露出牙齿,睁着左眼,从腰间掏出枪,面目狰狞地朝简耀逃跑的方向追了上去。

孙老太已经七十二岁了,属狗,今年正是她的本命年。按理说,她活了一辈子了,历经风雨,见过世面,不应该再相信那些有关本命年会走霉运的狗屁迷信。但最近发生的一些怪事,逼着她不得不重新面对这些说法。

首先,是自己上半年因为一次感冒去了医院,结果验血查出来有糖尿病,从此以后不仅要长期控制饮食,每天还得往肚子上扎一针胰岛素,由此可以断定,在人生的最后阶段基本上不会有舒坦日子过了。

然后是两天前,她带着养了十几年的黑猫"猪猪"去遛弯,结果这老家伙为了抓一只麻雀,不小心掉进了河里,要不是一个善良勇敢的姑娘及时跳水相救,它没准就一命呜呼了——她可不相信猫有九条命这种蠢话。

后来,她正在河边洗拖把,突然有个人从水里冒了出来,差点把她吓出心脏病来。

而最最奇怪的事情是,自从猪猪被救上来之后,简直像换了魂似的,不再和自己亲近,不再吃猫粮,不再喵叫,甚至不再趴着,而总是喜欢双腿站立,一副烦躁不安的样子,逮着机会就往外跑。

孙老太开始以为它是因为落水受了惊吓,在怀里抱了好长时间,结果还是没用,便带它去看了兽医。兽医给它打了一针镇静剂,总算安稳地睡了一夜,结果第二天醒来还是老样子。

没办法,孙老太只好请教一位认识多年、经常给人算命的老姐妹。那算命大妈闭上眼睛,嘴里念念有词,一把生米撒在桌子上,铃铛一响,得出了一个结论:猪猪的魂丢了。她的处理意见是,孙老太必须带上这只失魂落魄的黑猫去一趟虎丘塔,传说那里拥有无穷魔力,许多没有归宿、四处游荡的亡魂会聚集在那儿,寻找入地重新投胎的机会。

算命大妈还说,她必须得徒步爬上山顶,在下午五点十三分的时候,对着正西方向跪下,磕上三个响头,嘴里不停呼唤猪猪的名字,如果神兽显灵,定能把猪猪的灵魂给召唤回来。

孙老太在交了二十块钱咨询费后犹豫了很长时间。她倒是认为这办法可以一试,毕竟也没有其他的办法,只不过觉得太折腾人了。她已经七十二岁了,身边没有老伴和孩子,还得了糖尿病,独自一人抱只猫在这种梅雨天从东城去西郊外的虎丘塔,没准会丢了老命。她已经很久没有出过这么远的门了,上一次去虎丘,还是老头在世的时候。

但最终她还是下了决心。猪猪是这世上她唯一的伴儿了,如果它不在了，自己的生活也将黯淡无趣。她一咬牙，打了辆出租车，直奔虎丘。

那时，细雨绵绵，天空泛青。

到达虎丘后，为了表示虔诚，她徒步而上，甚至连雨伞都没打。她相信那只传说中的虎神能看到自己的一片诚心。不过，不知道为什么，她始终有一种心慌的感觉。似乎忘记了什么重要的事情。

五点十分，她终于到达了塔下。奇怪的是，那里竟然有一高一矮两个男人在打架。但时间已经不允许她分心了。

她把黑猫放在一旁的地上，将从家里带来的烛台和香炉摆好，费了半天劲，才在雨中点燃了蜡烛和线香，插上。

那种心慌的感觉更加强烈了。

身后传来了一声惨叫，她回头看了一眼——一个中年男人骑上了那矮胖子的脖子，好像还在抠他的眼睛。她感到恐怖，但又觉得可能是自己看错了，他们在玩什么游戏吧。

五点十三分到了。

孙老太缓缓跪倒，双手合十，朝着西方恭恭敬敬地磕了三个响头。雨水落在她的脸上，头发上，顺着脖子流进了衣服里。她感觉有蚊子。

回来吧，我的猪猪！回来吧！

她在心里呐喊着。

身后已经寂静无声。那些奇怪的人应该已经不在了吧。

她做完法事，心满意足地站了起来，拍拍膝盖上的泥土。突然，她吓了一跳。

糟糕！

半分钟前还趴在地上的黑猫猪猪不见了!

紧接着,她终于记起来了那件让她心慌的重要事情——刚才出门前,忘记把中午没吃完的蛋黄肉粽放冰箱了。

第二十五章　决战

简耀的大腿内侧又开始刺痒起来。

自从上次在宾馆涂过父亲给的药膏之后，那种难以忍受的感觉消失了，仿佛他从来就没被那些烦人的红点困扰过一般。但是，随着紧张焦虑情绪的加剧，他在奔跑过程中明显感觉到，那些由内而外的刺痒像这苏州该死的雨天一样，滴滴答答又冒了出来。他只有咬牙强忍才不至于伸手抓挠一把。

这样显然干扰了他的逃跑速度。但不跑能行吗？就在刚才，就差那么一丁点儿，他的喉咙就要被那个莽荠杀手捏碎了。只要一想到自己凄惨的死相，他就会焦虑，一焦虑，他就更加刺痒。这一系列的连锁反应终于起了作用。他慢了下来，并且回过头。

意外的是，杀手并没有追上来。

这时，他想起一件事：那女孩，不，自己的父亲，依然在那杀手的手里。他大老远跑到虎丘来，不就是为了救人吗？既然如此，还逃跑干吗？想到这儿，他脚下一转，停了下来。

眼前出现了"剑池"的字样。简耀没想到自己的逃跑速度居然这么快，几分钟前还在山顶的虎丘塔前，转眼就到了半山腰。他咬紧牙关，正准备重新往上爬，这时，眼前闪过一个人影——那杀手出现了。

只见那矮胖子一手拿着枪,一手拽着嘴上贴着胶布、双手被反绑的女孩。他满脸脏泥,一只眼睛显然是被弄伤了,加上被雨水淋透,头发全贴在头皮上,看起来就像刚从地里挖出来的、还没来得及洗一洗的超级大荸荠。简耀顿时被杀手这傻乎乎的样子给逗乐了,心想:干得好,爸爸,哦,对了,是猫大爷!

这么一打岔,他又感觉大腿内侧的刺痒减轻了一些。

"跑啊,怎么不跑了?"荸荠哥哥叫嚣着,伸手用力捏着女孩的脸,后者疼得满脸是泪,楚楚可怜。

"放开她!"

"放开她?行啊,叫爸爸!"杀手一时心血来潮。

"爸爸!"

简耀毫不犹豫地冲着两个人站的方向大叫了一声。杀手愣住了,一时间不知所措,没想到对方会这么爽快!

"我让你叫你就叫,你这人怎么一点底线都没有?"

"只要你把她放了,让我叫你爷爷都没意见。"

女孩听闻,剧烈地挣扎了一下,意思好像是她有意见。只可惜她的嘴巴被封住了,什么也没说出来。

"得了吧,你害死我弟弟,弄瞎了我一只眼睛,搞得我工作都没干成,你说,我应该怎么做?"

"要不,我做你弟弟?"

"滚!"

"能带她一起滚吗?"

"你在耍我。"荸荠哥哥脸阴沉得可怕。

"没有。"

"你一定在耍我!"他吼了起来。

"真没有。对不起。说吧,你想要我怎么做?只要能放了她,让我做什么都行。"

简耀说完,看了一眼女孩。她的眼神流露出了感动。

"把自己捆上。"

荸荠哥哥把枪插进了腰间,顺手从口袋里掏出一根尼龙扣,扔在简耀的面前。简耀缓缓蹲下来,无奈地捡起尼龙扣,心想,这下可能真要完了。

"快点,别磨蹭!"

杀手已经用手掐住了女孩的脖子。她的眼睛瞪得老大,一脸惊恐。简耀拿起尼龙扣,先把左手扣上。

"快!"杀手大吼一声。

就在简耀准备把右手也扣上的时候,身后突然传来一声猫叫。父亲……的肉身又扑了过来。荸荠哥哥迅速掏出了枪。

"等你好久了。"

"不要!"

简耀大喊一声,吓得浑身发抖。一切都晚了。只见杀手微微一笑,对准朝他扑过去的"父亲"胸口就是一枪。

砰!

"父亲"惨叫着从半空中跌落了下来,在地上打了个滚,停到了杀手的脚边。鲜血慢慢从他身子下面流了出来,在泥地上荡漾开去。

"这一枪是你欠我眼睛的。"

简耀跪倒在地,满脸是泪。虽然一路走来历尽艰辛,但他从没想过会是这样的结局。那个他憎恨了十几年的父亲,那个为了三十万就断然抛弃孩子的浑蛋,那个身体和灵魂曾遭受过巨大伤害,却隐忍了半辈子的男人,如今却落得如此下场,破烂、肮脏、无人怜悯地躺在地上,像一只低级动物得到了他应有的宿命。

不,不是这样。他当年没有选择自杀或杀人,而是"苟活"了下来,这本身就是一种勇气;他留下证据,培养自己的孩子,并带领孩子走完这趟园林之旅,就是一种勇于面对,是坚强的体现;他在危难之际,奋不顾身地拯救他的儿子,以至于牺牲了自己的生命,这难道不是伟大父爱的体现吗?

伟大的父亲。简耀喃喃自语,感觉力量和勇气像气体一样充盈全身。他抹掉眼泪,站了起来。

"喂!"他冲荸荠哥哥喊道。

那杀手疑惑地看着他。

"告诉你一个秘密。"

"什么?"

"松鼠鳜鱼……"

"啊?"

"……不是用松鼠做的。"

他边说边像子弹般,朝杀手射了过去。

当简耀低着头朝自己冲过来的那一刻,荸荠杀手就知道自己赢定了。他一直等的就是与这大个子男孩近距离接触的机会。只要他一靠近,仅凭自己那双手就能瞬间制服他。只是"松鼠鳜鱼"的问题莫名其妙被抛出来的那一刻,他略微有些伤感。他想起了自己那可怜的弟弟。

十米,九米,八米……

简耀已经近在眼前了。一丝得意的笑容爬上了杀手的脸庞。

只见他身子微微下沉,双手张开,准备迎敌。突然,他感觉不太对劲。为什么腿动不了了?他低头一看,只见刚才被自己一枪打翻在地的中年男人正死死抱住自己的脚踝,满嘴是血地朝他怒目而视。

杀手顿时紧张了。他不停地抽脚,想逃出来,但那男人就像咬住猎物的凶猛鳄鱼一般,就是不放手。他气急败坏地举起枪,对准男人的头。

也就是那么半秒钟的工夫,他意识到自己犯了一个巨大的错误。一样坚硬无比的东西击中了他的头部,几乎没有反应,他就闷头倒了下去。在倒地的一瞬间,他才看清简耀手里的东西——一块拳头大的鹅卵石。

不过,这一击虽然很痛,但还不至于致命。满头是血的杀手摇摇摆摆站稳,举起了枪。

一直被晾在旁边、双手被反剪的女孩冲了过来。她利用自己的肩膀撞上杀手。与此同时,"父亲"从地上猛地蹿起,张牙舞爪地扑向杀手。

两股力量从左右两个方向冲击杀手。

砰!又是一声枪响。

三个人合成一体,撞断木质护栏,如同一片三叶草般飘落入剑池当中。

简耀呆若木鸡。

几秒钟后,回过神来的他一个冲刺,奋不顾身地朝剑池跳了下去。

剑池已经被血水染红了。

简耀靠着强大的游泳技巧,在水池里搜寻。他先是找到了女孩的身体,因为她手和口都被封住了,根本无法游泳,只是拼命挣扎。简耀使出全力把她托出了水面，然后慢慢将她拖上了岸。接着，来不及多想，他又重新跳进了水里。他还有一个人要救。

很快，他就发现了"父亲"的身影。

他游了过去，开始往上拖。血水扑面而来，模糊了视线。他拼尽全力，不离不弃。

眼看就要到岸边了，他突然感觉自己的脚被拉住了，回头一看，竟是那个阴魂不散的荸荠杀手。简耀不得不回过头来与那杀手继续较量。

在陆地上简耀完全不是杀手的对手，但在水里他可不怕。问题是，刚才救了两个人，力气早已耗得差不多了。而且，自己的一只手臂还抱着父亲的腰。

不过幸运的是，对方也不那么强大了。

简耀看见大荸荠的头部在汩汩冒血。没有犹豫，他使出全身力气朝那倒霉杀手的头部伤口踹了过去。一下，两下，他的力气完全被耗尽了。尤其是手上，他完全没有办法再箍住父亲。终于，他支撑不住，手松开了。那一刻，他恍惚间发现父亲四肢张得老大，像一颗巨大的海星，越漂越远。

来不及拯救，那杀手又扑了上来。

简耀彻底疯了。那股疯狂又给他蓄上了半格体力。他举起拳头，对准杀手的头就砸。他感觉自己像在和一头鲨鱼搏斗，而且还是一只负伤的、垂死挣扎的鲨鱼。

终于，那鲨鱼彻底不动了。

他用尽最后一丝力气，爬上了岸。

来不及悲伤，他重新恢复了理智。女孩已经昏迷了。再不施救，她很可能会有危险。

简耀揭开她嘴上的胶布，深吸一口气，然后双手用力下压她的胸腔。接着，他开始做人工呼吸。当自己的嘴接近女孩的嘴时，他非常不合时宜地想起了之前那次在平江路咖啡馆里，两人初吻的体验。简耀轻轻拍了自己一巴掌，努力将那甜美的画面从脑海中驱除，俯下身去。

呼吸，按压，呼吸，按压。

没有反应。

他开始哭了。这一天失去了太多，父亲，也许还有爱人。他有一种悲观的感受，眼前的生命正逐渐离自己远去。

终于，他筋疲力尽地倒在一旁。

他输了。一切都完了。他逼着自己接受现实：她和他都死了。

哇！旁边的人猛地一口水吐了出来，接着是猛烈的咳嗽声。

醒了，终于醒了。简耀喜极而泣。他翻过身，紧紧抱着女孩，那种失而复得的美好，那种世上还有亲人的感觉，那种与爱人劫后余生的疯狂，通通涌了上来。

他简直太幸福了。

直到女孩用力把他推开，然后狠狠给了他一巴掌。

啪。

他捂着脸，被打蒙了，傻傻地看着女孩。女孩则是一脸的愤怒和疑惑。

"你是谁啊？"

第二十六章　重回凶案现场

方磊缓缓睁开眼睛。

这是哪里？白墙，玻璃窗，吊瓶，心律监护仪，正在播放新闻的电视机……

是医院的病房。自己为什么会在这里？高速公路，李元的偷袭，翻车，落水，拼命向上游……趴在脚边的人是谁？长发，纤弱，熟悉的侧脸……

"晓楠！"

他试着喊了一声，但刚一使劲，胸口就一阵剧痛。他想抬起右手，却根本抬不起来，这才发现自己从手腕到手臂都被打上了石膏。手背上则插着点滴。他轻轻地动了动。

"你醒啦？"

晓楠抬起脸，伸了伸懒腰，冲他露出了久违的微笑。

"肚子饿吗？我给你削个苹果。"

方磊摇摇头，嘴巴动了几下。

"你说什么？"

晓楠把耳朵凑到他的嘴边，仔细聆听，接着就笑了起来。

"我怎么就不能在这儿？你一出事，你们同事就给我打电话了，我立马就赶了过来。怎么样？对你还够意思吧。"

方磊顿时觉得有点恍惚,仿佛看到了十几年前刚认识时的晓楠,开朗、热情、爱开玩笑。

电视上正在静音播放一则本地新闻。一群外国人正在市领导的陪同下参观园林。在他们身后,方磊看见了身穿警服的胖乎乎的马局长,不由得会心一笑。

"我昏迷了多久?"

"没多久。才二十八个小时。"晓楠看了一下时间,"来,喝点水吧。"

一根吸管被塞入了嘴巴。方磊猛地一吸,肺部隐隐作痛,咳嗽了几声,但因为水的滋润,感觉嗓子打开了一些。

"幸好你命大,听说啊,汽车撞上护栏后,安全气囊就全打开了,你除了右胳膊骨折以及胸部断了一根肋骨,其他地方都没受伤,医生说只要好好休养一段时间就没事了。"

"可我差点……"

"差点淹死,对吧?"晓楠开心地说,"说来也巧,当时江上正好一条运沙石的船经过,救了你一命。"

"李元呢?"

"你是说那个罪犯吧?死了。救护队找到他的时候,他手还铐在车内的把手上呢。"

方磊心想,如果不死,即便谋杀还有待商榷,但受贿、盗画、袭警,这么多罪名加起来,也够他在监狱里待很长时间了。说来也奇怪,既然李元手被铐着,他为什么还要在高速上袭击自己试图逃脱呢?突然,他明白了——李元并不是要逃跑,而是要自杀!他一早就把老婆孩子和贪污的钱财都转移到了海外,成了裸官,不就是为了消除后顾之忧吗?想到这儿,方磊不禁恨得牙痒痒,刚想咒骂一下,转脸却发现晓楠哭了。

"怎么了?"

"石头……"晓楠抽泣起来,"咱们房子不卖了。"

石头是谈恋爱那会儿,晓楠对方磊的称呼,这些年已经不怎么叫了。

"为什么?"方磊轻声问。

"这次你捡回一条命,让我也考虑了很久。人活着究竟是为了什么?难道真是为了成功,为了发财,为了让孩子读重点中学,今后飞黄腾达成为人上人?不,一定不是。我想明白了,没有什么比一家人健健康康在一起更重要的了。其他的就……"

"其他的怎么样?"

"都去他妈的!"

"你说脏话。"方磊笑起来了。

"就说就说,去他妈的学区房,去他妈的重点高中,去他妈的杀人凶手……"

果然,那个熟悉的晓楠又回来了。只见她往方磊怀里一扑,弄得他胸口又一阵疼。

"哎哟!"

"弄疼你了?"

"没事。对了,小蔡怎么不在?我有些事情要问他。"

"他刚走。案子的事情你就别操心了。"

"为什么?"

"我听他说,局里已经定案了,杀人凶手就是李元,现在凶手已死,这案子也就结了。"

"结案了……"方磊皱起了眉头。

"你啊,就别操心了。听我的,好好养伤吧。"说着,晓楠站起了身,"我去食堂打个饭。"

"等一下。"方磊盯着晓楠的眼睛,"短信收到了吗?"

晓楠的脸瞬间红了。

"老夫老妻的,下次别搞这么肉麻了!"

她害羞地继续朝门口走,走到一半,停住了。

"对了,如果你实在惦记着案子放心不下,床头的抽屉里有这次案件的详细报告。是小蔡留给你的。本来想等你好点再给你看……"

话未说完,方磊已经不管不顾地埋头找起来了,晓楠笑着摇摇头,走出了病房。

这次的案件报告是由小蔡独立撰写的,内容很详细。

根据掌握的证据,犯罪嫌疑人李元收受贿赂、盗取名画、激情杀人等罪行属实,经过如下:

案发前一晚,犯罪嫌疑人李元参加由苏州博物馆馆长吴国仁组织的饭局,席间趁吴某上厕所的机会,窃取了展柜的钥匙。

当天夜晚,李元化装成奥特曼,利用职务之便从园林研究院前的小院翻墙进入苏博,偷走唐寅画作,留下伪作后并故意盖上奥特曼印章。随后,他想沿原路返回,结果意外撞上了夜宿在研究院的柳铭。李元担心自己的罪行败露,随手操起几案上的太湖石摆件将柳铭砸杀。为了掩盖罪行,李元将柳铭的尸体拖入水池中,用金幢顶住,造成"被诅咒"的假象,企图转移警方视线。随后,他躲在了自己办公室里,等待天亮。

第二天开园前,门房刘洋河照例巡视。等刘老头一离开,李元趁机潜入刘老头的房间,将印章悄悄放入刘老头的衣服口袋里,企图嫁祸。因为李元知道刘老头有偷盗前科。随后,他回到办公室,换好衣服,等待下一步行动。

刘老头因为每天七点要去园外吃头汤面,因此案发当天他根本没有巡查——这一点,也许李元在查看刘老头长期作假的巡查打卡记录后事先知道(此为推测,因两者都已经死亡,无法核实),便有了之后旅游团发现凶案现场的经过。

那天早上,柳铭二十年前的研究生学生简京生恰好来看他(这或许就是死者生前看起来很兴奋的原因),意外闯入了凶案现场。后经简耀透露,柳铭当年剽窃了简京生的学术论文,导致师生隔阂二十年,这次简京生是来接受柳铭道歉的。柳铭的惨死给简京生造成了强大刺激,导致他精神失常,无法自辩,再加上现场找到的凶器太湖石上有他的指纹,他被我方误认为犯罪嫌疑人。事后,经查明简京生案发当晚在酒店休息,并没有离开,具有不在场证明,故将其释放,并就此次造成的伤害和误会向他及其家属郑重道了歉。

经过连续两天的侦破,全体干警在市刑侦队队长方磊的带领下,顺利找出了真凶,并试图将其捉拿归案。在从上海机场将其押送回苏州的途中,嫌疑人李元袭击了方磊,畏罪自杀。而方磊同志也因此负伤,目前仍处于昏迷状态。如果方队长有什么意外,那将是我们苏州警方有史以来最大的损失。

关于另一位犯罪嫌疑人蔡云的报告被单独列了出来。

报告显示,蔡云的罪行主要有三条:行贿、骗保和买凶杀人。

经调查，蔡氏的烤鸭企业连年亏损，再加上其在美国拉斯维加斯豪赌欠下巨额债务，急需大笔资金还债，于是动起了盗画骗保的念头。

三年前在瑞士的一家地下拍卖会上，此画被一神秘的中国买家以高价买走。种种迹象表明，那人很可能就是蔡云。蔡云找到落魄子弟黄大宝，以他为傀儡，假意捐画给苏州博物馆办展，然后指示李元利用工作之便去偷画。李元因为被蔡云掌握了受贿证据，只能听命，但没想到节外生枝，他的偷盗过程被柳铭撞见。李元杀人灭口，还企图带着那幅画外逃。

黄大宝只是傀儡，他之所以被杀，是因为知道蔡云的秘密而惨遭后者派出的杀手灭口。其中一个杀手在沧浪亭面对警方的围堵，当场开枪自尽。另一个杀手则在虎丘与简耀以及他父亲的打斗中掉下剑池，尸首下落不明。

值得一提的是，简京生也从高空坠落身亡，警方对其儿子简耀表示了慰问和哀悼。问到那杀手为什么要追杀简耀，他回答，对方一直在找一样东西，具体是什么他也不清楚。

事后，我们获知那样东西是一个U盘，里面储存了有关蔡云和李元盗画骗保的录音。一位匿名人士通过快递寄到了刑警队。通过技术分析，我们判定这份录音是偷录的。因此，我们才对蔡云展开了正式抓捕。遗憾的是，一早收到消息的蔡云闻风而逃，针对他的抓捕行动已经全面展开，相信不日就能将其缉拿归案。

现在唯一无法解释的是，为什么蔡云会认为这份犯罪证据在简耀身上，从而派出杀手去找。答案也许只有等抓到蔡云本人，才会水落石出。

合上报告，方磊不仅没有如释重负，心情反而更加沉重了。这份报告看似完整，但依然有很多疑问没有解答。

第一，根据之前简耀的交代，他到过第一现场，那里也留下了他的脚印。而且他当时说了一个细节——在被屋外的喊叫声吸引出去之前，他曾听到二楼有响动。由此可以断定，当时凶手很可能就在楼上。二楼的窗外有棵树，顺着树滑下，就能逃出去了。可是，在那条后巷有一别墅区大门，门口有一个二十四小时开启的监控摄像头，事后经检查，当天没有拍到任何人出入。如果李元是凶手，他是怎么从现场逃脱，又在半小时后假装什么事儿都没发生似的回到现场，要求警方清理的？从他当时整洁的衣服看，不太像刚爬过树的样子。

第二，在开门放客后，第一批旅游团来到尸体所在的水池时，简京生早就提前到达了现场。他是从哪儿进去的，谁给他开的门？

第三，简耀说自己是被简京生所发的定位引过去的。那时候简京生很可能已经"吓痴呆了"（方磊很不喜欢小蔡所做的判断，但也找不出其他解释），那么，是谁给简耀发的定位？是凶手吗？目的是什么？

第四，那个匿名者到底是谁？他之前给自己写过邮件，说了李元的事情，现在又交出了他们的犯罪证据，听上去简直不可思议。他的动机又是什么？

第五，简耀到底在找什么？跟本案究竟有没有关系？

第六，苏琪到底和本案有什么牵连？她为什么会和简耀在一起？

第七，柳铭撞死了苏琪的哥哥，为什么李元要做伪证帮他隐瞒？

第八，关于李元是凶手的说法都是推测，并没有切实的证据，凭什么就一定认为他是凶手呢？偷画就一定会杀人吗？

如此多的疑问依然存在，怎么能说破案了呢？方磊望着电视上热闹的游览画面，心里有些不是滋味。

还有，方磊想起一件事，既然案子已经结束了，简耀他们去哪儿了？

"爸！"

方磊一抬头，发现儿子方鹏站在门口。说实话，他已经好几天没见到儿子了，心里一阵欢喜——这个个子高高、浓眉大眼的小子今年已经十二岁了，如果把方磊十二岁时的照片拿出来与之比较，未必分得出谁是谁。

"我待一会儿就走，等下还要上补习班。"方鹏性格比较内向，不善言辞。

"嗯，别太辛苦。我想去一下厕所。"

"我扶你吧。"

在儿子的搀扶下，方磊下了床。他发现自己除了右手臂和胸口不方便外，双脚倒是没太大问题。

在医院的走廊上，一个熟悉的身影迎面走来。

"马涛？"

马涛头上缠着纱布，一脸颓废的样子，看到方磊这样子他也有点吃惊。

"你这是怎么了？跟人打架了？"

"心情不好，喝大了。"

"你的心情怎么跟这没完没了的梅雨天似的。"方磊看了一眼马涛手里挥舞的病情报告,"祝小芸呢?"

"别提了。"

"怎么?"

"分了。"

"分了?"方磊瞪大了眼睛,"前两天还爱得要死要活的,结婚戒指都准备好了,怎么一转眼就分手了?"

"我也不知道。今天早上起来,她突然跟我说,咱俩不合适,然后就把我赶出来了。"

"奇怪。"方磊问,"该不会是你又惹她哭了吧?"

"哭?她什么时候哭过?"马涛一脸茫然。

"不对啊,那天我在她家,明明看见她两眼通红,她说是跟你吵架,你把她气哭了。"

"扯淡!"马涛一脸吃惊,"这个祝小芸你是不知道,她平时是特理性一人,甚至可以说有点冷酷,我和她谈恋爱这么久,从来就没见她哭过,更别说为我哭了。"

"是吗?"那天祝小芸听闻柳铭死讯时捂着脸痛哭的样子方磊仍历历在目。

"我骗你干吗!"

方磊知道马涛没有说谎。从卫生间出来,他脑子里一直回荡着马涛的话。显然祝小芸并不如他所说是一个冷酷的人,她不为马涛哭,但却真真切切地为柳铭放声大哭。只是,她是否知道这个让人崇敬、看起来完美无瑕的老师曾经因为剽窃伤害过简京生?

回到病房,他再次把小蔡的那份报告拿出来看。他发现里面少了一样很重要的东西。他拔下床头柜上正在充电的晓楠的手机,迅速拨下了一个手机号码。

"嫂子吗?"

"是我。"

"头儿,你醒啦,太好了。"

"你的车……很抱歉。"

"没事,我有保险。汽车公司答应给我换辆新的。"

"那就好。我问你几个问题。"

"是,头儿。"也许是听出了方磊语气很严肃,小蔡态度也跟着变了。

"为什么没有看到柳铭的尸检报告?当时不是说两天后出结果吗?"

"一直在忙,把这一茬给忘了。"

"这你都能忘?现在立刻给我找来,发给我。"

"不是啊头儿,案子都破了,还有那个必要吗?"

"有必要!"

"好吧,我这就打电话给法医中心。"

"还有。报告上写简京生落水身亡,尸体找到了吗?"

"还没有。因为他是从上游落水的,我们猜测可能是被冲走了,相关打捞工作还在进行中。不过那个杀手的尸体找到了,他因为太胖,被卡在了石头缝中。"

"既然这样,那简耀去哪儿了?"

"第二天一早就坐高铁回北京了。现在我估计还在飞往美国的飞机上呢。"

"嘿,他倒心挺大的,父亲死了,尸首下落不明,他还照样去美国。"

"行程都订好的,改不了。我们答应一旦找到尸体就跟他联系,看看是火化后把骨灰给他寄过去,还是就地找公墓安葬,具体都要等找到尸体后才能进行。"

"好吧。那苏琪呢?为什么报告里没有关于她的信息?"

"关于她哥哥被撞死的案子,我们后来在拙政园北门后街找到了那辆肇事车辆奥迪A6。自从撞了人之后,该车辆一直停在那里,并且被罩上了防尘罩,所以交警部门也一直没有找到它。技术人员对车头碰撞处进行了检测,确认它就是肇事车辆。我们把调查结果告诉了苏琪,但因为肇事者柳铭已死,苏琪本人表示不再追究。本身呢这事也是人交警队老郭的案子,我就没写在报告里了。"

"车内有没有检测?"

"车内?有那个必要吗?"

"有。你现在就安排人去检测,结果出来第一时间告诉我。"

"好吧。"

"说回苏琪。她为什么会在案发后一直跟简耀在一起呢?"

"我问了她,她说自己完全不记得了。她既不是嫌疑人,也没做什么犯法的事情,这事只能不了了之。"

"简耀怎么解释?"

"简耀说苏琪就是他请的导游,所有事都跟人家没关系。"

方磊不自觉地摇摇头。

"最后一个问题,报告中提到的那个U盘,具体什么样?"

"说来也奇怪,这U盘从外面看像是一个玉观音,把观音的头扯掉,才露出USB插口。"

"我知道了。"方磊总算确认了自己心中的推测。

"头儿你知道匿名者是谁了?"

"嗯。我现在要你立刻带人去她家,先把她控制住。"

"头儿,我都被你给弄糊涂了,到底是谁啊?"

"祝小芸。"

挂了电话,方磊开始脱病服。

"爸,你这是要干吗?"

"你帮我把衣服套一下,我这只手不方便。"

方鹏照做了。

"我有事要出去一趟。待会儿你妈回来,就说我没事了,让她也早点回去休息吧。"方磊换上便服,把晓楠的手机塞进口袋。

"顺便跟你妈说一声,她手机借我用一下。"

"爸……"方鹏欲言又止。

"怎么了?"

"过几天就是我生日了,你答应我的礼物还记得吗?"

"怎么可能不记得呢。考得怎么样?"

方磊想起几个月前,儿子说自己非常崇拜一个明星,缠着他要买一张那个明星演唱会的门票。他答应了,条件是方鹏期末考试几门主课得都上九十分。其实他不是太赞成儿子这样的追星行为,但一想到他为了实现某个愿望而做出的努力,觉得也是值得的。

方鹏从包里掏出试卷,上面的分数让方磊很满意。

"嗯,很不错嘛。演唱会过了吗?放心,票再贵爸都给你买。等爸办完事回来……"

"我想换一个礼物。"

"换一个?为什么?"

这时,方磊发现儿子书包里的有一张撕烂的海报,打开一看,正是方鹏之前崇拜的明星。

"是不是出什么事了?"

"都是骗人的！我以前一直以为他是什么优质偶像，长得帅，又会创作，还经常做慈善，才华和人品都很好，没想到昨天新闻报了，他那些最红的歌都是找人代笔的，现在那个枪手要找他打官司呢！"

"你啊，还是太天真了，很多明星不都这样吗？"方磊突然想到了什么。

"反正是个大骗子。我把之前收藏的他的所有东西都扔掉了，海报也撕了……"

"鹏鹏，爸现在真的有急事，等我回来，咱们再细聊。"

"那我的生日礼物呢？"

方磊已经穿好了衣服，站到儿子面前。

"说吧，要什么我都答应你。"

"我现在喜欢另一个明星了，他虽然没什么才华，但颜值很高……喂，爸爸，你听我说完嘛！"

上了出租车，说了一个地址。路上，小蔡把柳铭的尸检报告发了过来。方磊仔细看了看，果然，发现了一直忽略的一个很关键的问题。他气得直拍大腿，怒骂小蔡办事不缜密，把出租车司机都吓得不敢说话。

没多久，出租车靠边停下，方磊下了车，打着石膏的手臂用绷带挂在脖子上，使他在人群中十分显眼。雨淅淅沥沥下起来了，空气中潮湿不堪。

走进东北街，路过苏州博物馆，来到拙政园的门口。那天早上，简京生就是从这里进去的。那时还未到开园的时候，他是怎么进去的呢？

走进拙政园，方磊跟随人流往右，刚走几步就站住了。他恍然大悟。简京生并没有提前进入，他是和开园后的第一批游客一起进去的。只不过，根据导游的习惯，他们会带着游客从右开始，逆时针游览拙政园，加上讲解停留，从入口到达凶案现场，起码要花费半小时以上的时间，也就是九点半左右。而简京生走的是捷径。他直接朝左走，跳过景点，目的明确，也许只要五分钟就能到达凶案现场。这也就能解释，他为什么会提前出现在案发现场了。他是园林专家，应该很熟悉拙政园的路线。

方磊穿过小门，来到景区外的凶案现场。

他先是在尸体被发现的水池边坐了一会儿，上下左右扫了一遍。一群头戴红色渔夫帽的游客恰好进来，打断了他的思路。接着来到园林研究院，楼下楼上，方磊都看了一遍，依然得不到任何启发。有一个至关重要的问题他始终没想通：如果祝小芸是凶手，按照简耀的说法，她当时应该就在二楼，那么，她是怎么在众目睽睽下离开的？假设简耀听到呼喊声跑了出去，她也下楼跑出来，可这就等于自我暴露了，因为包括刘老头在内的在场工作人员不可能不认识她。再说了，发现尸体后，保安马上就封锁了现场，她根本逃不出去。后来李元一来，她就更无处藏身了。这到底是怎么回事呢？只要这点不破解，即便抓到祝小芸，也无法给她定罪。

方磊不甘心，再次回到二楼。他趴在地上，几乎是一寸一寸地搜索。自从凶案发生后，这屋子就被封了，不会有人进来破坏现场。突然，他发现地上有一样东西。他轻轻地捏起来，仔细端详。

手机响了。

小蔡带着人站在祝小芸家的客厅中央，给方磊打电话。在他身后,照片中的柳铭在墙上俯视这一切。

"头儿,祝小芸跑了。"

下午四点二十分。苏州高铁站。

祝小芸站在巨大的玻璃幕墙后面,望着远方。雨水冲洗着幕墙,使得世间的景象看起来格外虚幻。还有半个小时,开往云南的高铁就要发车了。到了云南,她会想办法出境前往柬埔寨,再找机会从这个世界消失。窗外的天阴沉、暗淡,看起来似乎永远不会有阳光明亮的一天。她想,自己再也不会回来了。

广播里传来即将检票的声音,她回过头,拖着行李箱,准备进去。突然,一群人拦在她的面前,看到领头那人的脸,她吃了一惊。

"你不能走。"

是方磊。她知道事情败露了,低下头来。不过,她还想挣扎一下,那个逃脱的计谋实施得如此成功,不可能被发现。

"你们这是做什么,方队长?"

"我想带你去一个地方,去了你就明白了。"

"什么地方?"

"研究院。"

"可是我的车已经开始检票了。"

"你几点的车?票给我看一下。"

祝小芸刚掏出票,就被方磊用那只可以活动的左手夺过去了。

"你干什么?"

方磊把车票揉成了纸团,随手扔进了垃圾桶,微微一笑。

"对不起,我想你可能不需要它了。"

第二十七章　真相

方磊一行站在当初发现柳铭尸体的水池边。雨已经停了。园林里稍微凉爽了一点。一只蚊子停在小蔡的脸颊上,他抬手用力一拍,却什么也没拍到,不由一阵懊悔。

"方队长,我不明白你把我带到这儿来干什么?"祝小芸面无表情地说。

"怎么,你还不打算承认吗?"方磊懒洋洋地说。不知道什么时候,那个玻璃专属茶杯又回到了他的手上,里面泡了一杯清亮的碧螺春。

"承认什么?你撕了我的车票,耽误了我的行程。如果你今天不能给我一个说法,我一定会投诉你!"

"先别着急嘛……"方磊喝了一口茶,示意小蔡帮他拿一下茶杯,然后正色道,"祝小芸,我现在正式以故意杀人罪名逮捕你。"

"不知道你在说什么。证据呢?"祝小芸说。

"别着急。我先帮你回忆一下那天,不,还是从柳铭被杀的前一天说起吧。"

那天下午,柳铭得知以前的学生简京生已经到了苏州,因第二天就要见面,故一直处于兴奋的状态——这点从大家共有的证词中能看出来。根据后来简耀的供词,柳铭曾经剽窃占有简京生的研究论文,一直无法面对后者。随着年纪增大,他想找机会跟简京生道歉,但心里始终有道过不去的坎,因为一旦道歉就意味着要公开他的秘密:那篇获得世界认可的论文其实是抄袭学生的。如此一来,不仅他积攒了一辈子的荣誉将会毁于一旦,而且会让整个苏州,甚至中国学术界蒙羞。

后来发生的一件事使他终于下定了忏悔的决心。

一个月前的某天中午,柳铭参加完朋友孩子的婚宴,驾车回家,因为喝了酒,再加上当天下雨湿滑,在路过某个红绿灯的时候,他没有刹住车,而是闯了过去,结果撞上了正在过马路的戴国强。后者当场死亡,柳铭驾车逃逸。

对于柳铭肇事逃逸这件事情,事实上案发后交警队的老郭就曾调查过他,但李元替他做了不在场证明。李元为什么要这么做?刚拿到车辆内部检测报告的方磊有了新的推断结果。检测报告显示,在车的驾驶座上,警方技术科人员提取到了李元的头发,而后排则提取到了含有柳铭DNA的呕吐物。也就是说,当时很有可能是李元驾车,而柳铭因为喝多了酒,躺在后座上休息。开车撞死人的不是柳铭,而是李元!

李元为了逃避责任,撞人之后选择了逃逸。不仅如此,事后,他很可能把肇事的过错推到了柳铭身上。柳铭当时因为醉酒,对自己从酒楼出来后的情况一无所知,所以,当李元告诉他,他酒后驾车撞了人,他不说深信不疑,也不敢完全否认。他告诉柳铭,自己已经把事情处理好了,伤者已经送医院并进行了赔偿,让柳铭不用担心。

但同时,李元又以此为把柄,开始要挟柳铭,让他尽快搬出拙政园，把研究院空出来，好租给蔡云做烤鸭生意。如果不答应，李元将会把柳铭肇事逃逸的事情报告给警方。柳铭深受困扰，尤其是当他在晚报新闻上，看到被撞者当场死亡的消息。他震惊不已，同时意识到，自己再也不能逃避了。每一次逃避，都是对别人的一次伤害。

于是，他决定去自首，去面对自己犯下的错误，与此同时，他打算了结自己多年来的一个心结。他主动约简京生来苏州，准备当面向简京生道歉。而简京生为此等待了多年，便来了。

前一天，正好是他的生日。因为老伴去世，儿子又在国外，他平时一个人是不过生日的。然而这次，助理祝小芸主动提出陪他一起吃饭，过个生日。他自然很高兴。

当天晚上，柳铭一时兴起，说出了自己要去自首的事情。同时，他提到了自己曾经犯下的错误。他把自己最大的秘密说了出来，说明他很信任祝小芸。他还说，那个被自己伤害的学生第二天一早就要来了，他会诚恳道歉，并向世人公布自己当年犯下的罪孽（第二天邀请了联合国教科文组织的人来），将侵占了二十年的荣誉还给简京生。道歉结束，他将会去公安局自首，为肇事逃逸负责。

可怜的柳铭原以为祝小芸会支持自己，没想到他错了。

是的，他错了。祝小芸心说。

那晚发生的一切还历历在目。她跟自己最崇敬的老师发生了争执。直到现在，她对老师的决定仍感到不可理喻。

"什么？那篇论文不是你写的？"

"是的，我犯了这辈子最大的错误，毁了一个大好青年的人生。"

"可是，在我心目中，你一直是完美的。"

"小芸，让你失望了。"

"怎么会这样？不，不，我一直以你为荣，你是那么了不起，资助我上学，帮助我离开穷山沟，成就了今天的我。可是，你今天跟我说，你伤害了另一个人，我，我实在无法接受。"

"抱歉，那是一场骗局。"老师继续说，"而且除此之外，我还干了更恶劣的事情。我要去自首。"

"自首？难道……"

"是的，我杀了人，酒后驾车逃逸，我，我真是禽兽不如！我必须得自首，才能拯救我自己。"

"不行！"

"啊？"柳铭有些错愕，"为什么？"

"你虽然犯了错误，但那也是一个伟大的错误。我不能让你毁了自己。"

"小芸，我不值得，真的。"

"不，曾经的你在我心中建立了一座灯塔，我每天靠着你的指引前行，一旦倒塌，我也会失去精神支柱。我决不允许它以这样的方式被毁灭。伟大的事物应该永存。"

"小芸，你太执迷不悟了。你应该去走自己的路。而且，这件事情跟你没关系，这是我个人的决定，不需要得到你的许可。你走吧。"

"老师。"

"等天亮一开园，我的学生简京生就会来，我会当面向他道歉的。我会……啊！"

柳铭觉得什么东西砸在了自己的后脑勺上，顿时头一昏，倒在了地上。祝小芸缓缓蹲下来，举起太湖石再次砸向柳铭。

之后一片静寂，天空开始下雨。雨点打在窗户上的声音让人震惊，就像无数人窥视到这里发生的一切。接着，她吓坏了，蜷缩在墙边瑟瑟发抖。

不知道过了多久，祝小芸缓过劲来了。她觉得自己并没有做错。一个伟大的东西就应该永远伟大，应该被封存，而不是彻底毁灭。乔丹应该在最鼎盛的时候退役；万里长城修筑之时伤亡无数，但经过几千年的历史证明，它并不是一个错误，而是人类瑰宝；还有宋徽宗的艮岳，如果遗留至今，将是多么了不起的园林范本啊，可惜那些无耻的金兵将它毁于一旦……

现在，她通过这样的方式把老师的荣誉留下了，没有人知道这背后的秘密，伟大的人和事物终将以最完美的面目流传下来……不对，还有一个人知道，就是那个该死的简京生。可以说，这一切都是他的错。他如果不来，老师即使想道歉也不会成功，更不可能变荣耀为丑闻。要是他把一切说出去，那么自己所做的这些就都白费了。

只有一个办法：让他成为杀人凶手。

凶手的话是没人相信的。

一个绝妙的计划在她脑海中逐渐成形。

天快亮了。

终于，她下定决心，开始动起手来。

"这个案子的关键是，你成功让自己摆脱了嫌疑。还记得我第一次见你的时候吗？当时你的眼睛红肿，明显哭过，你的解释是自己与马涛前一天晚上吵了一架，你哭得厉害，但其实不是。我之前在医院见过马涛，他说你根本不可能为他哭。"

"这能说明什么？我这人冷血？"

"说明你的红眼睛不是因为哭泣,而是因为一夜未眠。"

"你这么说我想起来了,我和他吵架,睡不着。"

"可你当时不是这么说的。你在误导我。"

"不知道你在说什么。我为什么要这么做?"

"为了制造不在场证明!"方磊停顿了一下,"记得当时我问你,你前一晚去哪儿了?你说陪老师过生日吃饭,回到家,因为玉观音的事情和马涛吵了一架,对吗?"

祝小芸默不作声。

"其实,那天晚上,你根本就没有回家。你一直都在研究院里。"

"胡说,那天晚上,马涛明明在和我吵完架后去了酒吧,你们不是调查过了吗?"

"马涛和你吵架是前一晚。"

"怎么可能?"

"当然可能,这段时间,你们天天吵架,而每次一吵架,他就跑出去,喝得烂醉,第二天又重复,他根本不记得日期。应该说,他没什么时间概念。"

"这也太夸张了。"

"没什么夸张的。刚才在医院,马涛说你今天上午把他从家里赶出来了,如果我没猜错的话,其实是昨天。"

祝小芸低下了头。

"因为他的病历单上写着昨天的日期。如果是今天被赶出来,为什么会在昨晚和人喝酒被打破头呢?"

"这个傻瓜……"

"长期的酒精摄入影响了他的时间判断。"

"这也不能说明我杀了人。"

"当然,不过你在一个最重要的事情上撒了谎。"

"什么?"

"玉观音。"

祝小芸的表情明显起了变化。

"你说是因为柳铭送了你那枚玉观音导致马涛醋意大发,你们才开始吵架的。可问题是,那枚玉观音并不是什么纪念物,而是一个U盘。那还不是一枚普通的U盘,而是装有李元和蔡云的犯罪证据的U盘。事实上,我查过你的网购记录——你买过这样一个U盘。也就是说,那个U盘不是柳铭给你的,而是你自己的!掌握李元犯罪证据的人不是柳铭,而是你。

"也许那天晚上,你本来准备把自己搜集到的资料告诉柳铭,因为你意识到,也许自己已经被盯上了。然而,在你说出这些之前,柳铭却说出了他要认错自首的事情。这直接导致你动手杀人。

"所以,那一天,你祝小芸一直在这里。你在电话里跟马涛吵架,故意说错时间,让喝醉酒的他误以为是当天。他一生气,又跑出去喝酒,直到早上才回来,却又不敢敲门,待在楼道里,结果不小心把戒指丢了。

"随后,他去了研究院,想找柳铭报复,结果发现根本进不去,于是晃荡了一下就走了。摄像头拍下了他出现的画面。再之后,烂醉如泥的他就在街边被警察找到了。

"而你,那天一直在研究院里。

"砸死了柳铭之后,你一直没出动静,也许是害怕,也许是忏悔,也许是在想办法。从那个太湖石的摆件可以看出,你显然是激情杀人。我猜快到天亮的时候,你终于想出了办法。

"你知道那天柳铭的学生简京生会来,于是想嫁祸给他。你确信简京生对拙政园一带非常熟悉，会比一般的旅游团提前二十分钟到达，而在这之前，你只要把尸体留在房间里，然后把凶器太湖石擦拭干净，放在他来到这里的必经之路上就行了。

"你算准简京生到了之后，会因为好奇捡起太湖石，这样上面就留下了他的指纹，等他走进研究院，看见倒在地上的死者，必然会大惊、确认，再呼救，一来二去，十几分钟就耽误了。而这时，游客到来，恰好看见手持凶器的简京生和尸体，人证物证俱在，他杀人的罪名就逃不掉了。

"当然，为了防止时间上不够精准，你设置了一个小机关。这个小机关会使得提前进来的人以为凶手当时就在楼上，一定会上去查看，而这又会耗费掉差不多五分钟时间，这样一来，旅游团恰好出现，天衣无缝啊。

"门房刘老头来巡查的时候是七点半，那时候你应该还在屋内，而等刘老头一走，你立刻布置好一切，走出房门，躲在了水池边，时刻等着混入人群，找机会逃跑——我知道你会问，附近的工作人员都会认出你，监控会拍到你的脸，你要怎么混在人群中。答案很简单，你戴了红色渔夫帽。

"你常年在研究院工作，大概知道那些旅游团会在什么时候进入这里。对于你而言，搞一顶和他们一模一样的帽子太容易了。

"当然，你又会狡辩说，警察一旦发现这里死了人，肯定会封锁现场，你要怎么出去呢？还是因为你的身份。你一定知道，在那天下午，拙政园会接待一批外宾，而迫于压力警方肯定会妥协，提前清理现场，这样，你就能混在游客中间离开现场了。

"这一切真的很完美。但很遗憾，你少算了一样东西，一样实在是太出乎意料的东西。

"到底是什么东西啊,头儿?"小蔡好奇地问。

"柳铭。"

"啊?柳铭不是死了吗?"

"不,至少当时没死。"

方磊此话一出,包括祝小芸在内的所有人都惊呆了。

"你们应该还记得,柳铭的尸体被发现时,仰面朝天躺着,全身几近赤裸。有没有想过一个问题,他是怎么躺上去的?"

"难道不是祝小芸搬上去的吗?"小蔡说。

"你觉得以祝小芸的力量和身材,她搬得动柳铭吗?"

"搬不动。这也是我们一直把她排除在外的重要原因。"小蔡眼前一亮,"难道还有帮凶?哦,我知道了,是马涛!"

"不是。"

"啊?那是谁?"

方磊抬起头,死死盯着祝小芸的眼睛。

"是柳铭自己上去的。"

祝小芸先是震惊,然后低下头,眼眶噙满了泪水。她已经明白了一切。

"还记得法医鉴定柳铭的死亡时间吗?没错,是早上七点半到八点之间,但按照我前面的推断,柳铭应该在前一天晚上就已经死了。为什么会出现这么大的偏差?我想来想去,只有一个可能,就是柳铭当时被你砸中头部后,并没有当场死亡。"

"不可能,绝对不可能……"祝小芸不敢相信似的不停摇头。

"他当时虽然受了重伤,但只是昏过去了。等他醒来,天已经亮了。他知道是祝小芸对他下了杀手,按道理他应该报警,然而,他做了一个天大的决定。"

"什么决定?"

"替凶手隐瞒。也许他意识到自己快不行了,他脱掉衣服,挣扎着走出了门,然后跳进池塘里,爬上了金幢,仰面躺着,以此制造了一个诡异的杀人现场。"

"为什么啊?"小蔡依然不解。

"他在误导警方。只有这样,警方才会永远猜不到杀人动机,也不会想到祝小芸是杀人凶手。"

"原因呢?"

"为了赎罪。他年轻时对自己的学生简京生做了坏事,一直耿耿于怀,想改变自己,但简京生已经离开了,躲在了一个他找不到的地方。他没法道歉,便把自己的歉疚回馈到了另一个人身上——资料显示,从那时候开始,他开始做慈善,资助贫困儿童,帮助他们实现自己学习的梦想。他想通过对他人的付出来弥补自己内心的愧疚。而你,祝小芸,就是他资助的孩子之一。"

方磊感觉祝小芸已经快崩溃了,决定再加一把火。

"记得你跟我说过,柳铭是一个好人,一个完美的老师,一个毫无瑕疵的偶像,他资助你上学,让你从贵州农村走了出来,通过教育实现了人生的巨大改变。你把他当作恩人,感激他,崇拜他,想报答他。你把他当作自己的信仰,跟着他学习古典园林,应该想的也是有朝一日能继承他的衣钵,把他的研究和心血继续传承下去,对吧?"

祝小芸已经泣不成声了。

"但是,当柳铭亲口告诉你,他曾经是一个剽窃占有学生研究成果的坏老师,甚至还酒后驾车撞死了人,你的信仰一下子就崩塌了。"方磊想到了儿子方鹏曾在医院里对自己说的那些话,"尤其是他说要跟人道歉,把所有的一切都公之于众,你完全接受不了，于是随手拿起了案几上的太湖石。"

方磊深吸一口，望着祝小芸，继续说下去。

"可怜的柳铭教授，好不容易找到了简京生——那段时间，简京生经常陪着儿子参加电视节目，简耀又得过冠军，肯定在媒体上露过面。他终于鼓起勇气，要做出道歉补偿，没想到又遭了自己另一个学生的毒手。他不想再次因为自己而毁掉一个年轻人的前途、一个大好青年的人生。于是，他在弥留之际没有选择报警，而是选择转移警方的调查视线，为的是不让你坐牢。"

"原来是这样。"

"你辜负了老师的期望，虽然他就算死也要为你开脱，但对不起，犯罪就是犯罪。你的人生还很长，有生之年依然有机会出来，重新做人。"

祝小芸终于崩溃得大哭起来。

那天，她实在是太累了，躲在假山后面竟睡着了。也不知道睡了多久，一声尖叫把她唤醒了。她戴上准备好的红色渔夫帽，趁着大家慌乱之际，混入了游客当中。然而，当她顺着众人的视线看向水池时，顿时吓呆了。

柳铭的尸体不知何时躺到了金幢上，死相凄惨。泪水几乎夺眶而出。然而她还是忍住了。事已至此，她已没有回头路了。她隐藏在人群中，之后随着旅游团离开了这里。

"正如你所说的，我不能忍受心中的圣人遭到玷污，哪怕是他自己的决定，也不可以。"

"不，你仍然在撒谎。"方磊说道。

"没有，我真的没有……"祝小芸几乎要哭起来了。

"你说你是因为崇拜柳铭，不愿意破坏他的光辉形象，才杀的人。但我看没那么简单,你其实有其他目的。"

"胡说!"

"胡不胡说,你看看这个吧。"方磊把一堆资料放在了一起,"你和柳铭当时正在做一项非常重大的园林研究论文,据我所知,柳铭申报时还在后面写的是你的名字。"

"难道不应该吗?这个论文倾注了我所有的……"

"但这个节骨眼上,一旦柳铭承认自己之前有过抄袭行为,那么他生前所有的学术都将受到质疑,甚至否定,当然,也包括你们现在做的项目……"

"老师太傻了,他凭什么只想着自己去赎罪,而不顾我。这是我走向成功的最好机会,他有没有想过他的做法会连累我。"

"你没有告诉他你的顾虑吗?"

"我当然说了。但他傻了,只想着自己,说什么自己再不面对那些错误,就再也没有机会了。他不停跟我道歉,但我要的不是道歉,我要的是他闭嘴!"

"所以你就杀了他。"

"是!是我!我杀了他!只有这样才能让他闭嘴!他死有余辜!我当初只是一个贵州山区里的留守儿童,是他,把我从那个地方带出来,让我脱离了贫穷,来到了城市,给了我新的生活和希望。你说,他是不是自私,把我从地狱里拉出来,却又要让我自生自灭,我不要,不要失败,不要回到那个地狱中去,我……老师,你真是太傻了!"

祝小芸再次哭了起来。方磊示意同事把她带下去。这时,小蔡靠了过来。

"没想到啊,事实真相竟然是这样的。不过我还是搞不懂,她既然都要逃跑了,为什么还把 U 盘寄给警方?"

"这是她犯的最大错误。你也许从侧面了解到,警方已经把李元当作了凶手,李元已死,死无对证,而她只要再往里面加一把柴,这案子就尘埃落定了,因为只要李元和蔡云的犯罪关系被知晓,那他的杀人动机以及证据链就完整了。可惜的是,她算晚了一步,如果我再晚点醒来,或者没有注意到这个细节,她说不定早逃之夭夭了。"

"嗯。头儿,你还有一个疑问没有解答。"

"你是说那个小机关?"

"对啊。快说嘛。"

"你跟我来。"

两人来到工作室的二楼,靠近窗边。

"你蹲下来。"

小蔡蹲了下来。

"闻到什么没有?"

"好像有一股酒精的味道?"

"看看这是什么?"

方磊捻起一个小白块。

"不知道。"

"樟脑。"

"不懂。"

"还记得我们第一次来这里的时候,窗户是开着的吗?"

"记得。"

"现在是梅雨季,按道理,窗户应该是关着的,否则雨水就都飘进来了。而窗户开着,只有两种可能,第一,是凶手开的,他从窗户逃走了,这点我们之前就证明过了,不可能;第二,还是凶手开的,他利用窗户做了一点诡计。

"窗户开着，雨水进来，会让我们误以为这地板上的都是水，我刚才也闻了闻，没错，是酒精。接着我发现了樟脑。樟脑的主要成分是有机物，它不溶于水，却溶于酒精。于是我想到了一种我们南方人家里常用的东西，樟脑丸。

"祝小芸把樟脑丸全弄成方块，然后利用园林建造里的叠山技术——她是园林专业，这对她不难——把樟脑块堆叠在一起，放在窗边的条案边缘。楼下的房屋被推开后，这种老式木制的楼房牵一发而动全身，于是樟脑块掉了下来，发出声响，造成二楼有人的感觉。而等人真上来后，却什么也发现不了。因为那些樟脑块掉在地上铺好的酒精里，很快就溶解了，即便是警察来，若不仔细，也根本发现不了。因此，祝小芸成功制造了这样一个机关，误导了简耀。简耀以为凶手当时就在上面，又把这个错误信息告诉我。"

"头儿，你这也太棒了吧。不过……"

"什么？"

"按你所推理的，如果那时候简京生已经精神失常了，那么是谁给他儿子简耀发的微信定位呢？显然不可能是祝小芸吧。"

"应该就是简京生吧。我猜他当时发现了柳铭的尸体，正惊慌时，简耀发微信问他在哪儿，他没时间回复，随手发了一个定位，意思是让简耀过来找他。但还没来得及等来简耀，自己就灵魂出窍了。"

"灵魂出窍？头儿，这可不像从你口中说出来的话。"

"开个玩笑。不聊这个了。对了，你开车来了吗？"

"不会吧？又来？"小蔡哭丧着脸说。

"不是，我想让你送我回家。我等不及要回我那破破的小院，去见我的老婆孩子了。"

尾　声

一年后。七月。上海虹桥机场。

简耀夹杂在刚落地的一群旅客中，缓缓走在出站通道里。一年过去了，他感觉自己又长大了一圈，可刚才在飞机上还是被空姐叫了小弟弟。他一生气吃了两份餐。

这一年的美国生活，的确让他成长了很多。去年到了美国后，他选择了建筑系，学习建筑知识。他的想法是，有朝一日，学成归来，为中国建造出更多有价值和人文精神的建筑。当然，如果能融入他最爱的苏州园林，那就再好不过了。

一年前那场惊心动魄的冒险依然历历在目。正是那次奇遇，彻底扭转了他对园林的看法，由黑转粉，甚至变成了他决定一辈子去研究和学习的目标方向。这一切都得益于因为救自己而死去的父亲。遗憾的是，警方至今也没找到他的尸体。

他站在履带旁等待着托运行李到来。过了很久，所有人走得差不多了，他的行李才出来——一个小小的宠物笼子，里面趴着一只眼皮耷拉、昏昏欲睡的黑猫。

那天，警察来了之后，他看见一只黑猫从水里钻了出来。起初他并没有在意，可那黑猫不跑不逃，一直跟着自己。他蹲下将它抱起，突然觉得它的眼神很熟悉，像是……

"对不起,这猫是我的。"

简耀发现旁边站着一位老太太。

"请问能把它卖给我吗?"

"不卖!"

老太太生硬地拒绝,伸过手来抱猫。但奇怪的是,黑猫蹿,竟逃入了树丛中。

"这只破猫,怎么就这么不让人省心呢?猪猪,过来。"

"五百块。"简耀出价。

老太太俯下身继续找猫,根本不理睬他。

"猪猪,我们回家了。"

"一千块。"

老太太站直了身子。

"两千块。这是我所有的钱了。"

"这样吧,如果你能把它找回来我就卖给你。"

"一言为定。"

简耀走到草丛边,蹲下。

"猪猪,出来吧。"

没反应。

简耀朝后看了看,确认那老太离自己的距离应该听不见,于是压低声音。

"出来吧……爸爸。"

说来奇怪,那黑猫果然钻了出来,跳进了简耀的怀里。他回过身来看了看老太太,后者老眼闪烁着晶莹的泪花。

"记住,你一定要对它好,一天吃三顿,猫砂要名牌的,还要给它铲屎,它最喜欢的食物是响油鳝糊……"

"还有什么要交代的?"

"还有……你是支付宝还是微信？"

老太太从口袋里掏出手机，亮出了收款二维码。

拎着黑猫，简耀出了航站楼，来到停车场。一名租车的工作人员正等着他，把钥匙交到了他的手上。他打开车门，把猫笼放在副驾驶座位上。

出了机场，车上了高速，驶向苏州方向。

一路上，猫始终懒洋洋地躺在笼子里，一副要死不活的模样。简耀不时看它一眼，心里充满了幸福感。

他是在去美国的飞机上发现那个秘密的。当时，他打开了父亲留下的那本《园冶》，本想随意读读，消磨漫长的旅程，谁知读着读着，他就被书中的一些奇怪的东西吸引了。

书中除了之前看到的那些古代诗句以及一些园林笔记，还有一些手写的符号，如"△""□""○""☆"等。一开始，简耀并不知道这些究竟代表什么，直到他发现这些符号的出现其实是有规律的——它们通常会出现在一段批注的末尾，而且所用的墨迹为黑色，与蓝色圆珠笔的批注字迹形成反差，像是两个人写的。

比如，有一段批注是这样的："……阮大铖虽然在历史上被认定为奸臣，但他在园林和昆曲上的艺术成就不容忽视……"在这段后面，出现了一个"△"。

另一段批注则是建议式的："多做笔记，多去实地考察，多思考，才会有新的收获。"这后面的符号是"○"。

还有一种更直截了当："完全错误！好好反省！"紧跟的是"☆"。

简耀通过归纳总结，得出了一个重要的信息：这些批注很可能是柳铭写的，而符号则是自己的父亲简京生对老师给出意见的回应，属于他们师生之间沟通的特殊暗号。这样一来，符号问题就很好解释了。专业性的知识讲解用"△"回应，意思应该是"明白了"；建议式的话用"○"，则表示"谢谢"；而批评的句子后面跟着"☆"，表明一种愧悔，意思是"对不起"……

等等！简耀猛然想起了什么，头皮一阵发麻。

两个几乎同样的画面如同两记响亮的巴掌拍在他的脸上，令他恍然大悟。

没错，一定是这样！

他想起柳铭死时的样子——背顶金幢，四肢张大，这和父亲死去前在水里摆出的造型简直一模一样！他们的造型太像……"☆"了！

难道，他们都在说"对不起"？！

柳铭当时也许知道自己快不行了，没有来得及跟爱徒说声抱歉的愧疚支撑着他爬到了金幢上，临死前摆出了"☆"的样子——这是他和简京生之间的暗号，后者看到后一定知道他在说"对不起"。

而父亲死前在水里摆出同样的造型，也是在对他的孩子说"对不起"——虽然在简耀看来，父亲已经足够伟大，并不亏欠自己什么。

得知秘密后的简耀哭了。

下了飞机，简耀第一时间找到被父亲灵魂附体的黑猫，兴奋地把自己推理出来的结果告诉它。

然而，坐了长途飞机的黑猫只是不耐烦地瞟了他一眼，就昏昏沉沉地又睡着了。

半小时后,汽车下了高速,很快就驶入了苏州古城区。他来到目的地,把车停好后,朝拙政园走去。

在全家便利店,他又点了一份关东煮,魔芋粉丝、萝卜和海带结。

和一年前不一样的是,今天天气很好,一丝要下雨的迹象也没有,只是不知道苏琪今天会不会出现?

到了美国后,他给方磊写了邮件,了解到了事情的原委。方磊在案发时曾悄悄调查过苏琪,发现这个女孩身上疑点重重。柳铭遇害当天是她第一天当导游,而在此之前,她在工业园区一家日企工作,月薪超过两万,虽然大学时就考取了导游证,但那只是她学霸生涯考取的无数技术证书中的一个。因此,她放弃高薪而选择从事这种收入极不稳定又非常辛苦的野导游工作,便显得不太正常。

他后来又去苏琪的单位调查了一下,发现她辞职的时候,恰好是她哥哥戴国强出车祸的第二天,更让人感到意外的是,戴国强发生车祸的地方,恰好就在拙政园附近的临顿路上。在那起车祸里,肇事司机逃逸后一直没有找到,而苏琪则一直在调查这个事情,想找到撞死自己哥哥的凶手。

这样一来,她的出现就可以解释了。她之所以在园林周围晃荡,其实不是为了当导游,而是在调查哥哥被撞死的真相。她在找那辆肇事的黑色奥迪A6。

据她事后声称,当天她其实已经找到了。

那车肇事之后就一直停在拙政园北门的小街里,因为罩着防尘布,所以没被发现(后来被方磊找到,并在驾驶座上验出了李元的头发)。那天,她通过轮胎,找到了那辆车,并且发现了车上的撞痕。她准备去警察局报警，路过河边，看到一只黑猫掉进了河里。她跳下河去救猫，结果……

结果怎样？简耀问道。

方磊在邮件里说，不知道。后来她就说自己什么都不记得了，醒来时已经在虎丘了。再怎么问，她都坚持这个说法，因为没有证据，只能不了了之。

无论如何，苏琪并没有参与谋杀。她只是一个为了照顾亡兄的孩子而积极生活、努力工作、做出巨大牺牲的姑姑，而且还是单身。

又过了十多分钟。终于，他看见了苏琪的身影。和一年前一样，她看上去依然是那么漂亮、健康、开朗。他觉得，凭她的外形和……演技，当导游实在是可惜了，要是去当演员没准能得金鸡百花最佳女主角奖。

是的，一切都是在表演。什么灵魂互换，什么"爸爸变成了美女"，都不过是一场精心设计的骗局。

在美国读书这一年，简耀在不断学习科学的过程中，心中的疑团也在逐渐变大，直到塞满他整个内心。那就是，这个世界上到底会不会真的出现灵魂交换这种灵异的事情？

他翻阅了大学里的图书资料，咨询了一些权威灵异学专家，他们的确承认世界上有一些类似的事件发生过，但最终都给出了一个科学的解释：所谓人类的灵魂不过是一种生物磁场，在一定自然条件下，生者的生物磁场会进行信息交换，从而达到所谓灵魂附体的效果。但那通常是在人濒死之前出现的瞬间情况，绝不可能像父亲和苏琪那样这么长时间的"灵魂交换"，而且还存在什么软记忆和硬记忆的随意切换。专家直接告诉简耀，事实真相就是他被骗了。

即便如此，简耀当时还是不死心，因为他无法解释这俩人合起伙来骗他的原因。他们根本就不认识啊。于是，他再次联系方磊，拜托他去查苏琪和父亲这些年的交通记录（包括高铁和飞机），看看他们之间到底有没有交集。幸运的是，方磊查到了。

苏州园林杀人案发生的前一年，苏琪曾去北京旅游，而那段时间简京生也在北京。有意思的是，苏琪在北京期间，有一天晚上曾经打电话报警说遇到歹徒要非礼自己。可是当警察赶到现场时，却并没有看到什么歹徒。苏琪的解释是，要不是一位路过的大叔出手相救，可能自己已经被歹徒强暴了。警方最终没有找到那位热心的北京大叔，但根据案发时的地址可以看出，苏琪差点出事的地点正是简耀家所在的那条胡同。

在简耀看来，事情已经很明显了。父亲救过苏琪，也许苏琪当时做过要报答的承诺。两人一直有信息交流。父亲带简耀来苏州，一方面是为了解决自己与柳铭之间的恩怨，另一方面也是想修补与简耀之间的父子关系。但当他发现自己与儿子之间的关系已经恶化到无法沟通的程度之后（简耀想起，那段时间自己确实对父亲怀有深深的恨意），他找到苏琪，想了这么一出"灵魂交换"的诡计，试图用一种降低简耀防备心理的方式来带他畅游园林，从而化解父子仇怨。但没想到的是，简父在拙政园里意外遇到了杀人案，自己还成了嫌疑人，在没有办法洗清嫌疑的情况下，他干脆装傻充愣，寄希望于儿子找出真相，来拯救自己。另一边呢，苏琪依照原计划假装简父，引领他去各大园林找线索，逐步发掘简京生隐瞒多年的真实人生，以此来打动简耀。杀人案确实是场意外，但苏琪只能将计就计，戏演到底，才能不负恩人的嘱托，遵守自己的承诺。

当然，以上全是简耀个人的推测，但他深信事实就是这样。那有没有必要现在走到苏琪身边，当面拆穿她的谎言呢？简耀在来之前就下了决定，他这一辈子也不会把这件事情说出来。对于这样美好的善意欺骗，他宁愿将它埋藏在内心的深处，让它成为一个永久的甜美秘密。他甚至觉得跟着他们把戏一直演下去也是一种难得的乐趣。如今，他把那只黑猫想象成父亲的灵魂附体，也算是一种寄托思念之情的方式吧。

现在，简耀还有更重要的事情要做，就是走向那个假装他父亲却让自己意外爱上了的女人苏琪，他这次来就是要正式向她告白，问她愿不愿意做自己的女朋友。他担心再拖下去几分钟，自己积攒了一年的勇气就要消耗殆尽了。

可正当他打算推门出去时，一个陌生男人却闯入了他的视线。那男人将一杯奶茶递到了苏琪的手里，然后痴痴地看着她。简耀顿时非常失落，重新回到了座位上。

这时有人拉住了他的衣服。简耀回头一看，是葱花。经过一年，他长大了一圈，而且小小年纪还佩戴了一副黑框眼镜，看起来真的像是柯南的翻版。

"要不要我帮你？"

"啊？"简耀满脸尴尬。

"那男的是我幼儿园的老师，老缠着我妈，我超讨厌他。我妈也不喜欢他。"

"是吗？"简耀仔细看了看，发现他们确实并不亲密。

"来吧。"见简耀还在迟疑，葱花笑了起来，"别扭扭捏捏的了。我也希望自己的妈妈，不，姑姑找个好点的男朋友。"

"原来你都知道。"

"还不是为了照顾你们大人的面子。走啊。"

葱花领着一脸别扭的简耀走出便利店，走到了苏琪的面前。

"妈，你朋友来了。"

苏琪先是一愣，随即露出了职业性的微笑，把奶茶还给那男人，径直朝简耀走了过来。

"小弟弟，要逛苏州园林吗？"

某江南古镇的河道码头。

装有唐寅真迹的画筒被水流缓缓带到了这里，在波浪的辅助下轻轻撞击着河岸边古老的石阶。

没多久，一只手将它从水中捞了起来。

后 记

有一段时间,我疯狂迷恋苏州园林。

大概是二〇一五年,因为家庭的关系,我偶尔会来苏州。我生于湖南,常住北京,要不是因为妻子是常熟人(常熟是苏州大市范围内的县级市)的关系,恐怕一辈子都不会与这个闻名世界的江南古城产生缘分。

那时的我对苏州园林并没有什么概念,只知道是著名旅游景点,是世界文化遗产,是"古物"——我本人一向对这类东西兴致不高。我喜欢看欧美电影,读日本文学,一度向往北欧那种高度文明的现代社会,不说崇洋媚外,至少也对中国传统文化并不太热衷,一直不太能欣赏其中蕴含的美感。

然而,这种观念到我遇见苏州园林后发生了逆转。

那一年五月的一天,下了点雨,人不多,我以普通游客的身份走进了拙政园。现在回忆起来,那可能是我一生中至关重要的时刻。我就像爱丽丝掉进兔子洞,视野瞬间被打开了:那假山,那池水,那太湖石,那亭台楼阁,无不叫人惊艳;从整体布局到单个建筑,从室外的植物安置到屋内的家具陈设,再到各种写满故事的厅堂、寓意深刻的匾额与楹联、鬼斧神工的雕刻、匠心独运的铺地、形态各异的花窗、禅意肃穆的院墙下芭蕉摇曳……我登上园子中心的假山顶，俯瞰下去，被古典园林那种平静之美深深折服。它似乎有一种摄人魂魄的魔力，叫人仿佛处于真空状态下，忘掉尘世一切的苦。

虽然事后回忆，也许这种体验的真实原因可能是因为那天拙政园人不多，但我喜欢把这种邂逅看作是个人的幸运，而在此之前，我还是一个对古典园林眼白外翻、一脸不屑的蠢货。这种由不喜到痴迷的情感转变被我用在了本书主人公简耀的身上。我希望通过写作这样一个人物，去给有同样偏见的人打开一扇窗。我相信，一旦他们（哪怕是无意）窥见了苏州园林里那醉人的春色，兴许会像我、像简耀一样，对中国古典的美产生兴趣。

从那以后，我只要一有机会来苏州，就去逛园林。我走过古城内大大小小的十几处园林（大多写进了本书），惊讶地发现，看似差不多的园林其实都不太一样，它们就像一位伟大母亲生育的众多漂亮女儿，各有各的美好。我翻阅了大量有关园林的书，陈从周的《说园》、计成的《园冶》、童寯的《江南园林志》、刘敦桢《苏州古典园林》，等等，其中计成的《园冶》被我写到了书里，用作了一个与故事有关的关键道具。

此外，对我影响较大的是导演刘郎在一九九九年拍的纪录片《苏园六纪》。纪录片做得非常专业，且引人入胜，值得推荐给对苏州园林感兴趣的朋友。

爱屋及乌，我开始对苏州以及江南文化产生了兴趣。但凡能找到的有关苏州的著述，我会尽量找来看看。其中，包天笑的《钏影楼回忆录》是我读过的描绘晚清苏州旧时生活的最好的书；陆文夫的《美食家》则是对时代变迁的感慨；还有范小青的《苏州人》、车前子的《苏州慢》等散文集，都是非常好的苏州读物。我收过一套由苏州大学出版社发行的苏州文化丛书，一套二十本，蓝色封面，几乎囊括了有关苏州文化的一切，历史、民俗、美食、艺术、名人地理故事……其中一些知识点或多或少被我融入了这本有关苏州园林的悬疑作品中。

通过对这些书籍的阅读，我对江南充满了向往，但没想到的是，有一天我会真的搬来苏州生活。

二〇一六年，我已经北漂十一年了。这十一年里，有喜有悲，有苦有乐，从一个文艺青年变成了一个文艺中年，结了婚，生了孩子，也买了房，看似生活越发稳固，却始终被那无形的焦虑感折磨着。中年已至，我不想再这样活下去，渴望改变，寻求一种新的人生突破。于是，在那一年的下半年，我选择了辞职。

到了年底，因为孩子上学以及二女儿面临出生的问题，我和妻子商议后下定决心，离开北京。我们把东西打包装车，经过十几小时的长途高速，最终抵达苏州。汽车驶入苏州时已经是夜晚。在黑夜中，虽然前方的路况并不明朗，我却产生了一种强烈的喜悦之情。那一刻我固执地认为，我生命上半场那漂泊不定的人生终于要告一段落了。

以上就是我与苏州园林、与苏州的真实故事。书中的故事终归是虚构的，不过我还是在里面塞入了一点私货。我把自己的某些情感放在了简耀身上——一个从北京来的、通过一段离奇的罪案经历，对苏州园林由厌恶到热爱的孩子。老实说，我希望自己的所有小说，即便是类型化的悬疑小说，也能打上我个人情感与生活经验的烙印。我在为读者提供好看故事的同时，也试图通过写作抚慰自己可怜的内心。

简单点说，这是一个有关灵魂丢失、苏州园林、江南生活的悬疑探案奇幻故事，如果大家在阅读的过程中，能爱上园林，爱上苏州，爱上江南，甚至能释放焦虑，放下忙碌，来这里走一遭，让驿动不安的灵魂得到片刻歇息，那将是我作为作者的无上荣幸。

最后，感谢曾给予过这本书帮助的每一个人。

二〇一九年三月二十五日

图书在版编目（CIP）数据

苏州园林谋杀简史 / 慢三著. —北京：新星出版社，2021.7
ISBN 978-7-5133-4563-7

Ⅰ.①苏… Ⅱ.①慢… Ⅲ.①长篇小说－中国－当代Ⅳ.①I247.5

中国版本图书馆CIP数据核字(2021)第114138号

苏州园林谋杀简史
慢三 著

责任编辑：王　萌
责任校对：刘　义
责任印制：李珊珊
装帧设计：人马艺术设计·储平

出版发行：新星出版社
出 版 人：马汝军
社　　址：北京市西城区车公庄大街丙3号楼　　100044
网　　址：www.newstarpress.com
电　　话：010-88310888
传　　真：010-65270449

读者服务：010-88310811　　service@newstarpress.com
邮购地址：北京市西城区车公庄大街丙3号楼　　100044

印　　刷：北京美图印务有限公司
开　　本：910mm×1230mm　　1/32
印　　张：11.125
字　　数：165千字
版　　次：2021年7月第一版　　2021年7月第一次印刷
书　　号：ISBN 978-7-5133-4563-7
定　　价：48.00元

版权专有，侵权必究；如有质量问题，请与印刷厂联系调换。